JN315543

中公文庫

高台にある家

水村節子

中央公論新社

高台にある家にて（著者17歳）

目次

第一部

高台にある家

第一部

一　高台にある家

その日はどんよりとした曇り空であった。

朝、横浜駅を出た汽車は、単調な響きと振動を幼い私に伝えながら、東海道線を西に向かってひた走っていた。

昭和三年、一月末のことである。私はまもなく七歳になろうとしていた。

目の前に座っている母は放心したような顔に、ときどきひそやかな笑みを浮かべ、私とは乖離《かいり》した思いの中にいる。私は列車の進行方向とは逆に、引き離されてしまった鶴見《つるみ》の「高台にある家」へ思いを馳《は》せていた。


高台にある家……それは幼い私の夢の象徴であった。

その家には父の姉、私にとっては伯母の一家が住んでいた。私が五歳になった春に、私たち一家は神奈川からこの伯母の家のある鶴見に引越してきた。父はそのとき姉である伯母の家のすぐそばに住めたと言って喜んでいたようだが、実際に二つの家が存在した場所は別であった。伯母の家は山手と称する高台の切り立った崖《がけ》の上にあり、我が家はその崖の真下にある四つ辻《つじ》を隔てた反対側の一角を、更に階段で降りた低地にあった。従ってすぐそばとはいってみても私は伯母の家を、正確にいうならば有刺鉄線で囲まれた伯母の家の庭の一隅を、我が家から見上げて暮らしていただけである。その家は目の先にありながら、そこへ到達するには四つ辻を大きく迂回《うかい》して、更に曲がりくねった坂道を登り詰めねばならなかった。

それは明らかに伯母と父との社会における格差を現していたが、幼い私がそれを理解していた訳ではない。私は四つ辻の近くにある小さな池に父に連れられて散歩に行き、透き通って見える小蝦《えび》が体を曲げて水中を泳いだり、水澄ましが走るように滑るのを見詰めたり、汀《みぎわ》を覗《のぞ》き込むようにして咲く野花を摘んだりして遊び、子供ごころに幸せであった。

我が借家のある低地の一帯は水質が悪かったのか、母は台所に大きな茶色の甕《かめ》を据えて砂利を入れ、その上に棕櫚《しゅろ》の葉を敷いて水を漉《こ》し、上澄みを飲み水としていた。そんな文化から離れた生活も、四軒あった借家の他《ほか》は草の伸びるにまかせた広い原っぱのままであったことも、私は素直に受け入れて、この素朴な生活の他に別な世界のあることを知らなかった。

この穏やかさの均衡が崩れたのは、父が突然に腸チフスにかかったときからである。原因は知らない。腸チフスは法定伝染病とあって、父は比較的近い神奈川の病院に急遽《きゅうきょ》入院することになり、病院から二人《ににん》挽《び》きの黒い幌《ほろ》のかかった大きな入院用の人力車が来た。人力車は家の前の道路の上に停《と》まり、私はその道から階段を降りたところにある我が家の窓越しに不気味な思いでそれを見上げていた。

付き添って行った母は父の看護のために病院泊まりということになり、一人残された私は、その日から高台にある伯母の家に預けられることになった。これが私の中に新しい世界を広げて行くことになる。

高台にある家で伯父に当たる人は、高等商船学校を優秀な成績で卒業し、恩賜の銀時計をいただいたという人物で、当時、横浜港で輸送船の船長をしていた。外国航路もたびたび往復したことがあるとみえ、家の中には見たこともない珍しい異国のものが数多くあった。生活様式にも洋風が組み込まれていて、伯父は家にいるときは書斎の肘掛け椅子《ひじかいす》にゆったりと腰を下ろし、外国産の葉巻をくゆらすのを好んだ。そのころはもう亡くなっていた伯父の父に当たる人は、熊本で癩《らい》病院を営んでいたと後年聞いたが、背景にはキリスト教があったのであろう。伯父一家には異国の文化が無理なく熔《と》け込んでいて、すべてがハイカラな雰囲気であった。

伯母は背が高く、色白な美しい人であった。大きい瞳《ひとみ》とやや部厚な唇に意志の強さを現し、才気煥発《さいきかんぱつ》に言動する。生まれついての品の良さに夫の背景が加算され、庶民とは懸《か》け離れた存在感があった。

この家には、洋一郎という私より七歳年上の従兄《いとこ》がいた。病弱で、背が高く、無口なので滅多に口をきいたことはない。小学校二年生のときに腹膜炎を患い一年休学したとかで、通常ならば六年生であるはずがそのときまだ五年生であった。休学していたころ伯母が習っていたピアノを一緒に習い始めたということだが、私が預かってもらっていたころはもう伯母より洋一郎の方が主体になっていたのではないか。洋一郎はよく応接間でピアノを弾いていた。

応接間には大きな本箱があり、そこには伯父が洋一郎の幼いときに買い与えた立派な装丁の児童向きの本が沢山あった。グリムやアンデルセンの童話、イソップ物語や民話、それに色彩に富んだ美しい絵本、等々。私は洋一郎にあまり相手にしてもらえないまま、それ等《ら》の本を読んで一日の大半を過ごしていた。

父は私が幼いころから字を教えてくれていたので、児童向きの本であれば大抵は読むことができた。そして其《そ》れらはたちまち私の心を奪った。私がそれまで知らなかった世界……夢のように美しく、限りなく華やかで、その上、子供なりの知的好奇心を満たしてくれるものがちりばめられている。

童話の主人公は王子様やお姫様のことが多かったが、マッチ売りの少女のように貧しさが主題になることもある。しかしその貧しさはそれらの本の中では貧にはつながらず、哀憐《あいれん》を添えた美へと昇華されていた。

美しいものに対する憧《あこが》れ、富みへの果てしない羨望《せんぼう》、その年では最も判《わか》り難《にく》かった知の世界でさえ、上品という言葉に置き換えれば納得できた。私は息を詰めるようにして本に没頭し、幼いもの特有の速さで吸収し、頭の中に私自身の夢の世界を構築していった。

庭の芝生の上に椅子を持ち出して本を読み始めると、茶色の巻毛の犬のパピが横に来て座る。太陽は燦々《さんさん》と芝生を照らしていた。裏庭には……それは丁度崖の下の我が家から伯母の庭に張った鉄線の端だけを仰ぎ見る形になる場所だが、伯母の丹精で、バラ、ダリヤ、カンナ、ケシ、ジギタリス、葵《あおい》、等が咲き、私の夢に色を添えてくれた。

隣家の夫人はフランス人だと聞かされていた。ある日、門の外で遊んでいた私は、好奇心に惹《ひ》かれて、いかにも西洋風な隣家の佇《たたず》まいを間近に見たい思いに駆られて門内に入った。と、玄関のドアが突然に開き、フランス人の夫人が、

「ヨソノ家ノ庭ニ、勝手ニハイッテキテハイケマセン」

と厳しい声でいった。

この夫人は後年アルト歌手として有名になった佐藤美子《よしこ》女史の母堂である。

子供への躾《しつけ》といえば、私はこの時期伯父からも教えられている。

近くに高級官吏の木村氏宅があって、伯父一家とは家族ぐるみ親交があった。四人の子供たちは丁度洋一郎と私の間に組み入れられる年齢だったので、双方頻繁に行き来をしていた。

ある日、洋一郎は私を連れて遊びに行き、夕食の時間を過ぎて帰宅した。

伯父は応接間に私たち二人を呼び、立たせたままで口を開いた。

「いま何時か知ってるね。子供はこんな時間までよそ様のお宅にお邪魔をしてはいけない。とりわけ洋一郎は節ちゃんに模範を示さなくてはならないのに、それが良く判っていないようだ。これからは年上の男の子らしく、ちゃんと節ちゃんを守って、模範を示してやりなさい」

父はこのように理にかなった諭《さと》しかたを私にするであろうか。母はフランス夫人のように威厳を持って私を叱《しか》るであろうか。身に受けた躾すらが驚きと憧憬《しょうけい》の対象になる。伯母一家を含めたこの高台の家の周辺にあるすべてのものが一体となって醸し出す香ぐわしい雰囲気に、私は酔《よ》い、魅せられた。

そして、私は伯母一家と我が家との救いようもない格差をその時点で感じるようになり、それが畏怖《いふ》ともなり卑下ともなって、この先も私の頭上遥《はる》かな処《ところ》に、高台の家はあり続けた。

この時期の高台にある家での明け暮れは、伝染を恐れた父が自分の退院後もしばらく私を伯母に預けたままにしたので、結局は三ヵ月ほど続いた。

このあと父の許《もと》に帰った私は、翌年の春になって、洋一郎と同じ鶴見小学校に入学した。女の先生が黒板に四角を描き、この中に日本の旗を描けるひと？　と言って教室を見回した時、私は何気なく机の上に肘をついて、たちまち先生に当てられてしまったというのが入学の日の記憶である。

校庭には大きなポプラが庭を囲むように聳《そび》え立ち、私はその幹に寄りかかって青い空や、白い雲を眺めるのが好きであった。小さい時から病気ばかりしていたので、友達が欲しかったにも拘《かかわ》らず、人に近づいていく勇気はなかった。それでも放課後は六年生だった洋一郎の友達の男の子や、官吏の木村氏の娘たちにみそっかすにしてもらって遊んだ。

日曜日になると、洋一郎は伯母のいいつけで私を鶴見教会の日曜学校に連れていってくれる。しかし洋一郎は教会に着くと面倒臭そうに私をほったらかしてしまった。ひとりぼっちにされた私は木の椅子の並んだ床の風景や側面に掛かった小さな十字架に、童話の世界を重ねて夢をつのらせる。賛美歌は歌うことの楽しさを私に教えてくれた。クリスマスには一張羅《ちょうら》を着せてもらって集まり、牧師からイエスさまの誕生の話を聞いたり、歌を歌ったり、お菓子を食べたりしながら、楽しい時間を過ごした。

私はこのように平和な鶴見での生活が、このあともずっと続くと思っていた。

ところがクリスマスが終わったばかりの六歳の年の暮れ、父が突然、神戸に転勤することになったと聞かされた。私の運命はここで大きく変わることになる。

神戸は私にとって無縁の場所ではなかった。

私は大正十年二月に、神戸の芦屋《あしや》で生まれている。芦屋といっても、現在その言葉から連想されるようなところではない。そのころはまだ「あざ」という字のついた深江という海に近い田舎町であった。ところが二歳になるやならずのときに父が新しい職を小樽《おたる》に得、海を渡って北海道に移住し、その小樽生活も一年足らずで東京勤務となり、以後、渋谷、横浜、鶴見、と関東を転々としていたので、生地の神戸には何の記憶もない。従って幼年期を過ごした関東が私の出身地であるという想《おも》いが体に染み付いてあり、それはいまでも変わらない。あるいは心の深層に刻まれた、私の願望であるかも知れなかった。

しかし両親の愛着は関西にあった。

父の家はもともとは島根の出だが父自身は当時軍人であった祖父の任地の広島で生まれ、母は親代々の鳥取で生まれている。しかしそれぞれ若いころに生地を離れ、神戸を生活の根拠地としていた。父と母が邂逅《かいこう》したあとも、私を連れて小樽に行くまでを神戸で過ごしている。北海道や関東と住居を転々とする中でも、父と母は若いころを過ごした関西への望郷の念を持ち続けたのではないか。その望郷の念がかなったのが今回の「転勤」であるらしい。

やがて父は慌ただしく年が明けてすぐ神戸に行ってしまった。

そしていま、後始末を終えた母が、私を連れて神戸に向かっているところである。

それが、昭和三年、一月末のことであった。

汽車は煙を吐きながら、単調な動きを続けている。どんよりとした曇り空はいつの間にか雪空に変わり、彦根の辺りでは雪の重さに首を垂れた竹の群生が、手に触れられそうな近さで窓に迫った。遠くに見える藁葺《わらぶき》の屋根はこんもりと雪に被《おお》われ、見渡す限り白一色と化した畠《はたけ》の上に、黒い烏《からす》の餌《え》を探す姿もあった。

母の放心は帰郷の喜びだけであったのだろうか。

私は母の胸の中に去来する思いを知らない。

母はまた私の引き裂かれた胸の中を、知ることはない。

汽車ががらんとした大きな神戸駅に着いたのは、夜も大分更けてからであった。冬の夜の侘《わ》びしい暗さが構内を被っていた。久しぶりに逢《あ》う父の顔は優しかったが、馴染《なじ》まぬ土地に降り立った私の怖《おび》えは深い。鶴見が、崖の上の高台にある伯母の家が、その下に小さく蹲《うずく》まっていたような崖下の我が家すらが、たまらなく恋しかった。

父が私たちをその足で連れて行ってくれたのは、母の縁故筋に当たる今井よねという人の家の二階であった。父は母の意を受けて前もってその家の二階二間を借りていた。そこは六甲山の裾野《すその》にある上筒井という町で、山への坂道を少し登った所を左に折れた露地の奥にある、関西風な長屋の一軒であった。よねは五十代と私には思えたが、到着したばかりの母と私に細かく気を使い、優しくしてくれた。それが私に神戸を受け入れるより他はないという、納得を促した。

この二階に住むようになってから母が私の手を引いて最初に訪れたのは、母の弟である豊《ゆたか》叔父の家であった。六甲山の登山口から反対方向の海に向かって下りる大通りがある。その大通りの中程にある町角から左に入った二軒目で、時計の修理と貴金属を扱った小さな店であった。

豊叔父は母の顔を見ると、驚いたように立ち上がり、

「姉さんやないか、よう帰ってきやはりましたなあ」

といって目を潤ませた。

せかされるようにして通った奥のこたつの中には母の母、私には祖母にあたるたけもそのときは存命していて、母の顔を見て喜びの涙を流した。私にも、

「大きゅうなって……」

といって頭を撫《な》でたが、私は突然に現れた祖母にどう対応してよいか判らず、おずおずと母の蔭《かげ》で小さくなっていた。

こたつを囲んで叔父の妻のつるもおり、廊下にいた一人娘の艶子《つやこ》も走り寄って来て、一家がこの四人で構成されていることを、私はまもなくのみこんだ。

やがて大人たちは私に艶子をあてがって、長い間の双方の無沙汰《ぶさた》を埋めるように途切れもなく話を続け始めた。私と艶子は店の畳の上で遊んだが、艶子は三歳を出たばかりで、私の遊び相手にしては幼な過ぎた。しかし、おねえちゃん、と親しげに馴ついてくる。秘蔵の市《いち》松人形《まにんぎょう》を取り出して、

「これ、うちのややこや」

と自慢気にみせた。

名前だと思った私が、

「ややこじゃなくて、あやこでしょう」

と姉さん振ったが艶子は肯《がえ》んぜず、二人で幼い応酬を繰り返していた。

「ややこ」が赤ん坊の意であることを知ったのは、大分あとのことである。そしてこれが私が関西弁に戸惑った最初の経験であった。


この夜の思い出として鮮明なのは、夜、大通りから団扇太鼓《うちわだいこ》を打つ音が近づいてきたことであった。叔母のつるは母をせき立てるようにして表に出、私と艶子が後を追った。それは日蓮宗《にちれん》の僧侶の一団が、白い装束に南無妙法蓮華経と書いた帯状のものを斜めに掛け、団扇太鼓を打ち鳴らして行進してくるところであった。人数は十人ほどであったろうか。私はこのあともしばしば同じ光景を叔父の家の近くでみかけることになるのだが、いまでもあのドンドンツクツク、ドンツクツクという太鼓のリズムが耳に残っている。私は長いあいだこのリズムにお題目である南無妙法蓮華経が重なっていたと思っていたが、いまやってみるとそれは決して合致しない。叔母はあの晩、一行に喜捨したのであろうか。私には不思議な光景であった。そして、あの太鼓の音を皮切りに、私はいままで高台にある家の従兄に連れられて行って、幼いなりに馴染んでいた教会のキリスト教から、突然、母方の宗教である日蓮宗に否応《いやおう》なく参加させられることになる。

間借りしているよねの家での日常は、父は会社が遠かったのか私が起きたときにはもう出勤していて姿はなく、夜も遅かったのでこの時期の父は思い出せない。よねには中学校一年生の養子がいたが、養子も朝早く通学のため家を出るので、私の記憶にあまりない。残っているのは母とよねが、互いに涙を拭きながら倦《あ》くことなく語り続けている姿だけであった。私はその話の中に「神田のおたねはん」という名前がしばしば出てくるのに気が付いた。私にとって神田たねという人物は小さいときから馴染んだ名前であった。

あれは二歳の終わりのころであった。

父が北海道の小樽から東京へ転勤となり、一足先に発《た》った父を追って母が東京へ向かう前日、私は髪結いの家でストーブの上にあったくせ毛直しの熱湯をひっくり返して左足首にかなりの火傷《やけど》を負った。出発を延ばすことは出来なかったのであろう、翌日、包帯だらけの足をして痛がって泣く私を背負い、連絡船、汽車を乗り継いで母が辿《たど》り着いた先が、東京の小石川にあった神田邸であった。「邸」と書くのはあとで知ったことだが神田家の当主は東京の亀戸《かめいど》にコークス会社を経営する実業家で富裕と呼べる人であり、当然のことに召使いを沢山抱えて立派な屋敷に住んでいたからである。この富豪の夫人たねと母はどういう訳か昔から親交があったらしく、火傷の子を抱えて困《こう》じ果てた母が、下男や女中という人手のある神田家に援《たす》けを求めたものと思われる。主だった女中にそれぞれ、お松、お竹、お梅、と松竹梅で名がついているのをのちに知って何かおかしかった。

神田家の主は実業家らしく、威厳も風貌《ふうぼう》も具《そな》わった堂々とした人であったが、その大勢の従業員の長《おさ》である偉いおじさんが、火傷でぐずっている私のそばに来て、

「節ちゃん、犬はなんて鳴く」

私はしかたなく、ワンワン、と小さくいう。

「猫はどうかな」

と今度は鼻を抓《つま》む。ニャアというと相好を崩して喜んだ。

あれは苦痛に耐えて生きようとしている小さな生き物が、不憫《ふびん》でならなかったのであろう。加えて私の出生が尋常ではないことへの憐《あわ》れみも、いま思えばあったに違いない。

火傷で世話になったあと私たち一家は渋谷に住むことになったが、渋谷に住んでいるときは勿論《もちろん》のこと、そのあと横浜に移り、更に鶴見に引越してからも、母とたねの交流は密であった。私はそのたびに小石川の神田邸に連れて行かれ、たねが溺愛《できあい》していた美津子という一人娘に遊んでもらった。

美津子は当時有名であった何とかいう女学校の生徒で、本来ならば構いたくない幼い私をたねの言いつけで渋々相手にしてくれた。そしてたねや母もときには仲間に入った。遊びは投扇興《とうせんきょう》という優雅な名前で、開いた扇を投げていちょう形の的を落とし、その距離で優劣を決めるもの。百人一首の坊主めくりや、美しい絵の描かれた蛤《はまぐり》の貝合わせもあった。

万事につけて鶴見の伯母の家とは趣の異なった日常であった。そこには伯母の家の更に何倍かの富があったに違いないが私にはその有り難さは判らず、私の憧れは高台にある家に凝縮されていた。

神戸の今井よねの二階で「神田のおたねはん」という名を聞くたびに、東京のたねと、神戸のよねと、母とのあいだには昔どこかでつながるものがあったとは察せられたが、幼い私には好奇心すら湧《わ》かない茫《ぼう》としたものであった。

この時期、父は私が一年生の三学期の中途であったにもかかわらず、この地の小学校に転校させるつもりはないようであった。長じて考えると、父はよねの二階を仮住まいとし、早い機会に大阪に新しい職を得て、住居を大阪に移す計画であったと思われる。計画は思うように捗《はかど》らなかったとみえて、私は通学することもなく、一日を無為によねの二階で過ごしていた。

斜め向かいの長屋に白系ロシア人の一家が居《お》り、高台にある家を通して西洋人に憧れていた私は、いつとはなくその家の同年輩のニーナとアンナという姉妹と親しくなった。姉妹は血の浮きそうな白い肌に碧《あお》い瞳をして、柔らかい金髪を首筋で切りそろえている。私はそれを美しいと羨《うらや》んだ。チョコレートの部厚い箱の表に描かれた外国の城と湖は、私に童話の世界への憧れをかきたてる。本箱に並んでいる見知らぬ外国語で書かれた本は、遠い国の知の匂いがした。私は姉妹と遊ぶというよりも、この姉妹と共に西洋らしい空間を所有しているという満足感で、足繁くこの家に通った。

ある日、母に一人の客が訪れた。

私が姉妹の家から帰宅すると、袴《はかま》を穿《は》いた見知らぬ男が、母と向き合って座っていた。青年という年頃《としごろ》であろうが若々しさはどこにもなく、神経質そうな尖《とが》った顔をして、痩《や》せて青白く、陰気であった。男の私を見る目は優しかったが、節ちゃんか、と私に声を掛けたあとは、世辞をいうでもなく、黙って私の顔を見詰めている。母も無口な男に話の接ぎ穂を失ったのか、会話も途絶えがちで、私と男と双方に気を兼ねているようすであった。私はその部屋に凝縮されている暗い不気味さに押し出されるようにして、外へ飛び出した。

何をして遊んでいたのであろうか。露地はまだ明るく、子供たちは陽気で騒がしかった。男が母に送られて、玄関から出てきた。男は杖《つえ》をつき、足を引きずって敷居をまたぐと、そのまま不自由そうに歩き始めた。袴は着物の裾が醜く乱れるのを庇《かば》うためであったろうか。男は奇異の目を向けている私に、

「節ちゃん、さいなら」

と今度は笑顔で声を掛け、体を左右に大きく揺《ゆす》りながら行ってしまった。

「あの人だあれ」

と訝《いぶか》し気に訊《き》く私に、母は完全に戻ってしまった関西弁で、

「幸一《こういち》いうてな、わての親戚や」

と短くいった。

幸一が二度目に訪れたときは、母へのみやげに手造りの火吹器具を持参した。原理はアコーディオンと同じで、蛇腹《じゃばら》の先につけた取っ手を開いたり閉じたりすることで、空気が圧縮されて前方の小さな口から噴出する。七輪《しちりん》に炭火を熾《おこ》して煮炊きする時代の産物であった。

母は帰宅した父に、

「幸一がこんなもん拵《こしら》えましてん」

と気恥ずかしそうにいって見せたが、父はへえ、といって苦笑しただけであった。

田村一郎という人物の家へ初めて連れて行かれたのも、よねの二階に住んでいたときであ

った。一郎の家は原田というところにあり、これも「神田のおたねはん」の家と同様、屋敷というほうが正しい規模であった。子供の私にはよく判らなかったが大層大きな立派な屋敷で、一歩入れば、玄関には彫刻の付いた衝立《ついたて》があり、床の間には大きな軸が懸かり、調度品はいかにも高価そうにみえた。先代から伝わるものだと後に知ったのだが、古々しい中国の壺《つぼ》や、ヨーロッパのカットグラス等もあちこちに飾ってある。屋敷の周りは野趣に富んでいて、なだらかな山林の先はどこまであるか判らず、一体にのんびりと田舎風で、周囲に物音もほとんどなかった。

当主の一郎は丹前の着流し姿で現れたが、恰幅《かっぷく》がよく、背が高くて、この屋敷に相応《ふさわ》しい貫禄《かんろく》があった。そして人を喰《く》ったようなところもあった。母に向かって改まった挨拶《あいさつ》をするでもなく、平然と私を見おろして、

「これがセツコか、なんやカマキリみたいなやっちゃな」

とからかった。私は誰からもセツコと呼び捨てにされたことは一度もない。父や母も私を節ちゃんと呼んでいた。にも拘らず私は一郎のセツコという呼びかけに、途惑いと共に奇妙な安堵感《あんどかん》を覚えた。一郎は私を身近な人間の一人として認じ、呼び捨てに出来るほどの優位な立場から、私に優しさの一端を分けようとしている、とそのとき思えたのだ。

近くに、一郎の父親が一郎の生まれる前に養子としていたという一郎の義兄なる人が住んでいて、女中に呼ばれてきて母と挨拶を始める。いつのまにか他にも母の知り人らしい人たちが何人か集まって、一別以来の話に花が咲いていた。一郎の妻らしい人がその場にいなかったのは、のちに一郎の過去を知る過程で推察したのだが、離婚、再婚、を繰り返していた

一郎の何度目かの離婚のただ中であったのではないか。

夕方になると、一郎は、

「俺、ちょっと元町に買い物あるねん。ついでやさかいセッコに元町見せたるわ」

と母に向かっていうと、洋服に着替えて私を連れ出した。

暮れかけた元町は海の匂いが漂い、きらびやかな夜の訪れの気配が私を臆《おく》させた。異国風なレストランからは、レース越しの灯が柔らかい光を道に投げていた。ガラス窓を透かして色とりどりのボンボンや動物の形をしたチョコレートが、私の目を惹きつける。鶴見ではあまり見かけたことのない西洋人が町に融《と》け込んで行き交い、冬の名残の風が吹き抜ける道を、一郎はカシミヤのオーバーの衿《えり》を立てて私の手を引いて歩いていた。

まばゆい燈《ひ》の下に、鮮明な色の交差したセーターや、毛足の立った暖かそうなアンゴラのショール、艶《つや》やかな革製品の輝く一軒に、一郎はもの馴れた調子で入っていった。

売り子の一人が、

「マダム、田村はんがきやはりましたでぇ」

と奥に声をかけた。

部厚いビロードのカーテンを開けて姿を現したあでやかな女性は、にっこりと挨拶してから不思議そうに私を見て、

「今日は珍しいお連れさんでんな」

といった。一郎はにやにやしながら、

「この子、俺の妹や。どや、似とるやろ」

と冗談めかしくいった。

私は一瞬驚いたが、父の周辺に一郎のような軽口を叩《たた》く人間を知らず、今日一日もどこまでが本当で、どこまでが嘘《うそ》なのか判らない話ばかりで、いまの一郎の言葉を信じることはできなかった。

「なにいうてはりますねん。どこぞのええ人に拵えさせた隠し子とちゃいますか」

とマダムはいい、一郎は、

「あほ……」

と嬉しそうに笑った。

ショウケースには、見たこともない美しいものが並んでいた。きらきらと光る指輪、大きな玉のつながった首飾り、飴《あめ》いろの鼈甲《べっこう》の飾り櫛《ぐし》、巧緻《こうち》な象牙《ぞうげ》の細工物。別な棚には夢から抜けでたような白いボア、薄いベールや幅広のリボンのついたフェルトの帽子、外国品らしい子供服や長い毛糸の靴下……。

いつの間にか向こうに行っていた一郎が、

「その子にもなんぞ見立ててやって」

と声をかけた。売り子が私をあやすようにして次々と品物を並べたが、こんな形で買い与えられたことのない私は、それが許されることかどうかを計り兼ねていた。

「あかんやっちゃなぁ」

そばに来た一郎はケースの中を覗き込み、

「あ、それええやないか」

といって、燕脂《えんじ》色のしなやかな革で作られた外国製の子供用の手袋を取り出させた。私は小さな手にそれを嵌《は》めてみながら、上気した頬《ほお》をして一郎を見上げる。

「どや、気に入ったか？　よかったな」

一郎は目を細くして微笑《ほほえ》んだ。

母の親戚縁者の中に、父が入ることはめったになかった。母の弟である豊叔父のところですら、挨拶に一度顔を出しただけであった。そんな中でよねの家での生活が長引き、三月も半ばになってしまった。父は私の学校をこれ以上放置すべきではないと思ったのか、区域内の小学校に四月から二年生として編入させる手続きをとってくれた。ついでに仮の宿としていたよね宅を出て、別な家の二階二間に移転した。父は母の縁故者であるよねと共に住むことに、居心地の悪い思いをしていたのではなかろうか。移転先が同じ二階二間であったとしても、父にとっては気の抜ける空間であったに違いなかった。

この家はよね宅より広かったが、家主の女主人の住む階下の八畳間には壁一面を使った祭壇があり、いくつかの仏像と厨子《ずし》が置かれていた。女主人は四十代にみえたが、日蓮宗に関わる何らかの宗教活動をしていたようである。毎朝太鼓の音と共に読経が始まり、お題目が唱えられた。信者の集会所にもなっていてそれらしい人の出入りが多く、ここを借りたのは、あのやはり日蓮宗のつる叔母の世話であったのかもしれない。

祭壇の中央にある扉のついた小さな厨子には巳《み》（蛇）が祭られていて、毎朝その扉が右か左に小さく開いた。右に開いているときは巳の機嫌が良く、左に開いているときは巳がなにかに怒っているのだそうであった。従って左に開いていたときの女主人の読経の声はひときわ高く、私たちに注ぐ目は権高く、厳しかった。

一度、女主人の親戚という男が、己の機嫌に障ったらしい。女主人は近所の人々を集めておいて目の前に男を据え、懲《こ》らしめの行いをするという。数珠をまさぐりながら、「エイッ」と女主人が鋭い気合いをかけると、男は「ウウッ」と唸《うな》って座敷の中を転がり廻《まわ》った。息も絶え絶えな男の「かんにんや」という声でやっと行事は終わったが、その間小一時間はあったと思う。母はあとで「あれは芝居や」と私に囁《ささや》いたが、その一場面は私に大人とは何となく曲々《まがまが》しいものだという思いを残した。

この家に移ってから私は朝のひとときをこの祭壇の前に座らされて、母から渡された数珠を一粒ずつたぐり、一巡するまで南無妙法蓮華経と唱えさせられるようになった。私が学校に通うようになっても、母は家主に気を兼ねてこの勤めを私に課した。

学校は二ヵ月の空白のために取り残された疎外感だけが残り、生徒たちが関西訛《なま》りで暗唱する九々に、私は胸を塞《ふさ》がれた。空白の不安の上に、見知らぬ土地に来たことを改めて思い知らされ、私は孤独であった。鬱屈《うっくつ》した心は捌《は》け口を求めて、陰湿に歪《ゆが》んでいったのであろうか。

家主の女主人には、喜一という私より四歳年上の養子がいた。最初に住んでいた家のよねといい、この女主人といい、現実に夫なる人物が存在したかどうかは疑わしいが、老後の保障のために、養子を育てる風習はあった。喜一は女主人の甥《おい》ということで、血縁であったにも拘らず、扱いは下男の域を出なかった。下校すると、掃除、台所仕事、水汲《みずく》みと、荒仕事に追われていた。喜一は子供にしては頑丈な体格をしていて、力仕事を苦もなく片付けていたが、やや知能の遅れた少年であった。

女主人の姿が見えなかったある日の夕方、喜一は竈《かまど》で炊き上げたばかりのご飯で、握り飯を四個拵《こしら》えた。それを一皿に二個ずつ乗せ、

「節ちゃんも一緒に食べような」

と誘った。

私たちはそれぞれの皿を抱えて台所の上《あ》がり框《がまち》に腰を下ろす。一くち口に入れると、炊きたてのご飯に塩がほどよくきいて、どういう訳かこんな美味なものは食べたことがないような気がした。

私は久し振りで得た味の快楽を、不意に最大のものにしたいという思いに捕らわれた。そのために快楽に身をゆだねている私を、先に食べて仕舞った喜一が羨望している図を拵えたかった。あるいは弱者と侮って罠《わな》にかける快楽も合わせて欲しかったのかもしれない。

「喜一ちゃん、早喰い競争しない？」

「よっしゃ」

喜一は猛烈な勢いで、握り飯をほおばり始めた。私が一個も食べないうちに競争を終えた彼は、

「うまかったな」

といって、勝ち誇ったように私を見た。

そのあと喜一を尻目に握り飯を悠々と食べた自分を思い起こすと、喜一も私も哀れである。

この二階にいたときも、母は私を連れ、あの燕脂色の革手袋を買ってくれた田村一郎の家に二、三度行った。今日は原田泊まりだと聞かされた夜は、外泊を許さない父が何かの都合で不在であったのであろう。原田の田村家では夜更けになると、一郎の義兄が友人を連れてやってきた。私は奥の間に用意された床に寝かされたが、馴れない床は白々と冷たかった。広い空間に一人でいる怯《おび》えを僅《わず》かに救ってくれたのは、欄間《らんま》にかけられた一対の写真であった。暗い電球の下でガラス越しに見えるその写真は一郎の両親と推察された。

二人とも黒紋付きを着た半身像であるが、父親は驚くほど一郎に似ていた。母親は明治の美人画から抜け出たように、目許涼しく、きりりと締まった口許をして、二人とも大家の夫妻として充分な貫禄と風格を示していた。母は田村一郎のことを「親戚」だという。私は同じ「親戚」でも一郎が高台にある伯母の家とは少し異なる形の富の継承者らしいと判断した。「裕福な親戚」を持つことは誇らしくもある反面、格差への無念もあるものだとおぼろに感じていた。

写真に守られて落ちつかぬまま眠りについた私は、やがて茶の間の喧噪《けんそう》に目を醒《さ》ました。廊下を伝って騒がしい部屋に辿りつき、襖《ふすま》をそっと開けると、煙草《たばこ》の匂いの鼻につく中で、中央にある一枚の座布団を囲んで四人の緊張した顔と背中があった。座布団の上にあったのが花札だと後年知ったが、母は立て膝《ひざ》をして目を据えていた。私の姿を見ると、

「なんや、起きてたんかいな。こっちぃきて母さんのそばで寝とんなはれ」

と面倒臭そうにいい、座布団を二枚敷いて私を横にし、自分の着ていた羽織を脱いでかけ

た。一郎は、

「そんな格好してたら二人とも風邪引くがな。誰ぞ毛布持ってきたりぃ」

と襖を開けて大きな声を出し、女中が毛布を運んできた。

私が部屋の隅に寝かされているのに頓着《とんちゃく》なく、大人たちは上気した声を張りあげて、

「どやっ！」

と花札を一枚めくっては座布団の上に投げつける。合い札のなかったときは、

「アイタタタ……」

と情け無さそうに顔をしかめた。

「このクソッ！　ええかげんに出んかい」

「なんやってけつかるねん。あほんだら」

とそこには関西弁の罵声《ばせい》が飛び交っていた。

私は父の罵声を聞いたことはない。が、母の罵声には覚えがあった。母は私がもの心ついたころからよくヒステリー症状を起こし、興奮状態に陥ると、必ず関西弁の罵声で対象を罵《ののし》った。私が一番記憶に残るのは、鶴見でレオという犬を飼っていたときのことであった。

レオは犬好きの私のために父が仔犬《こいぬ》を貰《もら》い受け、やっと成犬近くまで育てた雑種であった。母が大の動物嫌いであったため、母には冷遇されていた。飼ったのは父がチフスを患ったあとであるが、ある日、我が家では珍しくすき焼きが夕餉《ゆうげ》に供された。母は明治の人間らしく四ツ足を忌み嫌い、鶏肉と鴨《かも》肉の他は、牛、豚、乳製品の一切を、口にすることはなかった。すき焼きは父と私への奉仕精神で、目を瞑《つむ》って用意したものであった。

肉の煮えた匂いが、狭《ほ》い家の玄関から外に流れる。玄関脇《わき》の犬小屋に鎖でつながれていたレオは、狂ったように吠え始めた。鳴き声はだんだんと哀調を帯び、玄関のガラス戸はレオの掻《か》き立てる爪《つめ》で、いまにも割れそうな音を立てた。母はやにわに立ち上がって玄関をあけると、そこにあった竹箒《たけぼうき》を振り上げて、

「クソッ！　ウヌにやるような肉はないわい。ド畜生のくせにオノレの分際も知らんでか」

とレオを打ち始めた。

「オノレ殺してやる。死んでしまえ。死なんかっ！」

母は打擲《ちょうちゃく》を止《や》めなかった。レオは悲鳴をあげて逃げまどった末、犬小屋の奥深く体を丸めた。幼くて非力な私は、涙を溜《た》めて立ち尽くしていたのではなかろうか。あれから間もなくレオが姿を消したのは、父がレオを誰かに譲り渡したと思えてならない。花札の席の罵声は、私にこのときの悲しみを思い起こさせた。私は敏感に反応し、罵声を私の世界に入れることを強く拒んだ。そして母が私が入りたいと願っている世界とは異なる側の世界に属しているのを、私なりに理解し始めていた。

足の不自由な幸一は、二度目の間借りの二階屋にもたびたび来て、そのたびに細やかな工作品を持参した。それは懸命に生きていることへの証《あかし》か、執拗《しつよう》に続いた。私が学校に行っているあいだに来ることもあり、帰宅したときに母と相対していることもあった。だんだんと打ち解けて、私に笑顔を向けることが多くなったが、暗い陰湿な霧は彼の周囲をとりまいていて、私を圧迫する。私は逃れるようにして外へ出た。

後年、私はこの幸一が私の出生にもっとも深い関わりのあった人物であったことを知るのだが、神戸のその二階で何度か見かけたのを最後に、ついに生涯再び逢うことはなかった。

二　大和の畦道

新しく借りた日蓮宗の信者の二階に、父方の親戚や知己《ちき》が訪れたことはなかった。父は母と同じく神戸に長年住んでいたと思えるのに、母方の縁故者だけでなく、神戸に住んでいたであろう自分の知人たちにも背を向けていた。従って父の関心は私に集中し、私は父の愛玩《あいがん》物《ぶつ》として存在していた。

父に早くから字を教えられていた私の一番古い絵本の記憶として、象の絵と「ゾウ」(そのころは片仮名から習った)という字があるが、それと同じ時期のものに、風雨の中にポツンと建つ一軒《ふさわ》の家と、「コガラシ」という言葉が頭に浮かぶのはどういうことであろう。幼児の絵本に相応しくないその寒々とした風景と言葉が染み込んだのは、私がそのあとの父との運命を自分で占いとったものと思えてならない。しかし運命は緩慢な流れでしか訪れず、私が「コガラシ」の気配に耳を澄ますまでには、まだ長い道程《みちのり》が必要であった。

教育熱心な父は二階の間借り部屋で、今度は私に英語を教え始めた。英語の単語の入ったカルタを買ってきて、自分が読んで私に取らせるのだ。残念ながら私には語学の才能が無く、少しも上達しなかったので、落胆したようである。父の日常には西洋の匂いは殆《ほとん》どなかったが、当時一応の教育を受けた人間の多くがそうであったように、父は西洋文明の崇拝者で、自身も英語に堪能《たんのう》であった。

次に父は私の髪に鏝《こて》を当てることに興味を見いだした。まずは毛髪用の鏝の先端部分を、火鉢の炭火の中に入れて熱する。頃合《ころあい》を見て取り出し、紙に当てて鏝の熱し具合を験《ため》した。紙が茶色に焦げて、紙の焼ける匂いが鼻をつくと、私のお河童《かっぱ》の横髪を鏝で絡めて巻き上げる。離すと緩やかなカールが出来た。父はこの動作を繰り返して、私を自分の納得のいくように仕上げた。鏡に映し出された私は精一杯嬉しそうな目で父に笑いかけ、父の満足気な顔に応《こた》えた。

父はよほど無聊《ぶりょう》だったのであろう。そして生来まめな人であった。

同じ時期に、父はカルメラ焼きにも凝《こ》っていた。小さな銅の杓子《しゃくし》状の鍋に赤ザラメを入れて熱し、沸騰する瞬間に小さな棒の先に少量の重曹をつけて激しく攪拌《かくはん》する。その一瞬の加減で軽石状の砂糖菓子が出来上がった。失敗すると、ザラメは膨らまずに液状のままになる。父は勝負に挑む人の執拗《しつよう》さで、執念のようにカルメラを焼き続けた。甘いものの嫌いな私は、この菓子を食べた記憶はあまりない。大半のカルメラ焼きは、どこに配布されたのであろうか。父のささやかな道楽の一つであった。

母は父とは反対に、昔、神戸でつながっていた人間関係を、可能な限り復活させたいと願っていたようである。特に血縁である弟の豊《ゆたか》叔父一家とは、頻繁に行き来した。つる叔母は日蓮宗の行事のたびに当たり前のように母を誘い、あまり信心深いとも思われぬ母は、引きずられるように私をも連れて参加した。

あるときは六甲山の中途にある滝で、水行《みずぎょう》をさせられた。

十名近い信者たちの集う中で、男も女も白い腰巻きと肌着一枚になる。私は下着だけであった。梅雨の曇り空に水はまだ冷たく、落下する滝の勢いは、滝幅の細さに似ず鞭《むち》で打ち据えられるように力強かった。私はよろめきながら飛沫《ひまつ》の中でお題目を唱え続ける。歯の根も合わぬ寒さの中で、水の鞭は不思議と小気味よかった。

お百度詣《ひゃくどまい》りをさせられたこともあった。細い竹串を百本握って、本堂の廻《まわ》りをお題目を唱えながら裸足《はだし》で百回廻るという、祈願の一つの方法だ。一廻りするごとに本堂の前に竹串を一本置く。それもなるべく早足で歩いた方がよいとされていたのか、線香の匂いの漂う中を、母も叔母も無心の表情で早足に歩いていた。

私はいまでも日蓮宗という言葉を聞くと、あのころの私の姿を懐かしく思い出す。それは信仰と無縁なところで、強いられたことながらも敬虔《けいけん》で無垢《むく》な感動を私に伝えてくれた。

まずは平穏な日々が続いたが、二年の一学期が終わる七月に父はまた転職した。父は念願の就職が叶《かな》ったという表情を見せ、私たち一家は夏休みを機に大阪へ転居することになった。鶴見を発ってから、半年余の月日が経っていた。

大阪には父の兄一家が住んでいた。それが父を大阪に移りたいと願わせた大きな理由であり、私は大阪に移ってから今度は父の親族関係に取り囲まれていくことになる。

父は男五人、女四人の九人の兄弟の中の次男である。この大阪の兄が長男であった。私にとっての伯父は名を但男《ただお》といい、当時の京都工専、現在の京都工芸繊維大学を卒業して、鐘《かね》ヶ淵紡績《ふちぼうせき》（カネボウ）に入社していた。淀川の工場から少し離れたところに社宅があり、その中の一軒に入居していて、順調な勤務振りであった。神戸にいたころ父は日曜日に、一、二度私を連れて、この社宅を訪れている。伯父が父の就職にどのていど関わったかは不明だが、父はオリエンタル・カメラという念願通り大阪の中心地にあった会社に就職することが出来、この度の転居が実現したのであった。

転居した先は伯父の社宅に近かったが、父はそれを自分の新居の最大の条件としていたようである。近いといっても子供の足で二十分はかかった。

伯父の社宅は都島区《みやこじま》と呼ばれた区の中にあった。当時大阪の北部に向けて開拓され始めた広大な地域の一部で、現在の毛間町の辺りではなかったろうか。整地された広い敷地内に社宅が整然と並び、それぞれに竹垣や生け垣があったと思うが、私は伯父の家の辺りしか知らず、あとは朧《おぼ》ろの記憶である。しかし用水路のような小さい川に囲まれた社宅の地区の門を一歩外に出れば、一体は荒れ地のままで草がところどころに生えていたり、コンクリートの破片や土管の半分が転がっていたりする。開拓は未《いま》だ途上のようであった。

それに比べて私たちが入居したところは、同じく都島区の端のほうにあったが結構町の体裁を整えていた。善源寺町六丁目が正式な名前だが、人々は大阪風に善六と称し、町の人間らしく暮らしていた。しかし町を少し外れれば例の鐘紡の社宅を出たところにある大きな荒れ地につながっていて、現にそのころ守口方面に向けて新しく開通したばかりの市電の善六の停留所は、草の生い繁る、夜は恐ろしいような原っぱの中にあった。帰りが夜になりそうなとき母は小さな提灯《ちょうちん》を前もって用意して出かけ、電車から降りたあとはそれにローソクの灯をともし、母娘で一列になって草叢《くさむら》の中の獣道のような細い道を怖《こ》わごわ帰ったものであった。

家はその小さな停留所からちょっとした距離を置いたところにあるが、善六の中では表通りと呼べる通りに面した二階建ての四軒長屋の右端であった。そのころの大阪の月給取りの平均的な広さの家である。第二次大戦前の一般庶民の間では、家は借りるもので、買うものだという意識は薄かった。

その時私たち一家が借りた長屋は表通りに面していたせいか、下が店舗として使えるようになっていた。のちに判ったのだが母には早晩自分で店を開く心算があり、敢《あ》えてここを選んだと思える。

長屋の左隣はこの店舗を利用した一銭洋食屋であった。現在でいうお好み焼き屋だが、当時は一銭で売られていたので、この名前がついていた。夜店には付きもので、子供にとっては欠かせない楽しみの一つであったが、左隣は鉄板を一つ置いただけの殺風景な店であったためか、あまり繁盛している様子はなく、客がくると白髪まじりの妻女が懶《ものう》そうに焼いていた。その左隣は魚屋でこちらの方は繁盛していた。威勢のいい亭主のそばで丸髷《まるまげ》に結った小柄なおかみさんが働きながら、いつも赤い紅絹《もみ》で涙目を押さえていた。そのころ蔓延《まんえん》していたトラホームだったのであろう。その隣の左端の家は我が家と同じく商売はせず、単に借家として使われていた。

その左端の家が大通りの四ツ角の一角に当たり、道を隔てた反対側に、私が通うようになった都島第四尋常小学校があった。小学校の前には決まりのように文房具屋が二軒並んでいたが、総じて善六の表通りは現在のようにアーケードがあって店がひしめき合うという状況からはほど遠く、跳び跳びに、米屋、本屋、理髪店、荒物屋、乾物屋、一膳飯屋《いちぜんめしや》、髪結い等が散在していただけであった。

私は七歳の二年生の二学期からこの小学校に通い始め、東京弁から急速に大阪弁に同化していった。言葉の異分子でいることは集団生活に適応し難いと、頭のどこかで知っていたのであろう。そして友達というものもつくれるようになっていた。学校は新開地の人員増に合わせて建設されたもので、比較的新しい木造建築の二階建てであった。授業の始めと終わりを告げるには、小使いさんが拍子木を打って廻る。拍子木の音がすると、生徒たちはざわめいた。

昼休みは一時間あり、かなりの距離の子供でも、家へ帰って昼食を摂《と》ることが多かった。私は目と鼻の先に家があるので、帰宅するのを常としていた。母は茶漬けていどは用意していたが、私に新しい市電の線路を越えた先のうどん屋に注文に行かせたり、隣の一銭洋食を買わせたり、たまたま大通りで鈴を鳴らしている関東煮《かんとだき》（おでん）の屋台から選ばせたり、という調子であった。たまには盤台を担いでくる魚屋からまて貝を買い、火鉢で焼いてくれることもあった。

手許《てもと》にあるそのころの女組クラスの記念写真を見ると、まだ筒袖《つつそで》の着物を着ている子供も沢山いて、私のように曲がりなりにも洋服を着ているのは、半数たらずであったろうか。これは明らかに生徒の両親の社会での位置を反映していた。子供に洋服を着せているのは、小金のある商家か月給取りの家で、着物を着せているのは、日銭稼ぎの小さい店屋、あるいは職人、労働者の家であった。農家の子女の少なかったのは、一帯が町として進展するために、農地はすでに買収されていたのかも知れない。

私の家は往来の激しい表通りにあったので、友達は店屋の子が多かった。月給取りの子はもっと奥の静かなところに住んでいたし、また当時は「月給取り」という層は一般に少なかったようである。従って私は米屋のたず子、風呂屋の綾子《あやこ》、洗濯屋のふみといった子供たちと親しくなって放課後の時間を過ごすようになった。表通りは荷馬車や牛車の往来が多く、馬や牛はところ構わず糞《ふん》をし放尿する。そこでままごとのような静かな遊びは、表通りから少し入った小路に茣蓙《ござ》を敷いて遊んだ。人形でお客さまごっこをするときもある。ままごとでもお客さまごっこでもそれぞれに大阪に育った子供の家庭の特色が色濃く出て、私は奇異の目を見張ることがしばしばあった。

遊びは当時の子供たちのごく普通の遊びである。石蹴り、縄跳び、手毬《てまり》等のほかに、人数が集まれば「とおりゃんせ　とおりゃんせ」とか、関西弁の「ぼんさん　ぼんさん　どこいくねん」というのをやった。男の子が混じって陣取りや戦争ごっこをすることもあるが、そのときは廻りから「男と女とまあめいり」と囃《はや》し立てられて、なんのことか判らなかったがそれがなぜか快かった。

ときには例の鐘紡の社宅とは電車のレールを挟んで反対側にある広い野原に行き、蓮華やクローバーで冠りをこしらえたりした。またおおばこでとる相撲、蚊帳吊《かやつ》り草の茎を裂く蚊帳吊り遊び、おなもみのとげのある果実を投げ合うくっつき虫遊び等にも興じた。原の中にはまだ沼地が残っていて慈姑《くわい》が大きく葉を伸ばし、白い可憐《かれん》な花に惹《ひ》かれて手折りにいくと、水中の蛭《ひる》に吸いつかれた。蛭はぬるぬると体をくねらせて、私の痩せた足の血で膨らんでいた。

病弱の私は相変わらず人みしりし、負けず嫌いであったにも拘《かかわ》らず、遊びの統率者になる資格には欠けていた。それでも町内の子供たちとは互角に遊び、笑ったり喧嘩《けんか》したりして、年相応に遊びに没入していた。

四ッ角にある電柱に、夕暮れになると蝙蝠《こうもり》が集まった。気味の悪いこの小動物は、茜《あかね》色の空が灰色に塗り変えられるころになると、どこからとなく飛んで来て、それが遊びの終りを告げた。私は一人になると急に寂しく何となく不安になって、よく学校に遊びに行った。校庭にある藤棚《ふじだな》の下に小さな池があり、その水が関東大震災のとき揺れたという。そういえば私が横浜に移り住んだのは震災の二年後で、横浜にはまだあちこちに倒れた石の門柱があった。いまこの池の水が揺れ動いたら、あの鶴見の伯母の高台にある家はどうなるのであろう。伯父は、伯母は、従兄は——知らず知らずのうちに私は池の水にあの家に居たころを映し出していた。

帰りには小使い室を覗いてみることにしていた。小使いさんが夕餉《ゆうげ》の支度をしているそばで、宿直の若い教師が退屈そうに夕刊を読んでいる。そんな図に出喰《でく》わすと、私は臆面《おくめん》もなく小使い室に入っていった。

「お丶、おまえか、上がれや」

私は畳の上に上がり、教師の横にちょこんと座る。何をして遊んでいたかという問に吶々《とつとつ》と答えるうちに、教師は胡座《あぐら》を指してここに座れと目でうながした。教師の胡座の中にすっぽりと抱かれた私に、教師は膝《ひざ》をゆすりながらとりとめのない話を聞かせてくれた。教師の胡座の中には安堵《あんど》がある。大人の知と力強さ、私を掩《おお》ってくれる大きな優しさ、それらをないまぜにしたものに、私はゆったりと浸っていた。

七、八歳の娘であっても大人の男に抱いてもらう快さは知っているものである。私が所帯臭の強い教師や、剛直な教師に寄り付かなかったのは、そこには甘い暖かさを期待できないと本能が教えていたからではないか。そのように大人の男の腕の中で安堵する習性は、本来は父が付けてくれたものであった。渋谷に住んでいた三歳のころ、父は夜になると私を抱いて代々木の原を散策した。薄《すすき》が生い繁り、藪《やぶ》からしの蔓《つる》が絡む道、仰ぎ見れば月が父の歩みにつれて移り行く。私の三歳の重みが、父には充足の確かな証しととれたのであろうか。快い父の温もりの中で私が眠りにつくと、やっと父の足は我が家に向かった。

大阪に住んで間もなくより、母は神戸のときと同様に、今度は大阪に住む縁故者の家を訪ね始めた。一体に陽気な質《たち》で、父の内向性とは打って変わって外向性の強い人であった。さて、そんな母が大阪で歴訪を始めた縁者の中に、名和たかという女性があった。たかは、どういう訳か、他の母の縁者とは違うという印象を最初から与えた。

夫は北港《ほくこう》という大阪湾に面した海水浴場にある、大きな娯楽センターに勤めていた。当時としては立派な施設で、人々は海で潮干狩りや水泳を楽しんだあと大浴場で海水と砂を洗い落とし、食堂で喉《のど》を潤したり食事をしたりして、日が暮れるまでゲームや動く覗き眼鏡で遊ぶ、という仕組みになっていた。センターのいたるところに貼《は》られていた「チボにご用心」という言葉を不思議な目で見ていたのを記憶している。私は母に連れられてこの娯楽センターでたかとたかの夫に初めて顔を会わせたのであった。たかは瓜実顔《うりざねがお》のほっそりとした日本風な美女で、物腰も上品に振る舞っていたが、いかにも他を意識しているようにとれた。なよなよと歩き、くねくねと腰を折る。高慢を覗かせた顔に刻まれた一重瞼《ひとえまぶた》の目は、ときどき素早い流し目に変貌《へんぼう》した。顔も美しければ、姿もよく、着ているものも上等で、通る人を振り返らせたが、私は幼いながらも女の本能で、たかに対立するものが内にある。あまり好感のもてる相手ではなかった。夫の方は酒好きだということで、昼間でも酔ったような赭《あか》い顔をしていたが、眼鏡をかけた尋常な顔で、如才なく私たちをゲームセンターに案内した。

　その夫が不在のときに、母に連れられて今度はたかの自宅を訪れた。夫の勤め先の北港に近いところなので、善六からでは倦《あ》きるほど市電に乗らなくてはならなかった。たかの家は庭が広く、我が家より格上の一軒家であったが、母は家に上がるとすぐに茶の間に座りこみ、たかと二人で私の判らぬ話を長々と続けた。たかは泣いていたような気がする。別の部屋にいた私はそこにあった婦人雑誌にも飽いて、広い庭の片隅に飼われていた二匹のシェパードを可愛がろうと犬の囲いに近づいた。しかしこの二匹の犬は、犬好きの私が近寄れないほど猛々《たけだけ》しく吠《ほ》え立てた。

帰途に母は、
「犬は飼い主に似るちゅうけど、あのヒステリーには手ぇやくでぇ」
と犬にとも、たかにともつかぬことを言ったが、母はその日たかのヒステリーに困《こう》じ果てたのであろうか。私は母の言葉に頷《うなず》くものがあったが、この時点でのたかへの関心は薄く、あのなよなよとしたたかという女が、足を引きずって歩く陰気な幸一や、革の手袋を買ってくれた一郎などと同じく私の身近な人間であることを知るには、まだしばらくの時間が必要であった。

母の交流の多様さに比べると、父の交流はほとんど兄弟に限られていた。そしてそこに不透明なものは少なかった。

父は姓を小松といい、小松家は代々津和野藩の藩士であった。百九十石の禄《ろく》を食《は》んでいたと後に聞いたが、それがどれくらいのことを指すのか私には判らない。維新のころ、六代目がどこかの鎮台の司令官となり、八代目の祖父はその流れを汲《く》んで広島連隊に入隊したが、特務曹長で終わっている。最初は司令官に始まり次の次の祖父の代で特務曹長というのは、祖父に明治の時流に乗れぬ不器用さがあったのであろうか。一応は士族という族称を持ち、同じ士族の娘であった祖母と結婚をして、五男四女をもうけた。

祖父は工兵隊の長であったので、砲台を設置するために、国内といわず、遠く朝鮮、台湾にまで渡航して駐屯している。それぞれの駐屯地で子供が生まれるのだが、父は厳島《いつくしま》で誕生したので厳城《いっき》と名付けられた。三男はどこで生まれたのか直愛《なおちか》と名付けられたが、この二人の名は他人に解読されたことは一度もない。父はこれに懲りて、紀元節に生まれた私に、節子という平凡な名を付けた。

　祖父と祖母は九人の子供を誕生させた割には夫婦仲が悪く、喧嘩は日常茶飯事で、ときには祖母が里に帰ってしまう事態もしばしばあったということである。祖母は漢学の素養も少しはある気位の高い人で、実兄が夫と同じ軍隊の中で将校であることを鼻にかけ、夫をことごとに見下していたらしい。仲の悪さは結婚生活を通じて変わらなかったとみえて、九人の子供たちの長子から末子にいたるまで、折りにふれて両親の不仲を喞《かこ》っていた。

　祖父は軍人によく見られるような剛毅《ごうき》な人であったが、またひどく短気でもあったようである。祖父の命令はことの是非を問わず、直ちに行動に移さなければならなかった。少しでも後れると禿《は》げ上がった丸坊主の眉間《みけん》に、静脈が膨れ上がり、次の瞬間に怒号と手が飛んだそうである。私はこのような話を、父や、その兄弟たちから常々聞かされていた。

　厳格な躾《しつけ》、両親の不仲、加えて経済的不如意を背景にして尚、続々と生まれる弟妹たち。父の中にある家庭が、暖かなものであったとは思い難い。さらに学のある、誇り高い女が、必ずしも男に安らぎを与えるものではないということも、父は会得《えとく》していったようである。

　父は小学校を卒業したあと、両親の住む広島から神戸に出て関西学院に入学し、卒業後、神戸高商、現在の神戸大学に首席で入学している。この間のことは小説の主要部分として後述するが、学生時代、生活費に窮していたことは間違いなく、牛乳配達、新聞配達も厭《いと》わなかったということである。

　金に関して私の推察であるが、この時期、代々縁のあった津和野藩の有力者の一人、それも鐘紡にゆかりのある人物、更なる可能性としてはキリスト教関係でもある人物から、長期返済の学業のためにかなりの金を借りていたのではないか。私はしばしば父と母との会話にこの人物の名が出てくるのを耳にしていたが、ある日、

「これでやっと終わりましたな」

という母の嬉しそうな声と共に、神棚に燈明《とうみょう》が灯《とも》され、父と母が手を合わせていた姿を思い出す。

長男の但男伯父がどこの中学を出て、どんな苦学をしたかは不明であるが、京都工専を卒業し、鐘紡に入社していることから推理すると、前述の鐘紡ゆかりの有力者よりよほど前から援助を受けていたと思われる。伯父は父より三歳年上であったが、育ったときの家庭環境もほぼ同じく、苦学時代も似たようなものであったためか、この兄弟は年の離れた弟妹たちには窺《うかが》うことの出来ない濃い情愛で結ばれていた。

善源寺六丁目に転居してきたときより両家のあいだに親密な交流が始まるのだが、交流は仕事を持つ男よりも、制約の少ない女同士の方が頻繁であった。

伯父の妻の光江伯母は四歳になる愛子と、まだ赤子の冷子を連れて、よく我が家を訪れるようになった。伯母は鐘紡の女工だったということである。

大体小松家の男たちは、どうやら「女」というものに対して、理性がうまく作動しないようである。

長男の但男伯父は一応は士族の出であり、自分も会社である程度の地位を得ながら、女工

という当時としては身分の低いとされた女の人と一緒になったたし、次男の父のことは追々書くとして、このあとに登場する四男は下宿先の年上の娘とずるずると結婚し、時代は下がるが末弟の五男は戦後満州から引き揚げの途中で知り合った人といつの間にか夫婦になっていた。皆野合に近い結婚であり、いわゆるまともな結婚をしたのは三男だけしかいない。

最初に登場した光江伯母は遠い田舎の出身なので実家に帰る機会はなく、大阪に縁者もいないことから、我が家に来て話をするのは里帰りしたような気安さがあったのであろう。

伯母は色白の素直な顔に、重たげな一重瞼を持ち、流行の耳かくしを結っていた。少し田舎訛《なま》りの残る言葉で、ゆったりとものをいう。客好きの母は饒舌《じょうぜつ》の合間に愛子に「大人しゅうてええ子やなあ」と声をかけたり、赤子の冷子を抱き上げたりしながらも、伯母をそらすことはなかった。

私は一人っ子の常として、両親からの愛を一人占めにすることに馴《な》れていた。また両親の関心が他に移るのを怖れて、弟妹を欲しいと思ったことは一度もない。そのくせどこかで自分より幼いものを可愛《かわい》がってみたいという欲望はあったようで、三つ年下の愛子に姉らしい気配りを見せ始めた。

ある日、私は伯母と母に愛子を一晩我が家に泊めたいと願い出た。母は目顔で制したが、私は強引に自分の計画を主張し、その夜愛子と共に寝た。絵本を読んだり、歌を歌ったりで、はしゃいだ末に眠りについた愛子が、突然夜中に目を醒《さ》まし「おうちへ帰るぅ」と泣き叫んだ。父も母も私も一睡もできぬうちに夜が明け、私は愛子を背負って伯父宅に連れ戻した。

私はこの惨めな失敗に懲りて、そのあと従妹《いとこ》とは限らず幼い子に自ら手を出すようなことはしなくなった。

光江伯母の耳かくしは自分で結っていたと思えるが、母はそのころ二、三軒先の髪結いによく出かけていった。母は少しくせ毛であったのと、若いときに結っていた日本髪による禿《はげ》が頭のてっぺんに大きくあり、くせ毛直しと禿げ隠しに人の手を煩わせねばならなかった。結い上がった髪を長持ちさせるにも、二日目か三日目ごとに油をつけて櫛《くし》で簡単な手直しをしてもらわねばならず、母にとって髪結い通いは、自分の必要性にかこつけた社交の楽しみでもあったのではないか。髪型は鬢《びん》の廻りに毛たぼを入れて膨らまし、頂点に小さな髷をつけるという簡単なものだが、母は当時まだ箱枕を使っていた。

その髪結いは姉妹でやっており、姉には亭主と女の子が一人いた。妹はそのころ流行していた大正琴がうまく、私はその音色を羨《うらや》ましく聞いた。四歳ほどになる姉の女の子は回らぬ舌で、

私のラバさん、酋長《しゅうちょう》の娘
色は黒ても、南洋じゃ美人……

という流行歌を歌い、客は何度も繰り返させて興《きょう》がった。

この人気者の女の子はある日突然疫痢にかかり、一晩で死んでしまった。母親は硬くなった娘の足を撫《な》でさすり、生きている子に向かうように何度も語りかけては泣き続けた。

このころ母は電車通りに開店した毛糸屋で、編み物を習い始めた。毛糸屋の一間で、妻女が小さな編み物教室を開いていたのだが、二、三度母に連れられて行くうち私も自分でやってみたくなった。まずは極細の糸を使い、鉤針《かぎばり》で基礎を習ったあと、ベビー帽子を編んでみた。そのころ光江伯母は三度目の妊娠中で、生まれてくる赤ん坊への贈り物に、格好のものだと思えた。私は愛子を手馴《てな》ずけるのに失敗したあと、自分で作ったものを贈ることで親愛の情を示したいと思っていたようである。

ベビー帽とベビーソックスが数枚でき上がったところに、光江伯母は臨月を迎え、ある日産気付いた。母は前々からの約束があったとみえて、知らせに来た伯父のあとを追って社宅に急ぎ、産婆に手を貸した。母は自分に活躍の場が与えられたことに、嬉々《きき》としていたのではないか。通常は里の母親が前もって待機しているところであろうが、里方の縁者が一度も伯父の家を訪れた事のないのは、遠方に住んでいたからだけであろうか。伯父の家に出入りするのが遠慮であるぐらい貧しかったのかも知れない。

その日の夜になると父は緊張して一人で待っていた私を連れて伯父宅に行き、不安と期待とで落ち着かぬ伯父と共に、産室の気配をうかがった。いよいよというころになると、産婆は、

「そろそろ男はんには出かけてもらいまひょか」

といい、伯父と父は従妹たちと私を連れて外に出た。どのくらい外を歩いていたのであろうか。私は毛糸の手袋をはめた手を父にあずけ、冬空に澄む星の美しさに見惚《みほ》れていた。

帰宅してみると、母が馴れた手つきで産まれたばかりの赤ん坊に産湯《うぶゆ》を使わせていた。伯

父はまた女の子かと少し落胆したようすであったが、母に感謝と信頼を寄せているようで、私は嬉しかった。私はそのころから母の存在が父の親戚の中で全面的に受け入れられていないのを漠然と感じていて、どんな形であれ母が父一族から必要とされているのを知ると、安堵するようになっていた。

善六に引っ越してしばらく経ったころ、母は二階を賄《まかな》い付きの下宿人に貸した。下の店舗で店を開くには資金がかかり、手っとり早く金を儲《もう》けるには部屋を貸すのが良策だと、母は考えたのであろうか。母はこのころから父の収入以外の金を自分の手で稼ぎ出したいと願っていたようである。賄い付きということで、自分の労力が一役買うことに、いくらかの満足感があったのかもしれない。私は母の根底にある自立への願望、ひいては父の負担を少しでも軽減したいという思いの意味するところを知らず、最初の間借り人になった若い消防夫を歓迎した。

彼はいかにも純朴で、いかつく、四角い顔をした大男であった。夜勤明けは休みになるのか、私が下校したときに我が家に居ることが多く、私も含めた子供たちと遊ぶのが彼の一番の楽しみのようであった。近所の子供たちを呼びだすと、鬼ごっこ、隠れんぼ、陣とりと、紺絣《こんがすり》の着物に下駄《げた》履《ば》きで先頭に立つ。私は彼の消防夫の制服姿を記憶に止《とど》めてはいないが、顔を上気させて着物の裾《すそ》を蹴散らし、子供に融《と》け込んでいた姿は懐かしく思い出す。隠れんぼをして押入れの中に二人きりで隠れていた記憶もあるが、そこには教師の膝の上にあった甘さはなかった。

母は彼の頼みで、よく生きたままの泥鰌《どじょう》を入れた味噌汁を作った。私は見るのも気味悪く部屋に潜んでいるのだが、しばらくすると、母の南無妙法蓮華経という声が聞こえてくる。声は段々と大きくなって、やがて諦《あきら》めたように消えた。

善六から近い都島の電車通りに、玉突屋《たまつきや》があった。父は新しいものに挑戦するのが好きで、このときもカルメラ焼きと同じ情熱を玉突きゲームに注いだ。毎晩でも行きたいところであるが、玉突きはカルメラを焼くのとは比較にならぬ金がかかる。父は母に遠慮して頃合をみて出かけるのだが、行けば必ず遅くなった。

母は牽制役《けんせいやく》を私に任じ、一定の時間が過ぎると、父を迎えに行かせた。玉突屋のガラス戸を開けると、広い板敷きの床にゲーム台が二台置かれていて、台のそばの一段高いところに点数を勘定する女が座っていた。横に黒板状の板があり、そこに算盤《そろばん》の珠《たま》を大きくしたようなものが数条ならんでいて、女は客の点数が上がるたびに大きな声を出し、棒でその珠を動かしていた、と記憶している。

父は手前の台でゲームをしていたが、ガラス戸を開けて立った私を見た勘定係りの女は、

「小松っあん、妹はんが来やはりましたでぇ」

と父に声をかけた。

父は照れたように笑ったあと、

「ちょっと待ちなさい」

と威厳をつけて、ゲームを続けた。

私は誰の目にも肉親だと判るほど父に酷似していたので、女が父に声をかけたことは納得できた。しかし父はなぜ妹ではなく、娘だと訂正してくれなかったのであろう。父は何の感情も現すことなく、いかにもゲームに熱中しているかに見えた。にも拘《かかわ》らず私は父の内心にある微《かす》かな動揺を敏感に感じとって、父は私を妹にしておきたいのだと推察した。推察は父との黙約につながり、私は父と手をつないで帰る道すがらも、一言もそのことに触れることはしなかった。

八歳の終わりになったころから、私の廻りに何か普通の人と違うもの、暗い翳《かげ》った部分がどこかにあって、それを覗くことは許されないのだということを、ぼんやりと知り始めていた。それはあるがままのものを受け入れてきた幼児期からそろそろ脱して、疑いや、批判や、内面の葛藤《かっとう》の芽生える少女期に、私が入ってきたことを意味していた。

漠然としていた疑問の一つは、父が小松姓を名乗っているのに対し、私は母方の佃《つくだ》姓に終始していることの不思議であった。小学校に入学したときにツクダセツコという名札を胸に付けられ、以来教師も友達も、佃さんとしか私を呼んだことはない。別に不都合でもなかったが、気が付けば糺《ただ》しておきたいと思うのは、子供といえども人情である。母は私の質問に、

「あのなあ、あんたには佃家を継いでもらうことになってんねん。そやさかい、そのつもりでいなはれや」

といわれ、私は簡単に納得した。

そこにいたる前に、母は神戸の豊叔父の娘の艶子《つやこ》が、実はつゝる叔母の姪《めい》を貰《もら》った養女であることを私に告げている。

「誰にもいうたらあきまへんで」

と言われて洩《も》らしたことはないが、私が佃家を継ぐことの正当性がそこにあるのではないかと考えて、私は誇らしくさえあった。艶子とは神戸に着いたとたん「ややこ」と「あやこ」で言い合った娘である。

ドンドンツクツクの団扇太鼓《うちわだいこ》を善六で聞くことはなかったが、豊叔父の妻のつゝる叔母と母との交流は続いていた。叔母は相変わらず母を誘い、そのころは大和にある日蓮宗の寺の法会《ほうえ》によく出かけた。大和は叔母の里でもある。信者たちは僧の法話を聞き、読経とお題目を唱えたあと、寺から供される料理をいただいて和やかな時を過ごした。午後になると信者の子供たちが集まって、稚児行列《ちごぎょうれつ》が行われた。子供たちは男の子も女の子も顔中に白粉《おしろい》を塗り、丸い眉毛《まゆ》を描き、頬《ほお》を染め上げ、口紅をちょっぴりつけて、水干《すいかん》を擬した衣装をまとい、桜の造花をかざして寺の周辺を練り歩く。私はこの行列に加わりたいという欲望をかなり強く持っていたが、母に願い出たことはない。母は贅沢《ぜいたく》というものを自分の周りから排除して暮らすことに専念していたので、稚児《ちご》祭りの衣装などに金を出す気のないことを、私は承知していた。

帰途につゝる叔母の里の墓に詣《まい》ったときのことである。大和の畔道《あぜみち》を挟んで麦が青々と葉をのばし、遠くに菜の花の黄色が爽《さわ》やかに目を奪った。

私はふと、叔母に私の誇らかな気持ちを伝えたいと思った。

「叔母さん、うちが佃家を継ぐんやてね」

叔母はきっと私を振り返り、

「佃家はうちの艶子が継ぎますねん。節っちゃんに心配してもらわんかてよろし」

叔母の語気は毫《ごう》も私の入る隙間《すきま》を与えなかった。私は瞬間に頭を鋭く回転させたが、母がなぜ嘘《うそ》をついたかということの裏に、私の不幸を予感しないではいられなかった。知りたくない、知ってはいけない、と私の内に囁《ささや》く声がする。私は横で気不味《きまず》そうにうつむいている母を尻目《しりめ》に顔を上げ、藍色《あいいろ》の空にかかった一条の白い雲のゆくえを追った。


二階を間借りしていた消防夫はいつか姿を消し、次には東京から転勤してきた小泉というサラリーマンが入居していた。私は東京弁が懐かしく、小泉にまとわりつきたいと思ったが、彼は青白いインテリの典型で子供に構うことはなかった。代わりにときたま土曜日の夜などに、父と酒を飲みながら議論を交わすことを楽しみとしていた。これは父にとってもまたとない喜びであったと思われる。

私は早々と床に就《つ》かされるのだが、襖越《ふすまご》しに洩《も》れる二人の会話が天上の音楽のように聞こえる。私は起き上がって襖ににじり寄り、耳を欹《そばだ》てた。話題は政治か経済か、はたまた世相への嘆きか、軍部への怒りか。私は何一つ理解することは出来なかったが、難しそうな話を聞くことは私の好奇心をかきたてた。父と母とのあいだでは決して醸《かも》すことのない世界がそこにあるように思え、私は襖のかげで恍惚《こうこつ》としていた。

私は母が全く知《ち》から遠い人間であることに、いよいよ疎ましさを覚えるようになっていた。疑うことを知らなかった幼児のときは、母は私の絶対者であった。私はホンチョホンチョの卵の節ちゃんや、といわれて、頭を撫でてもらうことを好んだ。乳離れはとうとう小学校に入学するまで出来ず、そのころの乳はもう塩味を帯びていたのを思い出す。

神戸に来たころからであろうか、私の自我は少しずつ芽生えてきた。それが八歳から九歳にかけて、急速に母を他者として批判するようになっていた。母は五尺に満たない小柄な体をまめにうごかして、疲れをしらない活力のある人であった。それが私の目には、ゆったりとした貫禄《かんろく》に欠けるととれる。髪結いに通うのが唯一の身嗜《みだしな》みで、顔に化粧の気はなく、少し反っ歯の口は、きちんと結ばれていたことは滅多になかった。一度授業参観に来て、窓から他所見《よそみ》しているところを「佃さん」と教師に呼ばれ、「へぇ」と口を開けたまま振り向いた顔の間抜《まぬけ》さ加減は、私をひどく傷つけた。

母には知も美も富もないと、私にはとれる。憧《あこが》れの母の像は小説の中にだけあって、美しい母を持ちたいという願いは、身のほど知らずの思い上がりなのであろうか。空想と現実の狭間《はざま》を埋める術《すべ》を知らず、私はひたすら鶴見の高台にある家を恋い続けた。

だがそういう私も高台にある家にふさわしい娘ではなかった。

私は小学校時代に小遣いという決まった額の金をもらったことはない。必要なときに一銭とか二銭とかねだるだけである。正月に若干の大人たちから年玉をもらうが、何に使ったか覚えていないのは、多分母に渡していたのではなかろうか。

その日は学校の前の文房具屋に寄ってみた。文房具屋は片手間に駄菓子や当て物を売っていて、子供の目を惹くものが沢山ある。当て物はボール紙に小さな紙片を貼り、めくると当否の有無が判る仕掛になっていた。目の前に端が少しめくれた紙があり、爪の先で覗くと一等の字が見えた。私は紙を押さえつけ、当て札のあった場所を頭に入れて家に帰った。

はやる心で母の姿を探したが、母は家にいなかった。いらいらといつも母が財布をしまう引き出しを開けてみる。するとないと思っていた財布がそこにあった。私はおそるおそる五銭玉を抓《つま》み出し、文房具屋に急いだ。一等の景品は何であったのだろうか。なぜ一銭にしないで五銭を抓んだのだろうか。毒を喰らわば皿までも、という気が子供心にもあったのであろうか。

悪事はやってしまえば妙に度胸の据わるものでもある。私は母が帰ってきたあとも、素知らぬ顔で本を読んでいた。やがて母の震える声が聞こえ、

「なんでこないなことするねん」

と財布を前にして、珍しく正当な説教が始まった。

「あてはあんたの女中やさかい何されても文句いわれへんけどこれはちょっと話が違いまっせ。父さんにもいうさかい、ちゃんと謝んなはれや」

私は母の、あてはあんたの女中やさかい、という小言のたびに始まる枕言葉が嫌いであった。自ら母の尊厳を捨てている、子供から軽蔑《けいべつ》されても仕方がないではないか、というのが私の内心の言い分であった。その疎んじている母に正当性があって、日頃高みから批判している自分にそれがないのが、口惜しかった。それにしても母は財布の中身の五銭の端まで把握していたのであろうか。

泣き腫《は》らした目をして外に出た。学校の柵《さく》の辺りでぼんやりと蹲《うずくま》っていると、米屋のたず子が寄ってきて顔を覗いた。

「どないしたん。叱《しか》られたんか」

私は恥ずかしさと、惨めさと、口惜しさにまみれながら頷《うなず》いた。

「うちなあ、ほんまのお母さんはうちが生まれてすぐに死んでしもうたんや。いま育ててくれてんのはそのときの女中さんやねん」

そうであって欲しいという思いは、いつでもあった。

「道理でちいとも似てぇへんと思てたわ」

私はたず子に肯定されたことで母への鬱憤《うっぷん》を晴らし、金を盗んだことへの罪の意識を持つことはなかった。

三　白いパラソル

私は冬になると「鴨《かも》の水炊き」という言葉を、懐かしくおもいだす。

父は長兄のそばに居ると心が休まるらしく、月一回ほどの度数で但男《ただお》伯父を我が家に招待した。当時の風習で家族連れということはめったになく、大抵は伯父一人でやってきた。父もなかなかの酒好きであったが伯父は父の上をいき、一升瓶はたちまち空《から》になったと記憶している。

この席に母が用意するのが、鴨の水炊きと決まっていた。牛肉や豚肉は見るのも、触れるのも恐ろしがっていた母にとって、鴨は母の考え得る最高の材料である。ガス管を卓袱台《ちゃぶだい》の上までのばし、大鍋に水を張って昆布を入れ、煮立ったところで鴨、葱《ねぎ》、京菜、豆腐、白滝等を入れ、大根おろしと共に母の言葉を借りるならば、煮もって食べるということになる。そして母は材料の鍋への補給や、酒の給仕に専念して、一緒に箸《はし》を取るということはしなかった。

伯父はどんなに酒を飲んでも乱れるということはなく、巧みな話術でいろいろな新知識を披露してくれた。社用で朝鮮に行ったときの話では、町並みから行き交うさまざまな人物にいたるまで、子供の目にも鮮やかに写し出すことができた。

そのころ伯父は工場内の中堅層であったのか、かなりの広さの一軒家を与えられていて、好きな園芸に没頭していた。残業というもののない時代だったので、退社した夕方に鉢植えの植物に水を与えながら観察をする。そして水炊きの席で園芸への蘊蓄《うんちく》を傾けた。伯父は私のいることを考慮して、子供にも理解できる話を選び、私は身を乗り出して伯父を見つめ、聞き惚《ほ》れた。

父が伯父の家に招《よ》ばれることも多々あったと思われるが、私は当然のことに同席していないので、何も覚えてはいない。父は伯父と違って真面目一方の口下手であったので、父が小さい従妹たちを喜ばせたとは考え難い。

私はこの伯父の薦めで鐘紡の敷地内にある教会に通うようになった。敷地内に教会があるということは、鐘紡自体がキリスト教にゆかりがあったのではないか。私と教会との出会いは鶴見にいたときに、従兄の洋一郎に連れて行かれた鶴見教会の日曜学校から始まっている。しかし七歳で神戸に移ってからは、母の弟の妻であるつる叔母の強引な誘いで、キリスト教から一転して日蓮宗につきあわされるようになった。それがまた半年後、再転してキリスト教に戻ったのである。両親の都合のままに異なった宗教の間を行ったり来たりさせられたと言うわけだが、それを奇妙に思うには子供でありすぎた。私は毎日曜日に鐘紡教会に伯父の長女の愛子と通うようになったが、しかし、その大阪の教会に鶴見教会と同じ感動があったかというと、そういう訳にはいかなかった。鶴見教会に集う子供たちからは高台にある家の洋一郎と同じ、甘い、芳《かぐ》わしい雰囲気が立ち登り、私はその雰囲気に茫《ぼう》としたが、鐘紡の集会場の一部屋にある教会に集う子供たちからは、その柔らかい匂いを嗅《か》ぐことはなかった。だだっぴろい板敷きで、片側にガラス窓が並んでいる殺風景な部屋は鼻をすする音や大阪弁の喚声でがさつき、そこに私を満たしてくれるものは殆《ほとん》ど何もなかった。

そのころから小松家が代々クリスチャンであるということを、私は漠然と知り始めていた。しかし父は生家のキリスト教を信じるでもなく、母の日蓮宗に帰依《きえ》するでもなかった。家にはどちらの宗教にも属さない神棚すらあったが、当時の習いに従い、父の月給、ボーナス、私の通信簿等を供えるのに格好の場として、用意されていただけだと思える。

そのころの伯父と父は鐘紡教会の日曜学校が終わるのを待って、伯父の長女の愛子と、次女の冷子、そして私を連れてよく動物園や遊園地に遊びに行った。大体は五人の構成で行くのだが、ときには伯父が三人の子供を引き受けて釣りに行ったり、父が代わりに子供たちをどこかに連れて行くこともある。

一度父が浜寺の海水浴場まで子供たちと遠出したことがあった。浜寺は堺市の海岸にあるので家からはずいぶんと距離がある。父は都島《みやこじま》の市電の停留所の前で当時の円タクを止めては運賃の交渉を始め、わたしが呆《あき》れるほどたくさんのタクシーをやり過ごした末にとうとう望みの値段で承伏させた車に私たちを乗せた。私は神戸の二階で父がカルメラ焼きに見せた執念を思いだし、ことが金なので乗っているあいだ中、子供心に恥ずかしかった。

この子供たちとの外出はしばらく続いたが、私が従妹たちよりも年上で興味が少し大人びてきたためか、あるいは父親たちが子供の相手に疲れたのか、いつとはなく有耶無耶《うやむや》になり、父は私だけを連れて独自の行動をとるようになってきた。

その行動の一つとして、活動写真があった。それも西洋のものに限られていた。チャップリンやキートンもあったし、バレンチノもあった。一枚のパンの両端をバレンチノと女優が口にくわえて、双方から引っ張りあって食べる。男と女とこのような形で愛を表現するのか。私は目を見張った。ミッキー・ルーニーやジャッキー・クーガンが子役の時代でもあった。そのころはもうトーキーになっていたかも知れないが、日本語の字幕を付ける技術がまだ開発されていなかったので、無声時代と同じく弁士がいた。

そのような映画の一つに、孤児院が火事になって、孤児たちが逃げまどう場面があった。炎は孤児たちに襲いかかり、建物は火煙りの下で崩れ落ちた。子供の神経にそれが大きな恐怖を与えたのであろう。放課後に畳に座って本を読んでいると、周りからちろちろと炎が燃え上がる。縁側に腰をかけていると、目の前の木塀から赤い火が吹きだす。逃げても逃げても炎は私を追いかけると思え、私は竦《すく》んで目を据えた。炎はくり返し私を襲い、私は自分をどう御《ぎょ》して、どうその恐怖をやり過ごしたかは覚えていない。その度にひたすら怯《おび》えながら、時のたつのを待っていたような気がする。

そのころ父はすぐ下の弟で難しい名前の直愛《なおちか》叔父のところへも、私を連れてときどき行った。一人だけまともな結婚をした叔父である。叔父たちの新居は住吉にあり、遠かったので訪ねて行った回数は少ない。

新婚の叔母は奥目の大きな二重瞼を持ち、高い鼻筋に薄い唇の西洋風な顔立ちをしていた。茶色がかった髪を断髪にし、洋装をしてハイヒールを履いていた。私は後年女学校に入ったばかりのころにこの叔父宅に行き、玄関にあった叔母のハイヒールを履いてみたい衝動に駆られた。叔母の承諾を得て得意になって前の通りから野原にかけて闊歩《かっぽ》していると、石に躓《つまず》いたのかヒールが半分剝《は》がれてしまった。私は唇を結び、ヒールを靴底に懸命に押しつけながら、片足で叔父の家に帰った。玄関にそっと並べると、一見してヒールは剝がれているようにはみえない。黙っていようと心に決めた。私は叔母に謝るべきだと知りながら、素直に謝れない自分がひどく惨めであった。娘時代の入り口で作った傷痕《きずあと》はいまも私を責め続ける。

私が小学生であった当時、その直愛叔父は長堀橋の高島屋で、写真部の技師をしていた。父は電車を乗り継いで住吉の叔父の自宅へ行くより、便利な繁華街にある高島屋を訪ねることが多かった。そして勤務中の叔父としばらく話して別れたあとは、デパート内にあった森永の喫茶部に私を連れていってくれる。ときには父たちにとって唯一の従兄に当たる祖母方の親戚と、森永で落ち合うこともあった。父の従兄も私と同年輩の男の子を連れている。私たちの前にはココアとクッキーが置かれ、父と従兄は煙草を飲みながら雑談をしていた。私は店内をそっと見回し、西洋の風景を描いた壁や、丸の中に天使の頭が下方にある森永の商標を眺め続けた。飽きると前に座っている男の子と目を交わして互いににこっと笑う。大人の話に口を出す事も、店内で大きな声を出す事も、子供には禁じられていた時代であった。父は帰るときに、決まって森永で私の好きなチョコレートを買ってくれた。象や犬の形をしたもので、クリスマスになるとサンタクロースや洋風の家が登場する。私は枕元に飾って四、五日置き、やっと決心して食べるようにしていた。

父は母も連れて、たびたびこの写真部に顔を出した。行くと、叔父は必ず私たち三人の写真を撮ってくれた。当時にしては贅沢《ぜいたく》といえる修正されたキャビネ型の立派な写真を、私はいま一枚も手元に持っていない。人生の流転への遠い感傷を込めて、私はいまもあの写真を懐かしく思い出す。

そのころの父は神戸にいたころとは打って変わって外出好きになり、母と私を連れて三人で出かけることが多くなった。最初は伯父一家との外出に始まり、次に私だけの時期があり、その時期に重なるようにして母と三人という形になった。家族で初詣でに遠出する、十日《とおか》戎《えびす》では人波に揉《も》まれながら小判の付いた笹《ささ》や金時飴を買う、という慣習はもとからあった。しかし心斎橋で夕方に待ち合わせて、どこかに食事に行くというようなことは、そのあたりから始まったことであった。結構な料理屋などに行くことはなかったが、小料理屋か、そのころ流行《はや》りだした江戸前のすし屋か、大衆向きのまむし（鰻《うなぎ》料理）屋で、家族らしい団欒《だんらん》の時を過ごした。父と母とに囲まれて千日前や道頓堀をそぞろ歩くのは楽しく、私は少しずつ芽生え始めた自我も忘れて、両手を引かれて歩いたころの幼女のように嬉しかった。

夏の大阪の風物詩に天神祭りがある。鳳輦《ほうれん》を乗せて、夕方から中之島を中心にして川渡御《かわとぎょ》が行われるのだ。その年、父と母は私を連れてこの天神祭りに出かけた。往路の市電は同じ祭りの見物客ですし詰めである。押され押されているうちに、父と母とも離れてしまった。

心細く両親の姿を追っていると、目の前の席があいた。私は素早くそこに座り、中腰になって運転台の近くにいる父と母に向かい、

「父さん、母さん、ここ空いたよ。こっちいきて座んなさい」

と大きな声を出した。父と母とは別々の場所から困惑したような顔で私を見やり、

「いいから、あんたが座んなさい」

と父はいい、母は目顔でうなずいた。

やっと目的地に着いて、賑《にぎ》やかな太鼓の音と、川に映えるかがり火に心を浮き立たせていると、母が私の耳に口を寄せて、

「あのなあ、人のぎょうさんいるところで、父さん、母さん、て呼びなはんなや」

といった。

衆人の中で父と母を呼ぶことは、不都合なことなのであろうか。私の頭をかすめた小さな疑問は、祭りの人いきれと興奮の渦に呑《の》まれて、いつとはなく忘れ去られてしまった。


鐘紡の社宅にいる伯父一家との交流は、相変わらず三日にあげずという感覚で繰り返されていたが、伯父の但男も、伯母の光江も、その他《ほか》ときどき会う父の弟妹たちも、母のことを「おばさん」と呼んだ。母は但男伯父だけは兄さんと呼ぶが、光江伯母は光江さん、直愛叔父は直ちゃん、というように、それぞれの名を呼んだ。

小柄だった母は、髪結いに行っても隠し被《おお》せない大きな禿《はげ》を白髪まじりの髪から透かせていて、目の下には円形の垂れが目だち始めている。いつも無地に近い地味な着物を着て、半

幅帯を締め、残り糸で編んだちゃんちゃんこを羽織っていた。さらに銘仙の前掛を締めて別《べっ》珍《ちん》の色足袋《いろたび》をはき、着物の衿《えり》には黄ばんだ古いハンカチをかけ、たすきはいつも腰に挟んでいる。

光江伯母が三人の娘たちと子守代わりの女中を連れてくると、ドッコイショと声をかけて立ち上がり、彼女たちのために買い置いた駄菓子や果物等を膳《ぜん》の上に並べる。薬缶《やかん》を火鉢から下ろして炭を継ぎ足しながら唇をすぼめて、息を吹きかけて火を熾《おこ》した。鼻の下と顎《あご》の周辺からすぼめた唇にかけて、放射線状に無数の縦皺《たてじわ》が寄る。白い灰が舞い上がって母の薄い髪に降り懸かると、母はふけを払うように無様な手付きでそれを払い落とした。この母がおばさんでなくて何であろう。私は父の兄弟たちが母のことをおばさんと呼ぶのに、違和感を感じたことはなかった。

客好きで饒舌家《じょうぜつか》の母は一連の客を面倒がるでもなく、子供も構いながら結構自分も楽しんでいたのではなかろうか。それに父方の親戚に親しまれることは、母が意識して持っていた願望に違いなかった。その願望のためか、あるいは当時の慣習か、母は伯母が帰宅する際に、なんであれ思いつくものを必ず手みやげに持たせて帰した。あるときは配達されたばかりで玄関に置かれていた醬油《しょうゆ》の一升瓶であったこともある。私に対して節約を強いる母が、伯母に対して気前よく振る舞うことに私はいささかの抵抗を持っていたが、それにも増して不快であったのは、伯母が帰った後の母の捨《す》て台詞《ぜりふ》であった。

「光江さんも田舎もんやさかい、ほんまに気の利かん女やで。しょっちゅう子供連れてきては食い散らし、あげくの果てにみやげもんまで持たさななららん。あてがなんぼ父さんの金を

てしまうのだ。それが私を傷つけた。
節約したかて、なんにもならぬ裏の柿《かき》の木や。あほらしこっちゃし」
この悪態で、母がいまのいままで善意をつくしていた伯母への対応が、百八十度否定され
てしまうのだ。それが私を傷つけた。
母を知る人は、母が好人物で、人のために尽くすことを喜びとしていることを評価するの
だが、母の内面に潜む人間不信や、僻《ひが》み根性に気の付く人は余りなかった。それは父や娘で
ある私など、心を許せる相手に突如吐きだされる。「あの人はあんなうまいこというてるけ
ど、腹ん中でなに考えとんのや判らへんで」とか「あないにようしてくれるのは、なんぞ下
心があるに違いない」という風に、人の善意に猜疑《さいぎ》の目を向ける。僻みは日常の会話に織り
込まれて、父に対しては「どうせあては厄介もんでっさかい」となり、私には「どうせあて
はあんたの女中やさかい」となって、そのときどきの嫌みの枕言葉につかった。後年、母の
生きてきた背景を知ったあとは、母の内面に貼りついたこれらの性癖を、哀れとも、悲しい
とも思いやれるようになったが、十歳にも満たなかった子供の私は、母への嫌悪を募らせるだけであ
った。
では父も同様に母を嫌悪していたかというと、私はそうは思わない。父は母に優しく、そ
してどこかで甘えていた。酒好きの父は晩酌を欠かさなかったが、ときには泥酔して外から
帰ってくることもある。表戸を開けた音だけで、酔っている度合いが判った。どたどたとい
う靴音と共に、土間から茶の間に横倒しになる。
「また酔うてきて……大丈夫かいな」
母は土間に下りて靴を脱がし、父の体を畳の上に押しあげてオーバーを脱がし、背広の上

着を脱がし、ワイシャツを脱がし、と続けた。

父はされるがままになりながらも母の胸許《むなもと》に手をやって、

「母さん、ショッパイ、ショッパイ」

という。私が六歳になるまで母の乳を飲んでいて、最後に乳が塩辛く感じられ、ショッパイと言ったのが語源のようである。

母は父の手を払いのけながら、

「父さん、やめなはれ、節ちゃんが見てますがな」

などと嬉しそうにしていた。

父は母に薦められて、歌沢《うたざわ》を習い始めたりもした。明日は師匠のところに行くという日の夜は、母の三味線で稽古《けいこ》を繰り返した。練習に飽きると、二人で都都逸《どどいつ》などを歌って興じる。私は幼児の頃にバイオリンを弾いていた父を覚えているので、父のこの変身に、父の母に対する優しさを見る思いでいた。

父は私が母を疎《うと》んじたように、母の容姿やもの言いを疎んじたことはなかった。母の僻み根性や悪態にも、私が傷ついたほどには傷ついたようすはなかった。父は最初から母に期待できないものは、期待しないでいたのであろうか。あるいは男と女というものは、他人であるがゆえに許し合えるところがあるのであろうか。その頃の父と母は、私の小さな反旗などに気付くことなく、子供の目にも睦《むつ》まじそうにみえた。

私の目にいまも残されている家族の情景がある。夕餉《ゆうげ》を囲んで父は丹前姿で正座し、母は割烹着《かっぽうぎ》をつけたままで、父の酌をしていた。父に酔いが回り機嫌がよくなると、母は決まって父の自慢をする。

「父さんは神戸高商を一番で入りはって、特待生にならはったんやで。特待生いうたら授業料がただなんや。英語が得意でな、何たらいう毛唐はんがきやはったときは、代表に選ばれて通訳しはってん。あんたも負けずに勉強しなはれや」

父はにやりとしながら満更でもなさそうな顔で、目の前の煮魚の皿に箸をつける。煮魚は父の前にだけ供されていて、偏食の私には近くの洋食屋から出前させたハムの皿がある。母は大鉢に盛った里芋の煮付けの山を崩しながら、自慢の糠漬《ぬかづけ》を丈夫な歯でぽりぽりと嚙《か》んだ。

父が煮魚の骨だけ残してきれいに平げると、母が横から手をだして皿を引き寄せ、火鉢の上の薬缶から熱湯を注いだ。皿の中に魚の脂肪が丸い玉になって浮き上がり、下にあった煮汁が透明な醬油の色を湯の底に滲《にじ》ませると、母はその皿を捧げるように持ってちゅうちゅうと音を立てて啜《すす》った。

「ああおいしかった。魚はこれが一番や」

と満足そうな母に、

「母さんの分も買いなさいよ」

と父は優しくいうが、

「あてはこれで充分だす。父さんや節ちゃんとちごて安上がりにでけてまっさかい……」

と母は恬淡《てんたん》としていた。

「節ちゃんも病気ばっかりして心配のしどうしやったけど、ここまで大きゅうなってほんまによかったな。父さんの膝《ひざ》の上で童謡うとてたんがついこのあいだのようにおもえるのに、月日の経つのは早いもんや。もう父さんの膝の上には乗られへんやろな」

　母の述懐《じゅっかい》に父は突然、

「いや、まだ乗れるかも知れないよ。節ちゃん、久しぶりに父さんの膝の上にくるか？」

　私はおずおずと立ち上がり、父の膝の上に背を向けて腰を下ろした。父に似て背の高い私は、頭が父の顎より上にくる。足は折り曲げるので、父の膝の上にしゃがむ形になった。父はその私を抱き締めて、頬《ほお》ずりしながら上体を揺すり続ける。私はそんなに嬉しい筈《はず》はないと自分にいいきかすのだが、喜悦が後から後から吹き上げて、体中で笑み崩れた。

「父さんに抱いてもろてよかったな。まあまあ、あないに嬉しそうにして……」

　母も顔中を皺だらけにして笑い、弛《たる》んだ目尻《めじり》に涙を浮かべた。

　父と母と子がいて、幸福な家族の構図があるとすれば、その時の私たちは正しくその一つを象徴していた。

　ある日受け持ちの教師が、

「おまえらお父さんとお母さんの年知っとるか」

　と教室で質問した。級友たちが騒がしく云《い》い立てるのを聞きながら、そういえば私は聞かされたことがなかったと思い到《いた》った。

　夜、相変わらずの晩酌にとろりとしている父に向かって、

「父さんと母さんの年、なんぼやの」

　と聞くと、父は笑いながら、

「年かね……さあて、いくつやったかな……うーん……思い出せんね」

「またうそばっかりいうて」

「そうやな……二人とも鼠年《ねずみどし》やからね……ええと丁度五十になったんとちがうか。そやそや五十や」

　と自分で念を押した。父が大阪弁を使うときは、ふざけたり、冗談をいうときに決まっていた。父の返答に不確かなものを感じとってはいたが、父がそれ以上踏み込んでくれるとも思われず、また両親の年が私にとってそれほど重大な問題だとも考えられず、私は深追いすることなくその場を過ごしてしまった。


　そのころ北港《ほくこう》の娯楽センターに勤めていた名和たかの夫が、大酒飲みが祟《たた》って脳溢血《のういっけつ》で急死してしまった。母は私にその死を伝えてはくれたが、母が葬式に出かけたかどうかは覚えていない。それから一ヵ月近く経って、あのなよなよとしたたかが突然我が家の近くに引越してきた。家から十五分ほど歩いたところにある長屋の一軒の、二階二間を借りて家財道具を運びこんだ。私は驚いたが大人の世界のことは判らず、事実は受け入れるよりしかたがなかった。

　引越した日から、たかは連日のように我が家を訪れるようになった。なぜ連日かということもよく判らなかったが、最初に会ったときからたかのあまりにも嫋々《じょうじょう》とした風情に反撥《はんぱつ》を抱いていた私は、相変わらず綺麗《きれい》に身支度をし、美しい顔に夫を失った悲しみの影もないたかが、母と親しげにしていることも不思議であった。そしてたかは私を節ちゃん、と呼び、特に好悪の感情をあらわすことはなく淡々としていたが、母に対しては私にならって、かあさん、と呼んで、遠慮のない態度で接していた。

私が下校するころに、たかはもう家にいて母と話に興じている。私は大方外へ遊びに行くか家の中で本を読んでいるかなのだが、狭い家を手洗いに行くときとか、彼女たちの前の菓子をつまむ折りに「田村の兄ちゃんが」というたかの言葉をしばしば耳にするようになった。それに対して母は「一郎がかいな」という。私の中に、神戸の原田に住む、あの人を喰《く》ったような田村一郎なる人物が新しい意味を持って浮かび上った。

私は両親の許で、ぼんやりと薄い灰色の霧に包まれている自分の存在を、少しずつ自覚しはじめていた。父と母はその灰色の霧の向こうにさまざまなものを押し込めて、私に覗かれることを恐れている。私は両親の私に対する危惧《きぐ》の念を常に感じていたので、それを知る事は不幸につながると直感で知っていた。私は何も知りたくはなかった。何も教えてもらいたくはなかった。私は灰色の霧を遠くに押しやって、明るい陽《ひ》の光の中にだけいたかった。にも拘《かかわ》らず大人たちは子どもの鋭敏な直感を無視して、子どもに判断できる筈はないという思い込みの許に、云《い》わでものことを私の前で口にした。

私はたかのことを名和のおばさんと、呼んでいたが、どういう姻戚関係にあるのかは知らなかった。そのうちに一郎に関する話が一段と多くなり、母とのあいだで、

「そんなん兄ちゃんに相談したらええやん」

というたかに、

「あてはな、一郎には何にもいわれへん立場や。ましてや世話になるなんて……そんなこと

がいえるかいな」

「あてはどの子にも面倒みてもらうわけにはいきまへんのや。野垂《のた》れ死《じ》にしたかてしゃあないと思てるわいな……」

とあとは涙になる場面が繰り返されるようになった。

ひょっとすると一郎とたかは母の子ではないか。私はそう疑い始めた。一郎が元町で私に外国製の革手袋を買ってくれたときのことが、はしなくも思い出される。一郎が店の女主人に「これ俺の妹や」と無造作に言った言葉は記憶に鮮明であった。

しかしたとえ一郎とたかが私の異父兄、異父姉であったとしても、それが何であろうか。その時点の私には重大事ではなかった。新しい発見として受けとめはするが、それが私の不幸につながるとは思えなかった。一郎もたかも、おじさん、おばさん、と呼ぶ年齢の大人であって、別な環境でそれぞれの人生を歩んでいる。私自身は父と母から一人っ子として大事に育てられているという現在があって、その生活に何の影響もない人たちであった。しかも私の出生からこんにちまで殆ど接触のなかった人たちでもあり、私の頭に兄姉として彼らを把握することはできなかった。私は無意識のうちに、現在の自分に安住しようとしていた。

だが、世間はその安住をそれほど簡単には許さなかった。

私たち一家が大阪に転居したあと、母が旧交を深めていた一人に、紙箱屋の鈴木はまなる大層肥《ふと》った人物がいた。夫が紙箱製造業者で、大川を巡航船で下った造幣局の近くに住んでいた。母とはまの交流はかなり頻繁にあり、母もよく出かけたが、はまの方も劣らずに肥い体を我が家に運んだ。その体に似合わぬ小さな丸髷《まるまげ》を結い、眼鏡の奥に好奇心の強そうなくるくる動く目を覗かせている饒舌家であった。母とたかとはまの三人は旧知の間柄のようで、私が下校すると、ときどき昔話に花を咲かせていた。そのときも三人の女どもは他愛のない話を繰り広げていたが、母が何かの用で席を外した隙《すき》に、はまはその瞬間を狙っていたかのように私に向き直り、

「節ちゃんや、名和のおばちゃんが近くにきてくれて嬉しいやろ。おたかはんはあんたのおばさんか？　そうなんやろ？」

といって、たかに目配せしながら私にぎらぎらとした目を向けた。私はその中に私に対する憐憫《れんびん》と侮蔑《ぶべつ》、それに大人の卑俗な優越を見て取り、瞬間にたかが母の子であることを確信した。

「そうや、おばさんやわ」

私は明るい声で返事をすると、はまとたかが潜み笑いをしているそばで、手にした本を読み続けた。

私はそのとき初めて自分が可哀想《かわいそう》な子として世間から扱われていることを知った。父からは溺愛《できあい》され、少々疎ましくはあっても母も私を愛《いとお》しんでいる。私自身に自覚のない不幸を、周囲は私に押しつけようとしていた。灰色の霧の中に閉じ込められていたものが、朧気《おぼろげ》な輪郭を覗かせたことで、私は「可哀想な子」としての否応《いやおう》ない自覚を強いられている自分に気が付いた。

そのころの我が家のありようといえば、母は父を絶対者としていたので、私は母が父に抗《あらが》ったのをみたことはない。父の意志は即、母の意志となり、更にそれに母流の解釈が加わって拍車がかけられた。

父は中学生から神戸に出て苦学を強いられたためであろうか、そのとき身に染みた倹約の精神は父の中に根強く残っており、手持ちの品は使用不能になるまで捨てることはなく、新規のものを購入するときは必要限度内に抑えた。従って必要限度の枠をどこまで狭められるかに汲々《きゅうきゅう》としていた母のために、贅沢なものに憧《あこが》れる私の願いはいつも無残に打ち砕かれた。

母は鶴見に住んでいた頃に、どこからか中古の手回しミシンを手にいれて、それで私の洋服を作り始めた。誰からも正規に習ったことのない全くの我流《がりゅう》で、いまでいう直線裁ちであった。私の外出着も通学服も殆どが自家製で、たまに母が買ってくることがあると、それは松屋町あたりの問屋の特価品であった。私は女学校に入学して制服を誂《あつら》える日まで、洋服屋の店頭で洋服を買ってもらった覚えはない。

母の倹約精神は徹底していたが、父は気まぐれのように贅沢なものを買ってくれたこともあった。私が幼児のときにはフランス製のレースの子供服を、小学校二年生のときには、イギリス製のブルージャージーのワンピースを、どこかで手に入れてきたことがある。父の西洋への憧れが突如娘への外国製の洋服という形をとったのであろうか。白いレースの子供服は私が美しいものへの執念に早熟であったとみえ、いまも目に鮮やかに甦《よみがえ》らせることができる。ブルージャージーのワンピースはローウエストに箱襞《はこひだ》のスカートというハイカラなものであったが、成長期の私に極限まで着せられたあとはどこかに廻された。この二枚は私にとっては幻のようなもので、あとは母の手製の洋服のみということになる。

身を飾りたい欲望の強い私は、習い覚えた編み物でチョッキやセーターを編み、不格好で、その上二、三枚に限られた母の手造りの作品に対抗した。級友の誰かがときたまいかにも上等な服を着てくると、私は羨《うらや》ましさに逆上しそうにさえなった。あるとき母が学校の上履きに、爪先《つまさき》がくるりと反り返った白いゴム靴を買ってきた。それは当時の朝鮮の人の履く靴であった。母は無学な人にあり勝ちな差別意識の強い人であったにも拘らず、白いゴム靴が通常のズック靴より何十銭か安いという理由で買って来たに違いない。私は常日頃は母のその意識に反発していたくせに、その白いゴム靴を学校に持っていく勇気はなかった。母の何十銭かの節約は、私を打ちのめした。靴の形のせいではない。娘である私が何を欲し、何に憧れているかということに思い到ることのできない母が、悲しく、恨《うら》めしかったからである。

母は父の金を自分のために使うことを、極端に遠慮していた。思えば母にとっては、現状がこのまま続きますようにとの、祈願のようなものであったのではないか。それで自分は一冬を通じてたった一枚の袷《あわせ》、夏になると手製のアッパッパで済ますという結果になる。髪結いに通うのも外出のときだけになり、おばさんがますますおばさんに落魄《らくはく》していくことに頓《とん》着《ちゃく》をしなかった。母は身なりに気を入れて、女として父に対するよりも、倹約をして父の信条を守る方が、父の意を迎えることだと思っていたとしか考えられなかった。

私は後年、母が美しい人であったと聞かされたが、それを信じる事はできなかった。身《み》

け出した。放屁《ほうひ》、おくびは日常のこと、私がもっとも嫌いであったのは、土瓶に口をつけて冷めた茶をごくごくと飲む姿であった。足を踏んばって、腰に手をあて、顔を上向けてうまそうに飲む。ヨイトマケの女が労働の合間にやる仕草に似ていた。痰《たん》は勿論《もちろん》のこと、鼻汁も一旦喉《いったんのど》まで吸い込んで、ガーッとことさらに汚らしい大きな音を立てて吐く。それも一度ではなくて、気のすむまで何度でも続けた。あかぎれに富山の置き薬の軟膏《なんこう》を愛用し、焼け火箸でその軟膏を傷口に溶け込ませる。そのときの「アッツッツッツ」というすさまじい形相は、私にその場から逃げだしたい思いをさせた。

冬のちゃんちゃんこも身窄《みすぼ》らしかったが、夏のアッパッパは私をもっと傷つけた。アッパッパの裾《すそ》から白い腰巻きが見え隠れするのはまだしものこと、極暑になると片肌脱ぎや、ときには双肌脱《もろはだ》ぎになって、白い垂れ下がった乳房を露呈した。年の割に豊満な乳房の下に腰巻きの紐《ひも》を見え隠れさせたままの格好で、新聞を畳の上に拡げるとその上にかがみ込んで三面記事を読み、大きな声で一人問答をはじめる。

「日照り続きでお百姓はんが難儀してはるそうな。あてら白いお米をたらふく食べさせてもろて、ほんまにありがたいこっちゃで」

と庭を向いて合掌したり、

「喰《く》えんちゅうたかて、子供置いて心中するとはどういう了見や。人間死ぬ気やったら子供の一人や二人、養えんちゅうことはないわいな」

と憤慨したりした。

いま思えば、母はそれまでの生涯のどの時点かで独学をしたのであろう。新聞の三面記事は読めた。当時はルビが付いていたからかもしれない。金釘《かなくぎ》流ながら平仮名と易しい漢字も書けた。しかし無学な母の時事批評は善人であることの証明として救われる点もあるが、片肌脱ぎのアッパッパ姿は私を辟易《へきえき》させる。父の折り目正しい立ち居振る舞いに対し、母はあまりにも醜いと私には思えた。

母は父の金を使うことを遠慮していたが、反面に自分で金を得たいとも思っていたようである。先行きに不安があったであろうし、頼りにするべき私が女の子であったのも、要因の一つであろう。

但男伯父の住む鐘紡の社宅内に、社員専用の大きな購買部の建物があって、沢山の端布《はぎれ》を安価で売っていた。母はその端布を買ってきて、知人に売り付けてさやを稼ぐようなことをしていた。二階の賄い付きの下宿は続いていて、そのときは三人目の銀行員が下宿していた。母は善性を発揮して親切に遇するので、どの下宿人からも感謝された。下宿業の方は母の人の好《よ》さで成功したのだが、端布売りは好人物が裏目にで、思わしい結果は出なかったとみえる。

母はあれこれと金儲けへの模索の末、ついに我が家の店舗で店を開こうと決心したようであった。父が乗り気であったとは到底思えないが、母の心の根底にあるものを思いやって、賛成したのであろう。

ある日曜日、父は私を連れて天六（天神町筋六丁目）にでかけた。両側に店がひしめく繁華な通りで、ここに来れば大抵のものは間にあった。父はこの通りの一軒で、母の開く店のために大きなガラス張りの戸棚を二個買った。配達を頼んだあと、天六から徒歩で帰る途中二人は大川にかかった都島橋を渡った。父も私も大きな買い物をした高揚で、橋の上を二人でスキップしながら渡った。途中で並んで見下ろした大川は青い空の下に滔々《とうとう》とした流れを見せる。ふと横を見ると父は茫然《ぼうぜん》と水の行方を追っていた。

父の頭に去来するものは、洋々とした未来を描いた青春の日々であったかも知れない。流れの先にある海のかなたの、見知らぬ国に想《おも》いを懸けた日もあろう。現実は背ばかり伸びた痩せっぽちの女の子がいて、みすぼらしい風体の妻がいる。諦《あきら》めに馴《な》らされていった父の悲しみが、いまになって私には痛いほど判る。感情の抑制が上手《うま》く出来ず、それゆえに流されていった父の人生が、私には愛《いとお》しく、哀れでならない。

やがて我が家の前の表通りを、ちんどん屋が鐘と太鼓と三味線を鳴らして練り歩いた。白粉《おしろい》を塗ってちょん髷をのせた男が拍子木《ひょうしぎ》を叩《たた》いて、

「東西、東西、本日ここにお披露目《ひろめ》いたしまするさかえ屋は……」

と口上をのべ、母の店は開店した。

雑貨屋ということで、メリヤスのシャツやズボン下、夏の縮みのシャツにステテコ、手ぬぐい、軍手、赤ん坊用品、セルロイドの玩具、等があった。表通りとはいっても、電車通りのように繁華な場所ではない。どこにでもある商品を、どこにでもいるおばさんが売っていても客の興味を引くはずはなく、たまに店番を仰せつかった私にせよ、客と応対した覚えは

なかった。

母は何にでも興味を持ち、何でもやりたがる好奇心の強い人であったが、知識の裏付けがないため、旺盛《おうせい》な意欲と活力を無駄に燃焼させることが多かった。さかえ屋は一年も満たぬうちに店を閉じた。

父と共に買いにいった例のガラス戸棚は、父が九十歳で死ぬまで損傷なく京都の父の家にあり、ときたま訪れる私に感慨をもたらせた。一つは父の倹約精神のいまだ衰えぬのに感嘆し、一つはさかえ屋を開いていたころの両親に囲まれていた幼い私を、むずかゆく懐かしむからであった。

異父姉のたかは、そのころも足繁く気取ったその姿を我が家に運んでいた。鐘紡の社宅の光江伯母は三人の子持ちになり、さすがに足は遠のいていた。そのころ父の弟で小松家の四男に当たる義与《よしと》という名の叔父が、広島から出てきて、長男の但男伯父が卒業した学校と同じ、京都工専に入学した。普段は京都に下宿していたが、休みになると但男伯父の家へ帰る。この義与叔父が光江伯母に代わって我が家に頻繁に顔を出すようになり、私はこの優しい叔父が好きであった。

義与叔父は必然的にたかと顔見知りになるのだが、ある日たかは外国製の化粧瓶をかざして叔父に訊《き》いた。

「これ何に使うもんでっしゃろ。なんやも一つはっきりしまへんねん」

どれどれと叔父は瓶を受取り、横文字を読んでいたが、

「ほんとに判りませんね」

「でっしゃろ。そやけど一応creamとは書いてありますわな」

これを聞いて、私は仰天した。たかは母の子だということから、連想として小学校しか出ていないと勝手に決めつけ、自分はそれ以上の教育を受けるのは当然とし、子供心にたかを見下していた。私はやがて高慢の鼻を折られて、たかが神戸女学院の卒業者であることを知らされる。そういえばたかは裕福そうな一郎の妹であったと、私はその事実の意味することに、やっと気が付いた。

気が付いてみれば、たかが立派な桐《きり》の箪笥《たんす》を二棹《さお》持っていることも、赤い縮緬《ちりめん》の鏡掛けを掛けた大きな鏡台のあることも、磨き上げられた茶箪笥や文机《ふづくえ》を愛用していることも、納得できた。指には私の知らない宝石が光り、流行の束髪には鼈甲《べっこう》の櫛《くし》が飾られていた。着物は撫《な》で肩《がた》によく似合い、細い指の先まで神経の行き届いた仕草は、品良く女を強調していた。なよなよしているのが私の癇《かん》に触ってはいたが、つき放してみればそれは持って生まれた資質のようであり、意識して媚《こ》びを売るのとは少々違っていた。たかの夫が生きていたころの名和家は、一郎の日常に比べればかなり見劣りするように子供の目には映ったが、たかが嫁入りしたころは裕福であったのかも知れないと、私は推理を働かせた。

このたかが、いつ頃からか姿を見せなくなった。母は神戸に引っ越したという。私にとっては大した関心事でもなく、母も気にしているようすはなかった。

ある日、紙箱屋の鈴木はまが肥った体をゆすってやってきて、

「おたかはん、どないしてはりますねん」

と訊いた。母はさいな、といって少し口ごもっていたが、「死んだ名和に寿治《としはる》ちゅう弟がおったやろ。おたかはその寿治とでけてな、一緒になったんやわ」

私は「でけた」という言葉の意味を、正確に把握していた訳ではない。しかしそれが男女のあいだの美しかるべき恋情を、卑猥《ひわい》に表現したものであると朧気ながら知っていた。母の言葉に傷つくのは日常のことであったが、自分の将来に大事に夢見ている物語を、こんな言葉で表現されるのはたまらなく厭《いや》であった。大阪弁にも美しい表現は限りなくある。母はよりによって最も下品な言葉を子供の前で口にし、私の夢を無残に穢《けが》した。

「へえ、そうだっかいな」

はまはわくわくとした顔で座布団からはみ出した身をのりだす。

「寿《と》っさんは五つ年下やし、甲斐性《かいしょうな》無しでな。決まった仕事もあらへんさかい、どないなるこっちゃら。いまは一郎が何とか面倒みてくれてるみたいやけどな」

「あの年で後家はつとまりまへんで。なるようになったちゅうこととちゃいまっか」

とはまは淫《みだ》らに笑った。

たかはこのあと三十代半ばで初産を迎えることになり、一度我が家を訪れている。当時にしては高齢の初産なので、母に相談に来たのであろうか。夏の暑い日で、白いパラソルをくるりと回し、相変わらず科《しな》をつくることを忘れなかった。

幾月か経って、母は男子出生の知らせに出かけていったが、

「なんや鼠の土瓶子《どびんご》みたいにちっちゃい子や」

と繰り返して、成長を危ぶんだ。

やがてたかは下関の漁業会社に職を得た寿治と共に、下関にある社宅に移り住んだ。

成長を危ぶまれた鼠の土瓶子はそのあと立派に成人し、下関を出て大阪の豊中市に居を構えた。老年期に入ったたかは夫とともに息子一家に引き取られたと聞いたが、むごいことに、夫に移された梅毒で、そのころはほとんど目が見えなくなっていたという。私は当時は外国に住んでいて、たまの帰国に当時西宮に住む異父兄の一郎宅には必ず寄ったが、たかとは長年無縁のまま過ごしてきたので、西宮から比較的近くにある豊中市といえども逢《あ》いにいったことはない。一郎に、

「名和のおたかさんはどないしてる?」

と大阪弁で訊くと、

「あいつ、いまでもこうやで」

といって一郎は上体をひゅるひゅると延ばし、おちょぼ口をしながら首を傾けて流し目をした。一郎がそのときになってもまだ妹をからかえるのが却《かえ》って救いであった。

そのたかの老いは早く、それからまもなく死んだ。

夏の日差しの中で白いパラソルをくるりと回したたかが、私の見た最後の異父姉の姿であった。

四　バタフライ（蝶々）

私が小学校五年生になった四月の新学期から、通学していた都島第四尋常小学校に、音楽と図画の専任教師が赴任して来た。専門教科への教員を置くという文部省の方針の一つが、たまたまその年から我が小学校にも適用されたのであろうか。音楽は東京の音楽学校師範科を出た前田教師、図画は同じく東京の美術学校師範科を出た久保教師であった。

それまでは受け持ちの角田教師が、右手の人差し指一本でポッンポッンとオルガンのキイを押して歌わせていた小学唱歌が音楽の授業であり、同教師が校庭の花を写生させたり、級友をモデルにして描かせていたクレオン画が、図画の授業であった。私たちは始業式で前田、久保、の両教師を校長より紹介され、それからの授業で初めて西洋文化としての音楽と絵画というものに、まともな形で触れることになった。

やがて床にリノリュウムを貼った比較的大きな音楽室に、生徒の目にも眩《まぶ》しかったピカピカのピアノが置かれた。最初の授業の日、前田教師は「起立」「礼」「着席」の音を和音で弾いたあと、生徒を見回して、

「この中に、家にピアノのある人はいますか」

と懐かしい東京弁で訊《き》いた。私はそのころでも、東京弁を聞くと心が揺らいだ。

生徒たちは思いもかけぬ質問に、驚いて教師の顔を見詰める。

「じゃあ、オルガンを持っている人は？」

生徒たちはもじもじと顔を見合わせて沈黙した。

前田教師は明らかに戸惑いと落胆の表情を見せ、自分が配置されたこの新開地の文化の度合いを、改めて認識したようであった。

私は教師に向かって手を挙げることのできなかった自分が、心の底から口惜しかった。高台にある叔母の家で、従兄の洋一郎が弾くピアノを初めて聞いた時から、どんなにピアノに憧れていたことか。青い芝生に陽光が翳《かげ》りを見せるころになると、レースのカーテンの揺ぐ応接間から洋一郎の弾くピアノの音が聞こえてくる。その美しい音色は膝の上に広げた童話の世界と一体化して、私を限りない夢幻の世界に導いてくれた。そのピアノがいま私の手《て》許《もと》にあったなら……。

ピアノが欲しい。何としても欲しい。体中に戦慄《せんりつ》の走る思いで、私はピアノに恋い焦がれた。それは正しく恋情であった。学校の全生徒数が何百人であったかは定かでないが、ピアノを持っていた生徒はついに一人もなく、僅《わず》か四年生に一人、オルガンを持つ生徒がいたと知った。私は後日この生徒の家へ、オルガンのキイに手を触れさせてもらう為だけに、出かけて行った。せつせつとして父に訴え出たが、父は一言の許《もと》に退けた。

私は図画があまり得意ではなかったので、久保教師からはクレオン画の他にパステル画や水彩画の画法を習ったという記憶しかないが、前田教師に関しては、沢山の懐かしい思い出を持つ。師範学校を卒業して初めて赴任した学校とあって、教師はこの大阪の荒れ地の残る地域に、ささやかな文化の根を植え付けようと、若い情熱を持ったのではなかろうか。

小学唱歌は通り一遍に教え、後は新規なことを試みた。まずは生徒を二組に分け、音楽室の右隅と左隅に片寄せてかたまらせ、輪唱を教えた。生徒たちは耳の穴を指で塞《ふさ》ぎ、他方の声を聞こえないようにして指揮棒の合図に懸命に歌う。慣れるに従って三部輪唱にまで領域をひろげ、「ロンドン橋落ちた」は英語で歌うようになった。やがてフランスの優しい子守歌や童歌《わらべうた》はフランス語で、有名な「ナポリの船歌」はイタリー語、という風になり、いずれもカタカナで書いて覚えさせるのだが、いまでもこれ等の歌は私の口をつく。

前田教師はまた六年生の生徒に詩を書かせ、気に入った詩に自分で作曲をして私たちに歌わせた。

広いお池のまんなかに
一本咲いたかきつばた
夜になったら美しい
お空の夢を見るでしょう

甘く優しい旋律は、前田教師のロマンの集結か。私は前田教師の分厚いロイド眼鏡の奥の大きな瞳《ひとみ》や、芸術家を象徴するオールバックの長い髪や、濃い髭《ひげ》の剃《そ》り跡に囲まれた形のいい唇に、高台にある家にあった芳《かぐわ》しいものの片鱗《へんりん》を見出《みいだ》していた。放課後に所在がなくなると学校に遊びに行くのは、宿直の教師の膝に抱かれた二年生のころから続いていたが、いまは前田教師の姿を求めて、学校に行くようになった。それは若い教師の膝の上にあった甘い陶酔を追ってではなく、私の手の届かないところにある遠い憧れに、音楽を介して少しでも寄り添いたいと願ったからである。

私は受け持ちの角田教師から、

「佃《つくだ》、また黄色い声を張り上げてうるさいぞ」

といつでも言われる大きく響く声を持っていたので、歌を歌うには適していた。夕暮れ近くなった校門をくぐると、ピアノの音が聞こえてくる。私はいそいそと古い方のピアノのある小さな教室に向かった。私が入って行くと、前田教師は頷《うなず》いて演奏を続行し、何曲かを聞かせてくれる。やがて私との黙約ででもあるかのように、授業の時とは別のいくつかの歌を教えてくれた。「この道はいつかきた道」「時計台」「ローレライ」、その他「山の祭」や「小馬」等、名も知らぬ作曲家の小品もあった。私と前田教師の間にあったものは、教えるものと教えられるものの中にのみ存在し得る、もっとも純粋な交歓と呼ぶべきものであったという気がしてならない。

それはある晴れた日の午後であった。図画の久保教師は私たちのクラスを率《ひき》いて、近くの草原に写生にでかけた。それに時間の空いていた前田教師が同行する。二人の教師は東京で勉学をしたという共通の背景を持ち、互いに東京弁を話し、共に芸術家の風貌《ふうぼう》をしていた。他の教員とは質を異にしている疎外感があったのか、共に行動することが多かった。

私たちはそのとき二列に並んで、笑いさざめきながら畦道《あぜみち》を伝っていた。クラスの中で一番背の高い私は、いつも最後尾となる。列を後ろから見守る形で歩いていた二人の教師は、突然私に向かって、

「佃はバタフライみたいだね」

「そうだ、全くバタフライだ」

といって、笑いながら頷き合った。

私はバタフライが何であるかを知らなかったが、素直に訊く愛らしさを持ち合わせていなかった。二人の教師の晴れやかな微笑と、軽やかな口調から、それはある種の上質な揶揄《やゆ》をこめた賛辞ととった。あの年頃《としごろ》の少女はすでに異性の賛辞に敏感である。私は振り返り、教師二人に向かって聞こえたことを告げる笑顔をみせた。

私がバタフライの意味を知ったのは、女学校に入学してからであった。私はそのときまでバタフライの何であるかを知らぬまま、その言葉に擽《くすぐ》られるものを感じ取り、長いあいだ胸に暖めていた。私は父に似て厳《いか》つい顔をした可愛《かわい》らしくない少女であった。服装も母の倹約精神の結果、蝶々《ちょうちょう》の羽に比するような優雅さとは遠かった。その上いつでも目に見えない不幸に怯《おび》えていた。尋常でないものを両親や廻りの人間から嗅《か》ぎ取って怯えていた。それでいて、というより、だからこそ、人一倍華美を好んだ。級友と同一線上にくすぶっているのがいやであった。嬌慢《きょうまん》であった——少なくともそうであろうとした。その辺りがバタフライとなったのではなかろうか。

毎年暮れになると、満州の大連からロシアのキャンディと、天津甘栗《てんしんあまぐり》が送られてきた。送り主は高橋良忠《よしただ》とあった。母に訊くと、「あての親戚や」としか教えてくれない。そのくせ甘栗の皮を剝《む》きながら、問わず語りに、

「良忠いうたら子供のときから変人でな、着物着替えさせるのがおおごとやった。着物のまえを押さえて、体を硬うして、誰ぞにてっとうてもらわな脱がされへん。一つごとに執着心が強いいうのかも知れんな。なんぞ気に入らんことでもあると部屋の隅にへたりこんで、口もきかな、ものも食べへん。ほんまに難儀な子やった」

と懐かしそうにいうところをみると、良忠の幼い頃をよく知っているようすであった。

送られてきた甘栗はいかにも東洋の匂いがしたが、ロシアのキャンディは美しい模様のついた赤い缶に、色とりどりの包装紙に包まれて入っていて、私は本の挿し絵にあったロシアと呼ばれる遠い西洋の国に想いを馳《は》せた。雪の中を鈴を鳴らしながら馬橇《ばそり》が走る。毛皮の帽子と外套《がいとう》に身をくるんだ人たちが、白い息を吐きながら道を行き交う。鶴見から神戸に移住したあとの三ヵ月間、路《みち》を隔てて住んでいたロシア人姉妹の父は貿易商であったと聞いたが、大連に住む白系露人は、落魄《らくはく》の身をキャンディ造りにいそしんでいたのであろうか。

母はそれまでに何度か大連に行ったことがあるとみえ、良忠の話のあとは大抵そちらに思い出が飛ぶ。

「大連の寒いいうたらな、大阪では考えもつかへんこっちゃ。手袋せんと電車の金棒に摑《つか》まってみなはれ、手のひらの皮がひっついてしもて、剝《は》がれてしまうんやで」

といったり、

「買い物にいこおもて表に出たらな、ぎょうさん車力がかたまっとんねん。ニイヤン、カッキンライライ（正しい言葉かどうかは知らぬ）いうたら、うわっと一遍に押し寄せてきよるんや」

　と何やら自慢気に云《い》ったりもした。

　その高橋良忠が、突然我が家に姿をみせた。

　私が下校したとき、母と卓袱台《ちゃぶだい》を挟んで向き合っていた。

「節ちゃんか、わし大連の良忠や」

「ほれ、甘栗とロシア飴《あめ》送ってもろてるやろ」

　と母が付け加えた。

　良忠は面長な整った顔をして、羽織を着た和服姿であった。口数はいたって少なく、もの静かな態度で、母の饒舌《じょうぜつ》に「ふうん」とか「そや」と短い返事をするだけである。そして一重瞼の優しい目で私をときどきじっと見る。目が会うと、唇の端で微《かす》かに笑った。

　母は話の続きを急ぐように、

「そんで幸一の嫁はん、決まりそうなんか」

「ああ」

「姫路の在《ざい》の人やて？」

「ん」

「ようきてくれる気になったもんや」

「後家《ごけ》でなあ、娘が一人おるんやけんど、その子は里に置いてくるそうな」

「後家でも何でもかまへん。ありがたいこっちゃ」

母は真から嬉しそうな声を出した。

幸一とは私の知っているあの幸一のことであろうか。神戸で最初に身を寄せた今井よねの家や、次に間借りした日蓮宗の信者の二階に母を尋ねてよくきた、あの青年であろうか。足が悪く、いつも杖《つえ》をつき、袴《はかま》を穿《は》いて歩くさまの乱れを庇《かば》っていた。暗い鬱屈《うっくつ》した表情を見せ、回りに灰色の霧が立ちこめているようで、息が詰まりそうだった。

「そやけどあんたの嫁はんとうまいことい くやろか。初枝さんは気の強い人やさかいな」

母の言葉に、良忠は「ふ」と笑っただけである。会話の端から、幸一はいま大連の良忠の家にいると私は推測した。そして良忠と幸一は兄弟なのだと、断定した。

良忠は夕方になると「ほんなら」と腰を上げ、

「節ちゃん、達者で大きゅうなりや」

と私にも声をかけて、飄々《ひょうひょう》と帰っていった。

私はその良忠を以後大連のおじさんと呼んで親戚の一人に数えることにしたが、私との関連を、その時点で知ることはなかった。


父と母と私の三人一緒の外出はそのころも頻繁に行われていて、父は同僚と一緒に試した店に私たちを誘った。その一軒に千日前に活《い》きた海老《えび》を握る寿司屋があり、父の贔屓《ひいき》の店であった。寿司は口に入れると海老がぴくりと動き、気味が悪かったが、美味でもあった。父は必ず銚子《ちょうし》を注文して、私にも酒を飲ませた。全くの下戸《げこ》である母とは違い、私は父が面白がって注《つ》ぐ盃《さかずき》で、何杯かは飲めた。そして顔が紅色に染まることもない。それが父を喜ばせた。

外国映画が好きで私をよく連れて行った父だが、母と一緒のときは、そのような夕食のあと曾我《そが》廼家《のや》五郎一座を観劇するのが慣《なら》わしになっていた。当時デビューしたばかりの淡谷のり子が、幕間《まくあい》に歌ったこともあった。

五郎一座は人情喜劇であったので、笑わせながらも哀切な舞台を用意してあった。あるとき五郎が幼い子と涙ながらに別れる場面があり、五郎が自分の唾《つば》で子供の髪を撫《な》でながら、

「ちゃんのこと忘れるんやないで。ええ子にしてなあ……立派になってや……」

とかきくどく。母は着物の袖口から襦袢《じゅばん》の袖を引き出して、人前も憚《はばか》らず涙を拭《ぬぐ》い続けた。

父はその母の背を撫でて、

「母さんに悪い芝居だったね」

と優しい。

大阪へ移って来て一年ほど経った頃、母がよく当たる占い師がいるとどこからか聞いてきて、遠く田辺まで出かけたことがあった。占いは大道で行われていて、夕暮れの人だかりの中、占い師は母の掌《てのひら》を見るなり、

「あんた子供置いて出てきたやろ。それも一人やないな」

と刺すようにいい、母は私を窺《うかが》いながら返事に窮《きゅう》していた。そのときの私はまだ大人の世界を把握できる年齢ではなかったので、内容の判断もつかぬまま、言葉だけが頭に残った。

五郎劇の母の涙も、父の慰めも、その言葉を裏書きしていると私にはとれる。私は父と母

が、私の目を逃れることなく母の過去に触れたことに、かえって驚いていた。いままでは母自身が他人に語り掛ける言葉や、あるいは周囲の人が母に語る言葉から、私は私なりに母の過去を推察していた。

さまざまなことをつなぎ合わせると、一郎とたかは母の子ではないかという推理はすでに成り立っていた。後年はもっと多くを知るようになったが、父も母もついにそれを正面から私と向き合って話をしてくれたことはない。五郎一座での父と母の姿は、たとえそれが斜めからであろうとも、生涯でたった一度だけ見せた、私への告白であった。

当時の父に、どの程度の収入があったのであろうか。大阪に転居した時に入社したカメラ会社はいつのまにか辞め、いまはポルディという名のチェコスロバキアの鉄鋼会社に勤めていた。父は前半生にたびたび職を変えたが、それは昭和の初期の雇用関係が現在のように確立されていなかったためか、あるいは少しでも高い収入を得られる会社へと転じて行ったのか、あるいは長期に勤めることで、母と私を抱えた異常な関係の表面化することを怖れたのか、そのいずれであったか今となっては知りようがない。

ポルディは外資系の会社とあって、収入が比較的よかったのではないか。しかし私は父と母の倹約精神のおかげで、我が家は金の無い家だと決めていた。それは一つには母の存在がある。母はどこから見ても、富裕な人の持つ雰囲気からは大きく逸脱していた。物腰、容姿、言葉使い、どれをとっても庶民の域から出ることはなかった。では父が裕福そうに見えたかというと、それも肯定し難い。冬は中折れ帽子、夏はカンカン帽に背広という普通のサラリーマンで、無教養ではなかったが、ずしりとした富の匂いはなかった。

ある師走《しわす》の夜、私は寝ついたあとで酒気を帯びた父の機嫌の良い大声に、目を醒《さ》まさせられた。隣の茶の間の襖《ふすま》までにじり寄って襖を少し開けてみると、炬燵《こたつ》の上に生まれて初めて見る百円札が、一面に並べてあった。何枚あったのであろうか。父は得意そうに指で押さえながら、一枚ずつ数えていた。私は悪い物を見たように床にもどり、あの金がねだり続けているピアノにつながることはないと、漠然と承知していた。父も母も金の姿に端的な喜びを分かち合っていたが、金の行方にそれぞれの想念が絡んでいたのではなかろうか。父は安堵《あんど》を、母は危惧《きぐ》を。


年が明けて、私は六年生になった。

同時に学業体制が大きく変わった。女学校への進学希望者は、受け持ちの角田教師から放課後に補習授業を受けることになったのだ。希望者は十一人であったが、それはクラスの四分の一弱程度であったと記憶している。二年制の高等小学校に上がる生徒すらそんなにはいなかった時代であった。

私はその年まで勉強らしいことをしたことはなかった。世の中は鷹揚《おうよう》で、子供は元気でさえあればいいとされていた時代であった。宿題と夏休みに与えられる夏休み日記だけは止《や》むを得ずやったが、予習、復習に縁はなかった。しかし授業のあいだに教師を通じて教えられるものは、水が砂を通すように頭に染み込み、成績は良かった。「成績優秀、品行方正」という賞状が、ささやかな賞品と共に上位五人の生徒に贈られる。「品行方正」は疑問であるが、私はその賞を卒業するまで授与され通した。

では首席であったかと問われれば、多分そうではない。私は生まれついての悪筆で、習字の点数は教師の同情があったとしても七点か八点であった。表示法は小学校に入学した当座は甲乙丙であったが、いつか十点を満点とする表示に変わっていた。

一度国語の時間に私を含めた五人の生徒が、黒板に向かって与えられた問題を解いたことがあった。受け持ちの角田教師は義務兵役を終えた直後に教師となった人物で、軍隊式スパルタ教育を好んだ。教師は一人一人の書いたものを点検しながら私の答のところまで来ると、「なんやこの字は。六年生にもなってようこんな字が書けるな。まるで一年生やないか」といってズックの靴の足を上げ、靴の爪先《つまさき》で私の字にバッ点を付けた。

体操も、同じく七点か八点であった。私は多くの虚弱児がそうであるように、荒々しいことが恐ろしかった。高所恐怖症でもあった。従って、鞍馬《あんば》を飛んだり、鉄棒にぶら下がるのは不得意であった。背の高い私がいまにも折れそうな細い手足を動かしているさまは、見る人をして、あまりにも痛々しく感じられたのであろう。私自身は結構早く走ることができると思っていたし、柔軟に体を動かすことでも引けをとることはなかったつもりだが、教師は視角から入った先入観念のみで採点したように思う。

習字と体操の点数が悪いために平均点が下がり、首席ではなかったと思われるが、女学校の試験科目にあるものの成績は良かった。父は教育熱心で、私の成績が悪いと神経質に叱《しか》った。しかし課外授業が始まるまでは、下校したあとの時間に勉強を強いたことはなかった。私は外で遊ぶよりも家の中で本を読む方を好んだので、父はそれを一つの勉強と受けとめていたのであろうか。父自身は「中央公論」や「改造」等の雑誌を読む程度であったが、私の本に関しては倹約精神を少し弛《ゆる》め、比較的多くの本を買い与えてくれた。

補習授業に先だって、十一人の受験生たちは、それぞれの志望校を決めなければならなかった。志望校は本人の希望というよりも、ほとんどが親と教師の選択で決められた。母の自慢する通り特待生だったという父は、娘にもきちんとした勉強の入り口を開きたかったのかも知れない。だが、それよりももっと根本に、私の将来の経済的独立を願う心があったのではないか。父は、当時大阪府下で最も優秀校とされていた女学校の一つである清水谷高女を私の受験校として選んだ。北の端にある小さな町の小学校生徒としては、破格の選択である。その証拠にそのときの受験生たちは、中級の府立でさえ望んだのは二人に留《とど》まり、他は全部私立であった。

受け持ちの角田教師としても、不安であったに相違ない。しかし師もまだ若く、教師としての熱情を私に賭《か》けたのであろうか。当時、前年度の主な旧制中学校（男子校を指す）の試験問題を一冊にまとめた問題集があり、課外教授が始まると、角田教師はその中から生徒に宿題を与えた。私には最も難しいとされていた陸軍幼年学校の問題が多く与えられ、私は大いに難渋した。

五年間野放しにされていた勉強が、この時点から急に檻《おり》の中に閉じ込められ、苦役《くえき》として与えられたも同然である。しかし苦役である勉強は、問題が解けたときにある種の快感を伴った。そのために夜の十二時過ぎまで起きていることもしばしばあり、夜更けの静けさの中で遅々として捗《はかど》らぬ作業に没頭していた。私は入試に向かっての苦役に、のめり込み過ぎていたのではあるまいか。檻の外に始まった父と母とのあいだの微妙な動静にも、父が私や母を連れて外出することの皆無になったことにも、気付くことはなかった。

あれは七月の初めであったと記憶している。梅雨の気配の残る蒸し暑い日で、私は朝から痛み始めた奥歯に悩まされていた。その日は土曜日でもあったので、授業は午前中で終わったが、補習授業は午後に続けられていた。そのころになると痛みはますます激しさを増し、教師の声は耳を素通りして彼方《かなた》に消え、私は疼《うず》きに身を縮めていた。帰宅してすぐに歯医者に行ったが、医者は呆《あき》れ顔で炎症は廻りの歯髄を深く巻き込んでいるから今は抜歯出来ないといい、私に消炎剤と鎮痛剤を渡して、痛みが治ってから来るようにといった。

父は間もなく帰宅したが、不機嫌を昂《こう》じさせている私を腫《は》れ物に触るように扱った。持続する痛みに食欲もなく、憔悴《しょうすい》していく私に、早く床に就くようにという。

「今夜は土曜日だから早く寝て、日曜日に勉強したらいいじゃないか」

という父のいたわりを聞きながら、この言葉は最近土曜日の夜になると聞かされると、頭の隅でふっと思った。

我が家では親子三人が一つ部屋に寝るという習慣が、私の生まれたときからあった。それは頑固に守り続けられ、母は早速奥の八畳間に大小二組の床を敷いて、蚊帳を吊《つ》った。私の床は縁側に近い方にあり、手洗場の横の南天に目をやりながら、とりあえず横になった。湿気を帯びた暑さに輾転《てんてん》としながらも、ドイツ製の鎮痛剤が効いたのか、とろとろと眠ったようである。

どのくらい眠っていたのであろうか。私は圧《お》し殺した低い話し声に、ふと目を醒ました。部屋の隅には父の洋服簞笥と、母の古ぼけた小さい桐《きり》の簞笥が置かれている。部屋一杯に掩《おお》い被《かぶ》さった蚊帳を押しのけるようにして、父が洋服簞笥を開けていた。母は足許に蹲《うずくま》る格好で、団扇《うちわ》で父に風を送っていた。茶の間との境の襖は二十糎《センチ》ほど開けられて、そこから漏れる光を頼りに父が背広に着替えているようすであった。私の眠りを妨げまいと気遣いしている父と母に、私も眠った振りで対応しなければならない。歯の痛みは少しも衰えず、誰に当たりようもない癇癪《かんしゃく》を抱えながら、二人の気配に耳を澄ました。

身支度を整えた父は、

「じゃあ、行ってきます」

と母にくぐもった声でいい、襖を少し押し拡《ひろ》げて長身の痩せた体を茶の間に滑り出させた。母は、よっこらしょ、と小さな掛け声をかけて立ち上がると、父のあとを追って茶の間に消え、境の襖は閉められた。

父の靴を履く気配が察しられ、土間を踏んで玄関のガラス戸が開けられる。

「行ってらっしゃい」

という母のかすれた小声に送られて、父の靴音は遠ざかり、ひっそりと家の中は静まった。

私はもう一度眠りに就きたいと目を固く瞑《つむ》ったが、間断なく訪れる単調で、そのくせ神経に錘《おも》りを付けたような痛みに目はますます冴《さ》えてくる。父はいまごろどこへ出かけたのだろうかという好奇心も手伝って、とうとう起き出してしまった。境の襖を開けると、茶の間の卓袱台に頰杖《ほおづえ》をついて放心したようにしていた母が、おどろいたように、

「あんた、起きてたんかいな」

と狼狽《ろうばい》した声を出した。

「痛うて寝てられへん……そやけど父さんこんな時間にどこ行きはったん」

と訊くと、母は少し反っ歯の口をもごもごとさせて、

「……会社の仕事が残ってるんやて……えらい忙しらしわ、このごろ……」

と私から目を逸《そ》らせていうと、わざとらしく飛んできた蚊に手をのばしてピシャリと叩いた。

私は、ふうん……と呟《つぶや》くように返事しただけで、

「暑いさかい、ちょっと外へ出てくるわ」

といい、

「気いつけなはれや」

という母の声を背に、浴衣の寝巻きのままでさっき父の出て行った通りに出た。

通りは昼間の雑踏の影も見せず、夕暮れに蝙蝠《こうもり》の舞っていた電柱の光にも、浮かぶ人影はなかった。一筋に並んだ家並みはくろぐろと闇《やみ》に沈まり、家の前を流れる小さな下水溝からは、饐《す》えた臭気が漂った。

三学期になると、教師から紙片が渡された。紙片には家長の氏名、学歴、私との続柄、私の志望女学校、更に上級学校への希望の有無等を書く欄があり、記入して提出するようにと言われた。私はそれまでに戸籍というものを見せてもらったことがなく、私の出生に関して

は何も知らなかったが、そのときは父の書き入れた紙片を何気なく見てしまった。続柄のところに「庶子」とある。何度か母が周囲の人と口にしていたが、その言葉の意味は判らなかった。

母は私の問に、

「あんたはな、私生児ちゅうねんとはちごて父さんが認知してくれはったさかい、庶子やねん」

といささか誇らし気にいった。正式に結婚した両親から生まれた子供を嫡出子ということをもうそのころは承知していたので、父と母の姓が違うのは母が入籍していないのだと、理屈としては理解していた。しかし両親と共に生活している私の心情は、その論理を遠くに置く。父と姓が違うことは私の不幸を形造る一つの要因であると漠然と感じてはいたが、日常は忘れていた。そのくせどこかで何時《いつ》でも怯《おび》えていた。父の字で書かれた「庶子」は、父の躊躇《ちゅうちょ》と、母の僅かな慰めと、私の不安をないまぜにして、厳然とそこにあった。

父は私が女学校を卒業したあと、更に上級学校へ進学させる意志のあることを示し、希望として、奈良女子高等師範学校としてあった。私に大学級まで学業を続行させたい父の意志を知り、戸惑いながらも嬉しく思ったが、高等師範学校という字に躓《つまず》いた。私はすでにバタフライが習い性となり、華美を好み、強情、我《わ》が儘《まま》で、自意識が強く、情緒纏綿《てんめん》とした己を、かなり正確に把握していた。その私と、堅実で、かつ謹厳であるべき中等学校教師とは、およそ不似合いな取り合わせであった。「子を見ること親に如《し》かず」というが、父と母は私の本質を決して理解していないし、この先も理解することはあるまいと、そのころから私は承知していた。

受験も近づいたある冬の日、寒い校庭に受験生たちはノートと鉛筆をもってかたまっていた。受験勉強が思うように捗らないのに業《ごう》を煮やした角田教師から、

「おまえら問題が解けるまで校庭でやってこい」

といわれて教室から追い出されたのである。

校庭には朝礼のための四角い台があり、生徒たちは寒風に晒《さら》されながらその台の上にノートを開げ、凍えた指に息を吹きかけた。枯れ葉が校舎の隅に吹き寄せられ、ノートがはたはたと音を立てる。頰は硬直し、霜焼けの足指は痒《かゆ》さを失った。一時間は砂埃《すなぼこ》りの舞う中に居たのではないか。私はたちまち風邪を引いた。

腺病質《せんびょうしつ》な生まれの私は、麻疹《はしか》も、水疱瘡《みずぼうそう》も、百日咳《ひゃくにちぜき》も、およそ幼児のかかる病気は一通り経験した上に、肋膜炎《ろくまくえん》まで患っていた。小学生になってからも扁桃腺《へんとうせん》の腫れることは頻繁にあり、たちまち熱を出すが、父は七度台の熱で学校を休ませてくれることはなかった。校庭で引いた風邪は咳を伴い、微熱はいつまでも続いた。そして、回復の兆しは全くなかった。

いよいよ受験の日が来た。私は七度八分の熱のある中を、首に包帯を巻き、ときどき咳入りながら清水谷高女の試験会場に臨んだ。会場に集まった受験生たちは、私の小学校の生徒たちとは様相ががらりと違っていた。そのときまで実体を見たことはなかったが、これが船場《せんば》のいとはんなるものかと納得できるほど、豪華で、繊細で、愛らしかった。付き添いの母親たちも贅沢《ぜいたく》な身なりをして、中には女中を従えているのもいた。私たちのように、古いビ

ロードのスカートに手製のセーターの娘と、おどおどと消え入りたげな地味な着物姿の母親という一組は、いかにも場違いに見えた。

私の受験番号は二二四番であったが、二二三番の少女は髪を短か目に切り、紺と白のコンビネーションの服を着て、見るからに利口そうであった。二二五番の少女は長い髪を背に波打たせ、緋色《ひいろ》の洋服を着て、見惚《みほ》れるほどの美少女であった。私たちは試験中、常に前後して行動していたので、私の中に強烈な印象として残っている。私は彼女たちを羨望《せんぼう》する前に、遥かな憧憬《しょうけい》として心に刻んでいた。

一日目は筆記試験であったが、私は理科の一問題を除き、後は大体満足すべき答が出せたと思っていた。昼休みに角田教師が陣中見舞いに駆けつけたが、廻りの雰囲気に気を呑《の》まれ「しっかりやれよ」というのもそこそこに、にきびの顔を赤くして帰っていった。

二日目は、面接試験と身体検査であった。面接室には数人の教師が机を前にして腰を掛けていたが、中の一人が書類を見ながら、

「お父さんは難しいお名前ですね。僧籍のかたですか？」

と訊いた。私は、

「ソウセキって何ですか」

と訊き返し、厳城《いつき》という父の名前が、僧を連想させたことに微笑《ほほえ》んで、

「いいえ、違います」

と明確に答えた。そして自分の落ち着いた態度に、面接は成功したと決めていた。

体格検査は風邪を引いていたことで情状酌量してもらえれば合格の度合いは高いと思え私

は自信を先行させ、それを聞いた父も喜びを隠しきれない様子であった。

合格発表の日、私は母と緊張して出かけた。校庭に白い大きな紙が貼り出され、番号が書かれていた。二二三と二二五が並んでいて、二二四は欠落していた。初めて知る手痛い挫折《ざせつ》である。私は屈辱で切れそうな目を据え、唇を引き攣《つ》らせて、口惜しさに耐えていた。敗者になることは、これほどまでに苦渋なものであろうか。しかも納得のゆく結果ではなかった。

夕方、結果を気遣って早めに帰宅した父は、私の不合格を知って蒼惶《そうこう》として部屋に入った。口を固く結んだまま、私を叱るでもなく、慰めるでもなかった。黙々と背広を脱ぎ、ワイシャツのボタンを外し、目は一点を凝視していた。やがて着物に着替えた父は、私に背を向けて座敷の隅に正座し、静かに泣き始めた。背を震わせて嗚咽《おえつ》し、涙を拳《こぶし》で拭《ふ》く父は、弱者の悲哀を余すことなく曝《さら》け出していた。父が私に涙を見せたのは、後にも先にもこの時しかない。

私は父の落胆の余りの激しさに、自分の屈辱も忘れて申し訳なく思ったが、後年、あの涙は父の私に対する詫《わ》びであったと理解するようになった。父は若い日の己れを責め、私を庶子として不当な扱いを受けねばならぬ立場に置いていることへの許しを、私に請うていたのだと思えた。昭和八年のそのころは、庶子も私生児も世間からは爪弾《つまはじ》きにされて、まともな形で社会に受け入れられることはなかった。その不安を抱えながらも敢《あ》えて名門校に挑戦させた己の愚も、父は合わせて悔いていたのではないか。しかしこの時点で私は父の涙の由《よ》って来たるところを知らなかった。

父は塞ぎ込んでいる私に優しい目を向けて、次の日にアメリカ系のミッションスクールであるウイルミナ高女に、追試験の申請を願い出た。同高女には先に私の級友たちが四人も受験し、すべて合格していた。何日か経って追試験が行われ、試験の結果を父は自ら学校まで出向いて聞きにいった。合格の知らせを持って父が円タクを飛ばして帰宅した夜は、我が家に久しぶりの笑いが訪れた。合格の知らせを持って父が円タクを飛ばして帰宅した夜は、我が家に久しぶりの笑いが訪れた。最も笑顔の多かったのは父で、私の入試に悲しみと喜びを鮮烈に覗かせた父は、いまも哀しく懐かしい。

不合格の屈辱は、私の中で長いあいだ尾をひいていたが、さすがに思い出すこともなくなった四十年後に、私はこんな話を聞いた。そのころ外国に住んでいた私は折り折りに日本に帰国し、帰国すれば関西にも足を向ける。その時期に合わせて一度女学校の級友たちが大阪でクラス会を催してくれた。私たちは席上何十年振りかの級友に、それぞれの感慨を重ねて懐かしんだ。中に小学校からの同級生も居《お》り、角田教師の思い出話などで話が弾んだとき、級友は突然、

「ツクチン（私はそう呼ばれていた）、あんた夕陽《ゆうひ》が丘高女へ入った中村さん覚えてるやろ。あんたが清水谷落ちた日にな、夜やいうのに中村さんのお母さんがうっとこへ飛んできやはって、佃さんが清水谷落ちやったんやて、胸がすうっとしたわ。身の程も弁《わきま》えんと、ようあんな学校受けたもんや、いうてな。お母ちゃんびっくりしてはったわ。何もわざわざいうてこんかてなあ……」

私は憮然《ぶぜん》として四十年前の惨めな自分に想いを馳《は》せた。私はそれほどまでに、大人の目にも憎悪の対象とされていたのであろうか。爪先立って、傲慢《ごうまん》でいたことは承知している。し

かし、私がもし庶子でなかったならば、母に隠しておきたい過去がなかったならば、父と母との年の差があれほど顕著でなかったならば、私の不遜《ふそん》は許されていたのではなかろうか。世間は私を可哀相《かわいそう》な子と侮りをこめて同情するが、真っ当な生まれでもないくせにという境界線からは、一歩も出ることを許してはくれなかった。

ウィルミナ高女入試の際に私の身体検査を行った校医から、病院に診察を受けに行くようにと言われていた。母に連れられて大阪大学病院に行けば、肺門淋巴腺炎《はいもんりんぱせんえん》と診断され、長期療養をいい渡された。

その日から床に就かされ、熱と咳に喘《あえ》ぎながら、放心した目を天井に向けていた。小学校の卒業式には出席したはずなのに、そこだけは記憶の抜け落ちたままでいる。敗者は忘却することで己れを救おうとするのであろうか。

五　ちいさな喫茶店

昭和八年四月である。

通い始めたウイルミナ女学校は、明治の中期にアメリカ人によって創立されたミッションスクールであった。米国で始まった募金活動に最初の寄付を寄せられたウイリアムとバーミナという二人の名前をとって、ウイルミナと名付けられたそうである。学校は第二次大戦中に米国名であることを当局に遠慮したのか、大阪女学院と改名されて今日に到っている。初代の校長はアメリカ婦人であったが、私が入学したときの校長は森田先生という白髪の品のいい日本人の男の人であった。男性教師の服装は一人の詰め襟を除いてすべて背広、しかし女性教師のほうは数人の洋装の先生を除いてあとは着物に袴《はかま》姿であった。まだそういう時代であった。

学校の朝は、先ずはクラス別の教室で賛美歌と祈りがあり、そのあと全生徒が講堂に集まって改めて礼拝が行われる。キリスト教には馴《な》染《じ》んでいたので違和感はなかった。しかしこれだけ多くの人間が同じ制服を身に纏《まと》い、一同に聖書を読んだり歌ったり祈ったりというのを体験するのは初めてなので新しい感動があった。それはもう小学生ではないのだという一つの自負を私にもたらせた。

学校の雰囲気も小学校とはがらりと違っていた。あの土臭さはどこにもなく、校庭のたたずまい一つが草花や緑に包まれていて、どことなく西洋の香りがした。校舎は古い木造であったが、ガラス張りの雨天体操場が新しく拵《こしら》えられてあったり、コンクリートの四階建て新館が完成したばかりであったり、明治、大正を経て近代へ移ろうとしている長い伝統に支えられた新しい息吹が感じられた。

私がもっとも気に入ったのは校門から少し入ったところにあるお伽話《とぎばなし》の挿し絵にあるような小さな洋館であった。建物の回りに大きな樹が何本もあって、その葉影が赤い屋根を被《おお》っていた。そこにはアメリカ人の女教師が四人住んでいて、金髪や亜麻色の美しい髪と軽やかなドレスが石畳に靴音をたてる。行き交うと、青い目が微笑《ほほえ》んだ。

新しい学校は始めは私の胸に爽《さわ》やかな驚きをもたらしたが、じきに夢から醒《さ》めたように灰色の悲しみが沸き上がった。志望校の清水谷高女に敗れた末に入った学校であるという悔しさが振り切れず、敗者の屈辱を忘れることが出来なかった。私はウイルミナに素直に馴染むことをどこかで拒否していた。そして更にそれを引きずるに適したような事態があった。

合格通知と前後して宣告された肺門淋巴腺炎が、遅々として治らなかったのである。先ずは四月初めの入学式に出て、一週間ほどはまともに通学したであろうか。しかしそのあとは学校側との了解の上で、家で安静に寝ていることになってしまった。自宅療養という形になり、大阪大学病院には週に一度通い、注射を受けて薬をもらって帰る。毎日母からは嫌いな牛乳を飲むことを強いられ、卵や滋養剤をあてがわれた。寝床で本を読むしか所在のない私に父は少年少女向きの本を何冊か買ってきてくれたが、それらは忽《たちま》ち読んでしまい、小学生のころからそうであったように隣近所から「主婦之友」、「婦人倶楽部《くらぶ》」、「キング」、「講談倶楽部」等を借りてきて、手当たり次第床の中で読み耽《ふけ》った。

二ヵ月ほどたって少し病状が改善してくると、医師から気分のいい日には通学しても良いと許可が出た。但《ただ》し、午前中だけとか、病院に寄ったあとの午後だけという風に、体調に合わせた制限付きの通学であった。そのときになって、私は初めて自分が授業に従《つ》いて行くことが出来ないという現実に直面する。大きな衝撃であった。私が大人の娯楽雑誌に夢中になっていたとき、級友たちは勉強をしていたのである。当然の結果ではあっても、私には新しい受難の到来であった。

そもそも最初から欠席するということは、勉強のもっとも基礎となるところが脱落してしまうことである。加えて、女学校に入ってから初めて習得する課目の、何と多かったことであろうか。代数然《しか》り、英語然り、英文法然り、国文法然り、おまけに聖書という他の学校にないものがある。それも新約聖書と旧約聖書に分かれていた。その上、小学校では担任教師が殆《ほとん》どの課目を受け持ったが、女学校では課目ごとに専任教師が教える。細切れのような授業に参加してみても、私は呆然《ぼうぜん》と教師のいうことを聞いているに過ぎなかった。時間は容赦なく経つが、漠とした頭の中にそれが形をとることはめったにない。衰弱した体は勉強への意欲を取り戻す活力を、私に与えてくれることはなかった。

私はいまも、あのとき父が一年間休学させてくれていたならば、多少は勉強に対しての興味を持ち続けたのではなかったかと、現在の自分を嘆くのである。

私はその時点では父と母がどのような経緯の許に一緒になったのかは知らなかった。ただ私が庶子である理由の一つに、母が父よりかなり年上であるのをおぼろげに把握していた。鳥には刷り込み現象という現象がある。孵化《ふか》して最初に目にしたものを、例えばそれが人間であったとしても、親として神経中枢に焼き付けることを指す。私は鳥と同じく生後まもなく目にした両親を親として疑うことなく頭に焼き付け、他者として父と母をみることが出来なかった。そのため両親の年の差に、長いあいだ気がつかなかったが、そのころになってようやく何かがおかしいと思うようになっていた。

後年の推測であるが、父も母もいずれはその年の差が原因で、別れることになるのを想定していたのではないか。そのため父は私に女としては高い教育を与えて自活能力を身につけさせ、母の老後を看《み》させようと意図していたのではなかろうか。そして受験の失敗を通じ、私が庶子である限りそのような高みを目指すことの無駄を悟り、一転して方針を変えたのだと思う。すなわち嫁にやるという安易な方針に私の未来を設定し直したのである。私を早く結婚させて父親の責務を早く果たし終え、更に言うならば母を一緒に引き取ってもらえる好条件の結婚というものをさせ、母の老後も託したかったに違いない。

当時は嫁にやるという言葉にある通り、適齢期の娘は商品化され、商品化された娘をなるべく高く売るためには、品物に瑕《きず》があってはならなかった。父の頭の中で一年間の病気休学ということは、大きな瑕と思えたのであろう。高成績よりも病欠無しの順調な女学校卒という未来の肩書きの方が商品価値が上がると判断され、私は教室の中で霞《かすみ》のかかった正体不明の授業を、体調の許す範囲で受ける生活を余儀なくされた。そして、勉強に対する一切の興味を失っていった。

　私は十二歳の女学生になり、本来ならば明るい春が待ち構えていた筈《はず》であった。それがものごとは大きく変わり、なにもかもが思い通りにならず、結局は十二歳なりの鬱屈《うっくつ》を抱えていた。出遅れた授業への取り戻しは遅々として進まなかった。学校には友達らしい友達もなく、家には喧嘩《けんか》する姉妹もなく、心が和む犬もいなかった。父は相変わらず優しかったが、もう愛玩物《あいがんぶつ》には適さなくなった私を、昔のように溺愛《できあい》してはくれなかった。父は自意識の強い少女として成長してきた私を、強情、我が儘、反抗的な娘と捕らえ、親らしい失望を重ねていったのではあるまいか。その上、当時の私は知る由もなかったが、すでに父の心は私たち一家を離れ、しばしば他の場所にあったのである。絶対者であった父とのあいだに、私は微妙な距離を感じ始めていた。

　母は相変わらず醜い様相を何の防御もなく晒《さら》していて、私の夢に描く母親とは懸け離れたままでいる。私は母の容貌、物腰、仕草、言葉使い、その他もろもろのものを疎んじて暮らし、子供は母を慕うものだとする世の中の通念には疑問を持ち続けていた。

　十二歳の鬱屈は暗々と私の心を閉ざし、私は捌《は》け口を求めて小さなノートに美しい包装紙を貼り、それに屈折した思いを書き綴った。自分一人の秘密と思えば、勢い文字は過激になる。少女のもっとも手近な現状忌避として、私は幼い家出願望を記していた。

　病院に寄って午後からの授業に出席しようとしたある日、私は本箱に挟んだノートが妙に気になった。私は出かける寸前に母に向かって、

「母さん、本箱にうちのノートが置いてあるけどな、あれは見たらあかんよ。見いひんいうて約束してえな」

「どこに？　ああ、あれかいな。よっしゃ見いひん、見いひん」

「ほんまに、約束やで」

ああ、という返事に安心して出かけた私は、頭の中の母への反感とはうらはらに、やはり母を絶対者として無意識に位置付けていたのではないか。しかし帰宅したときの母の固い表情に、母がノートを見たに違いないことを瞬時に悟った。裏切られたという怒りが私の中を貫き、母のもの問いたげな視線には目もくれず、頑《かたく》なに口を閉ざした。沈黙に耐えかねた母が、

「ほんまにようあんなことが書けたもんや。こないに大事にしてもろて、何が不足やいうねん。親の気も知らんで……家を出て、どこいこいうねん……」

とさすがに正面切っての詰問は避けたが、口の中でぶつぶつといつまでも呟《つぶや》いていた。

私はノートを見られた間《ま》の悪さよりも、母が私の信頼を裏切ったことを一途に心の中で責め続けていた。ノートを見たのなら見たでいい。しかし私との約束を破ったことだけは、私に知らせて欲しくなかった。素知らぬ顔をして、娘の幼い家出願望の底にある悲しみに目を向けるべきではないか。私は母を批判する側に立ちながら、母を安易に信頼していた己の幼さに歯噛《はが》みする思いをし、新しい憂鬱《ゆううつ》を一つ増やしていった。

ある日、大連の高橋良忠《よしただ》が再度我が家を訪れた。年の暮れになると天津甘栗《てんしんあまぐり》とロシアのキ

ャンディを送ってくれるおじさんである。大連に住んでいるのだが、年に一度は神戸にある本宅に帰って来ていたようである。そのころの私は女学校に電車で通学していたので結構帰宅が遅くなり、その日来た良忠とは挨拶しただけで別れたが、彼は翌朝早くに再び顔を出し私を大阪大学病院に連れて行った。前日、母とのあいだで約束が交わされていたようである。

良忠は私が通い慣れている大阪大学病院の呼吸器科ではなく、別な科に私を連れて行き、私を控え室に置いて一人で医師と話をした。やがて私は医師に呼ばれ、生年月日や簡単な足し算、ごく常識的な質問をいくつかされて、最後に採血された。帰途に、

「なんでおじさんはうちを病院に連れていったん？」

と訊くと、

「あんたがおかしなことしたり、いうたりするさかい、母さんが心配してな。節ちゃんは頭がおかしいんとちゃうやろかいうて……一遍病院で診察してもらお、ちゅうことになったんやわ」

と無口な人特有の静かな口調で応えた。

私は釈然としなかったが、自分の最近の言動を省みれば母の心配も尤《もっと》もな気もする。ひょっとすると本当に頭に異常が生じたのではないかと、真剣に憂慮した。後日、この病院行きは別な意味があったと判明するのだが、根本に当時の私の行状に母が不安を感じたことは間違いない。思うに母は私の鬱をまともに受けた、最大の被害者であったのであろう。

私はこのあたりから、少しずつ横道へ逸《そ》れることの面白さを会得していったようである。

もともと本質的に内蔵していた享楽的な部分が、知能の発達に伴って表面化する方法を見出し始めたというべきかも知れない。

学校は相変わらずの通学振りで、熱の引いている時を見計らって出かけていくという怠惰な生活であった。

そのうち学校を早引きした日に、映画館に寄ることを思いついた。我が家から比較的近い桜の宮というところに、小さな劇場があった。昔の芝居小屋を活動写真用に改造したもので、内部には桝席《ますせき》が残っていたような記憶がある。休憩時間になると「ええ、おせん、おせんはいりまへんか」と赤いたすきをかけた売り子が黄色い声で煎餅《せんべい》を売りに席を回った。みかんや、飴《あめ》や、ラムネもあったと思う。ここは日本映画だけで外国映画は上映していなかったが、それは止むを得ないこととし、私はこの劇場に密《ひそ》かに通った。林長二郎（のちの長谷川一夫）がまだ凶刃に頬を切られる前で、水もしたたる美男とはこのことかと呆然と見ていた覚《ご》えがある。弁士の名調子と共にみる映画は哀愁を帯び、私は結構満足していた。だが母を誤魔化《まか》して小遣いを捻出《ねんしゅつ》するのも限度があったし、そのころはまだ小学校時代の優等生の良心の名残もあって、それほど頻繁ではなかったと思う。

二学期に入っても、私の大阪病院通いは続いていた。その上父と母はこの際、私の生来の持病である鼻炎も治療すべきだと判断したらしく、私は学校の帰途、上本町二丁目にある耳鼻咽喉科へも通院させられた。肺門淋巴腺炎も鼻炎も共に長期療養の必要な病気で、当時は授業よりも病院通いに両親の重点が置かれていたようである。学校は籍さえあればそれで良いと思っていたのであろうか。勉強について行けない私の悩みなど、まるで眼中にないようであった。あれほどうるさかった私の成績にも、父は一切の関心を失っていた。

横道へ逸れ始めた私はこの現状のなかで、耳鼻科の治療費として母から毎回渡される二十五銭を、誤魔化すことを思い付いた。女学校に入学してから、初めて小遣いとして父から毎月五十銭をもらうようになったが、それは余りにも少額であった。病気中とはいえ成長期の私は、母の作る弁当の他に学校で販売しているパンやうどんが食べたかった。文房具も少女らしいものが欲しかった。通院に週三回行くところをときどき二回にして、あとの一回は行ったことにしておけば、ある程度の金は自由になった。悪事は緊張と暗い愉悦を伴い、父や母を裏切ることは陰湿な歓《よろこ》びにつながった。

三学期になると、肺門淋巴腺炎も鼻炎もほぼ回復し、私は通常の形で授業を受けるようになった。それまで制服は上下一枚ずつの着たきり雀《すずめ》であったが、私が毎日正常に通学するようになったので、母は新しい制服をもう一揃い誂《あつら》えた。夏期の上着は白地に水色のセーラー服に変わるのだが、スカートは一年を通じて同じ紺生地の襞《ひだ》スカートである。新しいスカートは私がどんどん成長するのを母が見込んで膝下十五糎《センチ》もある長いものを誂えたので、入学したときに誂えた膝上までの短いスカートとは大きく違っていた。長いスカートを穿《は》いた日は大人になることを強いられるようにぎこちなく、私はこのスカートが嫌いであった。

それは丁度子供から少女に移行する不安定な時期であったようで、私はそのころに初潮を迎えた。母は前もって何の注意も与えてくれてなかったが、私は主婦之友の「母親が女の子にするべき話」というような一文で、それを承知していた。しかしいかに手当をするべきかは知らず、母に話さない訳にはいかなかった。当時は性に関する話は淫《みだ》らなこととして子供には忌み隠されていたので、私は自分の肉体の変化がそのタブーと何らかの関係があると本能的に思え、ひたすらに恥ずかしかった。特に異性である父に知られるのは、何としても嫌であった。

初潮に持つ女の子の羞恥《しゅうち》を母に判ってもらいたいと切望したが、言葉に出せる年でもなく、母は私の消え入りたい思いをよそに、赤飯を炊き、帰宅した父に向かって、

「節ちゃんが女になりましてん。今夜は赤飯で祝うてやりまほいな」

といった。父はほほう、と少し戸惑った笑いを浮かべ、

「そうかね、そりゃおめでとう」

と感慨深そうに私を見た。

私は下を向いて父の目を避けながら、母を呪い殺してやりたいと思うほど憎んだ。

年度末の成績は二百余人の一年生のうち、七十六番と知らされた。小学校の優等生としては無残な敗北である。私は一瞬愕然《がくぜん》としたが、一念発起して勉強したいという意欲も湧《わ》かず、無念ですらもなかった。

二年生になる直前の春休みに、我が家は都島区善源寺六丁目から隣の区である旭《あさひ》区赤川町一丁目に転居した。区は違っても、徒歩で十五分ほどの距離しか変わらなかった。善六の

店舗での商いに失敗した両親は、すこし奥まった閑静なところに住みたくなったのかも知れないとその時の私は思った。この辺りは少しずつ開拓が広まったところにあり、前と同じ四軒長屋であったが、鉄柵の門と小さな前庭の付いた一見して洒落《しゃれ》たとも言える構えの家であった。二階二部屋、下は玄関の間を入れて三部屋あり、広さは前の家よりやや大きかったと思える。そして新しかった。

この家に引越しするときは私の好きな、京都工専に入学していた父の弟の義与《よしと》叔父が大八車を引いて何度か往復し、大いに力を貸してくれた。叔父は春休みであったこともあり、引越しついでに我が家に泊まり込み、母や私と親密になった。それ迄も京都の下宿から週末にときどき泊まりに来るようになっていたが、鐘紡の社宅の但男伯父の家に子供が増え続け、我が家でも若干の負担を背負うようにと兄弟間で話し合われていたのではなかろうか。

総じて父の九人兄弟姉妹たちは、長の方から幼にかけて順番に面倒を見ることを当然としていたので、長姉と続く男三人の上位四人は、常に年下の弟妹をさまざまな形で援助し続けた。四男の義与叔父はその習わしの通り但男伯父と父の庇護《ひご》下にあり、私にとっては気楽な人であった。

引越しのあとの義与叔父は新学期が始まったというのに我が家に居続け、京都に帰ることを渋っていたと私の目にも見えた。母の許で無為な日を送っていたが、叔父はインテリを気取った風があって、標準語を使い、母などに何かの拍子で触れることがあると、失礼、という。それがいかにも洗練されて聞こえた。私に向かっても、節ちゃん、君は……と話しかけ、君、などと呼ばれた事の無い私を有頂天にさせた。家に居るときの叔父は私を相手に話したり遊んだりして倦《あ》くことはなく、時には手を握り、時には後ろから抱き締めたりもした。私は叔父の手から逃げながら、離れた場所で挑発の目をむける。叔父は熱い視線で追いかけた。あれは淡い恋であったのかも知れない。甘い心地よさが、いつでも叔父と姪のあいだにあった。

あるとき叔父は、

「節ちゃん、君は『痴人の愛』のナオミにどこか似てるよ」

といい、谷崎潤一郎のような大人の小説を読んだことのない私を戸惑わせた。数年後に作品に接した私は大いに自惚《うぬぼ》れ、得意であった。自分の鉛筆のような体が、ナオミの奔放な肢体とは似ても似付かぬことなどには思い到らなかった。

その時期、父と母の日常にそれとなく交わされる話を総合すると、叔父は京都の下宿屋の年上の娘と定石通りの関係に落ち、娘の親から婚約を迫られていたようである。ありきたりの肉体の陥穽《かんせい》に落ちた叔父の本来は、谷崎のナオミのような女の足許に屈したいと願っていたのではなかろうか。身を滅ぼすような熱い想いを捧げて女に狂いたいと思うのも、青春の夢の一つである。

そのあと叔父は結局この女性と結婚し、子供を六人も成して、名古屋に住んでいた。但男伯父の斡旋で鐘紡の染色部門に入社し主任程度の地位にいたと思うが、ある日染色の瓶を運搬する仕事に付き添い、疾走するトラックの荷台から転げ落ちて事故死した。

泥酔していたとあとから聞いたが、四十代の若さであった。

後年私が外国に住んでいたとき、たまに耳にすることのあったナオミという名にこの叔父の薄倖《はっこう》の生涯を思いだし、その度に、甘い悲しみが心をよぎった。ナオミとは旧約聖書から取った名だということである。

この赤川町の家に住んでいたころの私に忘れられない歌がある。

小さな喫茶店に
　入ったときの二人は
お茶とお菓子を前にして
　ひとこともしゃべらない
そばでラジオが甘い歌を
　やさしく歌ってたが
二人はただ黙って
　向き合っていたっけね

昭和九年ごろに流行した歌である。若者たちのあいだにまだ含羞《がんしゅう》という言葉が残っていた時代でもある。そして大阪の町のいたるところに小さな喫茶店はあった。

新しく引越して来た新居の筋向かいに、小学校の同級生でもあり、ウイルミナでも同級生になった天沼千代子というクラスでも目立って魅力的な女の子の家があった。千代子の父はメリヤス工場を経営していて、広い住居の裏は工場になっていた。住宅地に工場という不釣合も、この辺一帯が新開地であったためか、特別奇異にも見えなかった。私は小学校時代に千代子と親しかったことはないが、筋向かい同士という偶然は、嫌でも私と千代子を近づける。下校したあとに、よく千代子の家へ出かけていった。我が家とは比較にならぬ広さの家で、誰に煩わされることもなく喋り合う他愛のない話は、秘密めいたひそみ笑いを伴って倦くことなく続いた。

千代子の父は工場と客との対応に商人らしい目配りをして忙しく、母は使用人の面倒とまだ幼い千代子の妹の世話に明け暮れていた。妹の守りを頼まれることはしばしばあったが、構ってもらえぬ妹の方が母を追い、我々の挙動に関心を持つものはいなかった。千代子は夜になると工場の一室に寝泊まりしている工員や女工と接することが多いらしく、私の覗く事も許されない卑猥《ひわい》な世界を、少しずつ嗅《か》ぎとっていったようである。

ある日、千代子は更に秘密めいた声で、

「なあ、あんた喫茶店に行ったことあるか」

私は驚いて首を振った。

「うちなあ、ぼんさんに連れてってもろて、何回か行ってんねん。中学生ともそこで友達になったんやわ。面白いでえ。いっぺん行ってみいひんか」

固く禁じられているのは承知の上である。

しかし横道へ逸れる楽しさも、承知していた。私は身を乗りだし、次回に行くことを約束した。

長い鬱屈の時期を経て、初潮を見、義与叔父との交流とも言えないほどの交流に甘く促されて、私の性は目醒め始めたのであろうか。千代子が連れて行ってくれたのは、電車通りからかなり奥まったところにある小さな喫茶店であった。中に入ると旧制中学校の三年生くらいの学生が二人、私たちを迎えてくれた。一人は千代子の相方《あいかた》で、一人は私のために用意されていたようである。

紅茶を前にして、しばらくはそれぞれの学校での日常、教師の悪口、仇名《あだな》の由来等、年相応の話が交わされた。私は人見知りする質《たち》なので、初対面の人に対しては口が重い。常日頃工場で大勢の人間と接している千代子は男二人を相手にして、臆《おく》することはなかった。そのうち千代子は傍らにあった大判の雑誌を取り上げ、開いたページで顔を隠しながら相方の中学生を誘い、接吻《せっぷん》を始めた。私は呆然と彼らを凝視する。かといって洋画ですでに馴染みの一つの表現がそこで行われていたというだけで、動顚《どうてん》することもなかった。

千代子は頬を紅潮させ、くせ毛の髪を額にべとつかせながら陶然としていた。雑誌はとっくに手許を離れ、千代子は私の方を見てにやりとする。私の相方とされていた中学生は、

「俺たちもやってみいひんか」

といかにも羨《うらや》ましそうにいったが、私は黙って笑いながら拒絶した。接吻が厭《いや》であった訳ではない。面皰《にきび》の顔にいかにも鈍重な唇をして、知性の欠けらも見当たらぬその中学生が気に入らなかったからである。そして私の憧憬《しょうけい》とはあまりに遠い千代子の接吻に、いささかの侮蔑《ぶべつ》すら感じていた。

にも拘《かかわ》らず私が喫茶店通いに溺《おぼ》れていったのは、思春期にありがちな枠から外れたいとい

う欲望のせいに違いない。常日頃の鬱屈がある。それに肉体と情操の変化が加わった。不良化することは、重いものを押し付けてくる現実からの小気味の良い逃避であった。喫茶店である必要はなかったが、千代子からの誘いは脱出への手近な引き金となったのであろう。

私たちは帰途の市電の乗換場所にある目立たない小さな喫茶店を根城にして、毎日のように屯《たむろ》するようになった。小遣いは学校から指定される教科書、参考書、辞書等の値段を水増しして捻出した。友人に入れ知恵されての作戦であったが、さすがに最初の夜は眠れないほど胸が痛んだ。が、良心は忽ち麻痺《まひ》し、そのうち別な中学生のグループとも仲間になって、紅茶一杯で何時間も居座る術《すべ》も覚えた。そこには性の青い芽生えが泡沫《ほうまつ》のように飛び交ってはいたが、手を握り合うこともめったになかった。やがて、同級性を一人誘い、二人誘い、いつしか七、八人のグループができて、常に誰かが行動を共にした。

一人で行くこともある。ある日、私は制服に校章を外しただけのいつもの格好で、ぼんやりと椅子に腰を下ろしていた。鞄《かばん》はとっくに馴染みになった店のウエイトレスが、奥の座敷にしまってくれてあった。つかつかと一人の男が入って来て、私の前に座った。教護連盟という名で、中等学生の不良化防止に盛り場を廻っている教師の一人である。もっとも恐れていた人物の出現であるが、私は度胸を決めた。

「あんた、ここで何してるの」

「お店、手伝うてるんです」

「その制服はウイルミナと同じやね」

「そうですか、知らんかったわ」

そのとき奥に通じるのれん越しに、

「じゅんこさん、こっちい来て掃除して頂戴《ちょうだい》」

とウエイトレスの声がした。

私は名前まで変えてくれたウエイトレスの機転に感謝しながら、はい、と勢いよく立ち上がって奥へ消える。教師は腹立たし気に見送ったが、諦《あきら》めたように立ち去った。

人気のなくなった店内に「小さな喫茶店」のメロディが、いつまでも鳴り続けていた。


やがて遠くに住むものは別派を作り、グループは二分した。その一派が教護連盟の一員に捕まり、あっさりと口を割って芋蔓《いもづる》式に全員が教頭の前に並ばされる羽目になった。教頭は諄々《じゅんじゅん》と我々を諭し、本来ならば停学処分にするところであるが、神のご恩寵《おんちょう》によって今回だけは叱責《しっせき》にとどめる、といった。代わりに、保護者が呼び出され、我が子の行動を今後厳重に監視するようにと申し付けられた。

母がおどおどと学校に出かけて行ったのは、夏休みの前のころではなかったか。父が夏衣を着ていたという記憶が朧《おぼ》ろにある。帰宅した父に母が学校での話をぼそぼそと伝えたのであろう。気不味《きまず》い食事が済むと父は私を呼んだ。

「あんたは自分のした事がどんな事か判ってるんだろうね。母さんに聞いたらあんたが千代子さんを誘って始めたということじゃないか。どうしてそんな事をしたの」

父の声は神経質ではあったが、なるべく穏やかに言い聞かせようという配慮はあった。しかし、私は一瞬頭に血が逆流し、千代子の裏切りに絶句した。同時に父が私に事の経緯も糺《ただ》さず、千代子が学校で申し立てしたらしいことを鵜呑《うの》みにしていることに、激しい憤りを覚えた。私はそのときまだ十三歳で、整然とした言葉を持って父を説得する能力は無かった。私は反撃の構えで端的に父に刃向かう言葉を探すうち、婦人雑誌にあった子供の不良化の原因という文言が頭を掠《かす》め、

「このごろ家庭が面白うないからやわ」

と昂然《こうぜん》といってのけた。

父はやにわに立ち上がると、私に拳《こぶし》を握って殴りかけた。

「何だって、もう一遍いってみろ」

突然の狂暴である。父はいままでに一度も私に手を上げたことはなかった。私は立ち上がって逃げ腰になりながら、目を見開いて父を睨みつける。その私を捕まえて、父は拳を振るいながら、

「……ひとが、こんなに辛抱しているのに……ぼくがどんな思いでいるか……我慢して……我慢して……」

と声を途切らせ、血走った目で私に向かった。

母はおろおろと父に取り縋《すが》り、

「父さん、もうかんにんしてやって下さい。節ちゃんは何にも知らんのでっさかい。わたしからようういうてきかせます。そやからもう……」

と泣いた。

父の激怒は何であったのだろうか。思い当たることはなかった。私は父が私に釈明を求め

ることもなく私を首謀者としたことに傷ついたが、人間は自己を護《まも》るためには人を裏切ることも辞さないと知り、人間不信の念を強くしていった。

喫茶店通いはぴたりとおさまった、という訳ではなかったが、夏休みの私が外出しようとすると、母が割烹着《かっぽうぎ》にそそけた髪のまま、慌てて後を付けてくる。見え隠れする母の姿に舌打ちしながらも、この母が喫茶店に現れた図を想像すると、足が竦《すく》んだ。段々と面倒臭くなり、面白くてのめり込んだというには醒めた部分もあったので、いつとはなく止《や》めてしまった。


九月の新学期が始まって間もなく、私は登校途中の坂道で、この辺りに住まいのあったしい例のウエイトレスにばったりと会った。地味な普段着の洋服に、買い物かごを下げたどこにでもいる娘にもどった彼女は、

「うち、あの店辞めたんよ。元気にしてる?」

と言った。私ははにかみながら答えた。

「うん。うちも喫茶店には行かんようになった」

「喫茶店なんか行ったらあかんよ。あんなところは佃《つくだ》さんの行くところやない。止めてよかったな」

彼女は年長者らしく優しくいって微笑んだ。

私は「佃さんの行くところではない」といった彼女の言葉に、翻然と己を取り戻した。鶴見の高台にある伯母夫婦の家が思い起こされる。憧憬の彼岸にあるものは、場末の喫茶店と

はあまりにも懸け離れていた。

学校に向かう坂道に澄んだ初秋の空があった。

六　紗の首巻き

宝塚。それは少女の憧《あこが》れの象徴であり、私が少女であったころから、いまに到るも変わることはない。

父に連れられて、小学校のときに行ったのが最初であったが、女学校二年生になった頃からは、級友何人かと連れだってときどき行くようになっていた。映画、演劇には父兄同伴が義務付けられていたにもかかわらず、宝塚は黙認されていたような気がする。小夜《さよ》福子に熱中して、彼女の出演舞台は逃さぬようにしていた。春日野《かすがの》八千代が長い髪を鳥打ち帽の中にたくし込んで、男役をやっていた時代でもある。

女学校一年生のときクラスは違ったが目を見張るような美少女がおり、その少女は一年を終えたところで退学し、宝塚に入団したと聞いた。羨《うらや》ましかった。

私はおそるおそる父に、

「うち、宝塚へ入りたいねん。来年試験受けてもええでしょ。なあ、父さん」

とねだってみた。

私のねだりはいつも父がほろ酔い機嫌になったころに始まる。その方が成功率が高いからだ。父が深酔いしているときはもっと容易《たやす》い。明くる日になって酔いが醒《さ》めても、

「そんな約束したかね」

と一度はとぼけるが、口に出したことは守ってくれた。

父はそのときかなり酩酊《めいてい》していたが、

「宝塚？　駄目駄目、舞台に出るような芸人になったら、お嫁さんの口がなくなるでしょ。とんでもない話だね」

とにべもなく退けられた。

学校はミッションスクールなので、聖書の時間があった。私はいつも聖書の成績が七十五点で、不勉強を棚に上げて、恨めしくその数字を眺めた。生徒たちの噂に、洗礼を受けると九十点代に跳ね上がると聞いた。洗礼の意義も知らないまま、私はこの点数欲しさに父に申し出た。

「洗礼を受けるということは、キリスト教徒になるということだよ。よく考えてみなさい。節ちゃんの嫁入り先が仏教徒だったらどうする？　女は婚家先の宗教に従うものです。点数などはどうでもいい。結婚するまで無色でいなさい」

父の頭の中にあるものは私を結婚させることしかないのだと、このあたりからはっきりと知ったような気がする。

他にねだり続けているものにピアノがあったが、高価なためか私の執念にめげることなく父は否定し続けた。

別に、学校の課外教授にピアノレッスンというのがあり、一日三十分ピアノを借りて練習をし、週に一度音楽教師からレッスンを受けることが出来るという習学方法があった。父はピアノを買う代わりにこのレッスンを受けさせてくれたので、私は毎日昼休みの三十分を、小さな部屋に置かれている、キイの象牙が黄色く変色した上ところどころ音の出ない古いピアノで練習し、週一度のレッスンを受けることになった。自分には才があると勝手に決めて意気込んで始めたが、バイエルを終了するのに丸一年かかり、目は醒めた。しかしピアノは欲しかった。

それから二年ほど後に講堂で何かのイベントがあり、一学年下の生徒が美しい声で「君よ知るや南の国」を歌った。聞けば正式に声楽を習っているということである。師に付くのはピアノだけではなく声楽もあったのだと初めて知り、いささか声に自信のあった私は逸《はや》る心を抑え兼ねたが、もうこのころは父に願い出ることはしなかった。

課外にタイプライターを習ったこともある。アメリカ人の教師の指導で、初めは面白いように進んだが、そのうち習っても将来何の役にも立たぬと思え、不器用も手伝ってどんどんと遅れた。そして教師に、

「佃《つくだ》サン。アナタハ兎ト亀ノ話ヲ知ッテイマスカ。アナタハ兎サンデス。恥ズカシイデスネ」

と言われた。

卒業するまでの年月、未来像に「花嫁」を父から与えられてしまった私は、いつの間にか自分もその枠内でしかものを考えぬようになっていた。勉強も、宝塚も、ピアノも、声楽も、はるかかなたに燦然《さんぜん》と輝いていたが、自分には無縁のものとして、「ひょっとしたらあったかも知れない可能性」は胸に閉じ込め、たまに胸の中で湧《わ》き立つことがあっても、諦《あきら》めを注

いで火を消した。

「花嫁」がまだ漠然としか描けなかった二年生の夏休みに、父方の小松家の祖父母が長年住み慣れた広島を引き払って、鐘紡の社宅に住む但男伯父宅に同居することになった。祖父母の老齢化に伴い、当時のしきたりに従って長男である但男伯父が両親を引き取るということであろう。祖父母の許にはまだ五男の信敏《のぶとし》叔父と末子の常盤《ときわ》叔母が未成年者として残って居《お》り、この二人の身の振り方が問題となったが、例の小松家の方針でそれぞれを下の兄たちが引き取ることになった。写真で立つことを目標としていた（あるいはさせられていた）五男の信敏叔父は、三男である直愛《なおちか》叔父が引き受けると決まった。直愛叔父とは例の長堀橋の高島屋で長年写真技師を勤めていた叔父だが、当時の満州新京に新天地を求めて渡満していた。五男の信敏叔父はこの叔父の許で修業をするということで、追って渡満する手順が整いつつあった。

末子の常盤叔母は私と二歳しか違わなくて、やはりミッションスクールの広島女学院の四年生であったが、次男の父が引き取ることになった。一家離散である。この話は前々から兄弟のあいだで計画されていたらしく、我が家が前の善六の借家からやや広い現在の家に転居してきたのも、考えてみれば常盤叔母の受け入れを予定していたからではないかと、そのとき初めて納得がいった。

私が小松家の祖父母に初めて会ったのは、まだ横浜の鶴見に住んでいた五歳のころであった。祖父母の長姉である鶴見の高台に住んでいた伯母が、両親を広島から招待したのであろう。

祖父母は伯母の家に滞在しながら、我が家にも二、三度足を運んできたと記憶している。昭和に入ったそのころもまだ士族を鼻にかけていた祖父母は、厳《いか》つい顔をして、平民とは一線を画すとでもいいたげな風情で、幼児の私には親しみの薄い人たちであった。祖母は私が五歳になっても未《いま》だに母の乳を飲んでいるのが、何としても許せなかったようである。私にもう乳は飲まないと強引に約束させ、代わりに金魚鉢と金魚を買ってくれた。当時祖母の威圧の前に竦《すく》んでいただけの私は、そのあと約束を易々《いい》として破ることになるのだが、金魚鉢はそれから十年以上も我が家に存在し続けた。その間父は飼っていた金魚の水を毎朝変え、餌をやり、もし水が漏れるようなことがあるとパテを買ってきて修繕した。あれは父の中で母親への想いが消し難く残っていたからではなかろうか。

毎年秋になると、祖父母から広島菜の漬物と大粒の渋柿《しぶがき》が、四斗樽一杯に詰められて一個ずつ送られてきた。それは鶴見に住んでいたころも、大阪に移住してからも続いていた。広島菜は偏食の私も喜んで食べ、熱いご飯をのりまき状に巻いたものを「巻きふうさ」と意味もなく自分で名付けて、好物の一つとしていた。柿の方は母があちこちに裾分《すそわ》けをしたあと、米櫃《こめびつ》に入れて熟柿《じゅくし》にする。頃合を見計らって縁側などで悦に入りながらちゅうちゅうと音を立てて啜《すす》った。私が熟柿が嫌いなのは、あの母の立てた音のせいかも知れない。

祖父母と私との直接の交流は金魚鉢以来しばらく絶えていたが、小学校五年生の夏休みに、私は父の計らいで広島の祖父母の許に遊びに行ったことがある。その年、京都工専に入学していた四男の義与《よしと》叔父が、鶴見の伯母夫婦の長男である洋一郎を案内して広島へ帰ることになり、ついでに私も連れて行くよう父が頼んだのであろう。

そのころの風習で都会育ちの学生は、夏休みに親を離れて地方の祖父母や親戚の家へ泊まりに行くことが多かった。しかし横浜から広島までは当時としてはかなりの遠距離である。鶴見の伯父と伯母が長いあいだ洋一郎に一人旅をさせなかったとしても不思議はなかったが、それが大阪から義与叔父という連れが出来たので、思い切って旅立たせたのではないか。私がそれに便乗させてもらったという形であった。一行は、十八歳、十七歳、十歳といったところであろうか。山陽線を下って旅をするのは初めてであった。

祖父母の家には当時中学生であった五男の信敏叔父と、女学校一年生で末子の常盤叔母がいた。母はこの叔母のために私と揃いの浴衣を夜鍋《よなべ》して縫い上げ、土産に持たせてくれた。母の選択にしては珍しく模様が気に入ったので、紺と白の鮮やかな花柄を、今も目の前に浮かべることが出来る。甥姪《おいめい》の関係をいうならば、私は勿論、従兄の洋一郎にとってもこの信敏と常盤は叔父と叔母と呼ぶべき関係になるのだが、二人とも洋一郎より年下であった。私たちは広島城を見物したり、大田川で泳いだり、夕涼みがてら野外でニュース映画を見たりした。当時有名なドイツの飛行船ツェッペリン号が、ゆったりと航行しているニュースもあった。

年の似通った義与叔父と従兄の洋一郎がどこかに出かけたある夕方、私と常盤叔母は母の縫ってくれた揃いの浴衣姿で縁側に並んで座り、線香花火を始めた。薄暮がいつか濃い闇に変わり、花火はちかちかとか細い光を敷石の上にまたたかせた。置いてきぼりを喰《く》って無聊《ぶりょう》をかこっていた信敏叔父がいつとなく仲間入りし、中学三年の男の子らしく鼠花火を持ち出して、庭のあちこちで火を付けた。二十個ほども付けたのではないか。鼠花火は激しい音を立ててまさに鼠のように庭中を駆け廻った。私は恐怖で体を硬直させる。針金のような女の子の異常な反応が信敏叔父に意地の悪い興味を与えたらしく、叔父は次から次へと火を付けて、私の怖がるさまを興がった。

私はやっとの思いで部屋の中に駆けもどり祖母の許で叔父の所行を訴えた。母に対する甘えと同じつもりであった。しかし祖母は語気鋭く、

「信敏のことを告げ口するたあ、どういう了見《りょうけん》ね。ひとのうちに厄介になっとるときゃあ、子供じゃあいうても遠慮するもんじゃ。うちゃあ自分の産んだ子は可愛《かわい》いけんど、孫なんぞ可愛いと思うたことはいっぺんもない。孫が可愛いなんぞという世迷《よま》いごとはうちには通用せんけえに、よう覚えていんしゃい！」

と決めつけられた。

この祖父母の家に滞在中に、祖父について何の思い出もないのは祖父はどこかに出向していたのではないか。大人の話を聞いていた私にとって、祖父が祖母より優しいということは考えられなかった。もし広島の家に居たのなら、何かしら恐ろしい思いはした筈である。実際それから一年ちょっと経って私はその恐ろしい思いを経験することになった。

その冬、祖父は但男伯父の家に一週間ほど滞在していた。父から一応は顔を出すようにと言われ、私は伯父の家へ行った。伯父は二階を指してうなずくので、おそるおそる二階の座敷へ行った。すぐ逃げ出すつもりであるから障子は開けたままである。にもかかわらず、祖

父はお辞儀をしようとして座った私が畳に手を付く前に、

「障子をタテんしゃい」

という。私は何の意味か判らず障子を見てまごまごとする。祖父はいきなり立ち上がって障子をぴしゃりと閉め、

「タテんしゃいちゅうたらタテんかっ！」

と顔中に血をみなぎらせて怒鳴った。

私は祖父の笑顔を思いだすことはできない。


この祖父母がいよいよ八月末に上阪して、但男伯父宅に引き取られた。私にとって怖い思い出しかない祖父母が身近に来ても、嬉しいという気持ちは少しも湧かなかった。祖父はそのころ七十歳近くになっていて、そろそろ耄碌《もうろく》の症状が出たのか家の中をうろうろと歩き、口の中で何かを呟《つぶや》き続けた。相変わらず気丈な祖母はその姿を疎まし気に眺め、仲の悪かった夫との末路に暗澹《あんたん》としたようすであった。

五男の信敏叔父は直愛叔父の住む満州の新京に広島より直接向かったらしく姿を見せず、末子の常盤叔母は改めて我が家の一員となった。そして九月の新学期より、私と同じウィルミナ女学校の四年生に転入することに決まっていた。年は私と二歳しか違わなかったので、私は「姉さん」と呼ぶことにした。

生まれて初めて異分子が、我が家の中に入居してきたことになる。同時に末子として甘やかされていた叔母も、両親との別離を強いられた。叔母との同居生活は、それまで何度も我

が家に滞在したことのある義与叔父との間にあった優しい雰囲気とは違い、年の差が余り無く、しかも同性で、その上両親の愛を一人占めしたもの同士という条件が重なって、必ずしも楽しいというものではなかったが、かといって憎み合った覚えもない。

母は世話好きを発揮して、叔母の面倒をよくみたのではないか。後年叔母は「節ちゃんのお母さんには本当によくしてもらった」といって感謝している。しかし当時の私は母が叔母に遠慮しているのを感じとり、何となく母に同情していた。父にとっては共に生活したことのない妹は他人に近いらしく、格別の感情はないようであったが、私と区別することもしなかった。

祖父母の住む但男伯父宅は、新しい我が家からは十五分ほどの距離にあった。常盤叔母は所在がなくなるとよく両親のいる伯父宅に行った。私はそれに同行することもしばしばあり、または二人で散歩に出かけることもあり、年の似通ったもの同士、何かといえば行動を共にすることが多かった。当時の記憶が希薄なのは、二人とも結構少女の知恵で平穏に暮らしていたからではあるまいか。通う学校が同じということもあり、話題に事欠くこともなかった。

叔母が我が家に来て以来、私と叔母は一階の奥の八畳間に床を並べて寝るようになり、父と母は寝室を二階に移した。日曜日になると、十三歳と十五歳の少女は思いのたけ寝坊をする。九時前に目の醒めることはなかった。たまに私の方が先に目を醒ますと、隣の寝床から成熟した太股《ふともも》をあらわにした叔母の足が畳にのび、大人の女の足とはこのようなものかと思い、痩せっぽちの私の足に比べてひどく羨ましかった。そして私たち二人で起きだした頃に、父が家にいたことはなかった。母の説明によれば、会社が忙しくて日曜出勤も止むを得ないのだということで、大人の社会生活に興味も無いまま二人とも納得していた。

あれはその年を越して、明くる年の二月末であったと思う。私は十四歳になったばかりであるが、叔母はとうに十六歳になっていた。その日はどんよりとした雨もよいの日曜日であった。私と叔母は母から若干の小遣いをもらい、二人で心斎橋筋に出かけた。この辺りから千日前にかけて、ひとところは父が私と母を連れてよくでかけたものであったが、その習慣はいつとなく忘れられていた。代わりに学友と学校の帰途にここに寄ることもある。私は盛り場の賑わいが好きであった。

叔母と二人で肩を並べて、右と左の店をつぶさに見て歩く。自分の手に入ることはないと知っていても、美しいもの、華やかなものを眺めるのは心が躍った。そのころまだ珍しかった洋装の女が、ハイヒールの音も高らかに歩いているのを見ると、叔母と私は女の洋服の品定めをしながら自分の未来に重ねてみる。面皰《にきび》の中学生に興味はなかったが、大学生には目が自然そちらを向いた。私は年上の人間の持つ未知なものに惹《ひ》かれていた。

昼時になったので、難波にある高島屋の食堂に行くことにした。食堂に足を踏み入れると、わあんという高い天井に谺《こだま》する騒音にまず驚かされる。子供を叱る母親の声、赤ん坊の泣き喚《わめ》く声、小商人《こあきんど》らしい中年男の濁《だ》み声、それに合わせて傍若無人に笑う男どもの下卑《げび》た声、そのあいだを縫ってまだあどけないウエイトレスが、上気した頰で客の皿を運んでいた。人いきれ、煙草の煙の渦巻く中で、やっと空席をみつけ、二人で素早く滑り込む。母の腕では到底不可能な牡蠣《かき》フライを注文して、ほっと一息ついた。私はぼんやりとした視線を宙

に浮かせていたが、叔母は首を捻《ね》じ曲げて、珍しそうに辺りを見回した。首が一瞬止まると、

「節ちゃん、あそこに居られるのは兄さんと違うやろか……」

と兄には敬語を使う躾《しつけ》のいい叔母がいう。

驚いて叔母の視線を追うと、三つほど先のテーブルに確かに父の顔があった。

見慣れた茶のオーバーに中折れ帽子を被《かぶ》ったままの父の横には、黄色い紗《しゃ》を首に巻いた見知らぬ女がいる。

「誰やろ？」という思いで私と叔母は眼を凝らした。

「節ちゃん、あの人知っとって？」

「いや、知らんわ」

しかし父は会社に行っているはずである。

「会社の人と違うやろか」

叔母は疑わしそうに私をみた。

「うち、ちょっと行ってくるわ。姉さんはここに居とって」

と私は少し気取って立ち上がり、父のそばに走り寄った。

「父さん」

と父の背中に呼びかけると、父はおどろいたように振り返ったが、

「節ちゃんかね……姉さんと来たの？」

と平静な声を出した。

「どこへ行ったの」「何を買ったの」「姉さんはどこにいるの」父は矢継ぎ早に質問したが、

私は生返事をしながら父の隣の女を観察した。女は派手な緑に細い黒の縦縞《たてじま》の入った雨ゴートを着て、道行きに仕立てた胸許からは黄色地に絣模様《かすりもよう》の着物がのぞいていた。首に巻き付けた紗が、会社で働く女事務員と規定したい私の心象を遠去ける。顔はあさぐろい丸顔で、くっきりとした二重瞼を持ち、私の視線を跳ね返すように女も私を見詰めていた。

父は平静な声の割には度を失っていたようで、無意識に手をこすり合わせていたが、女を誰々さんとも紹介してくれず、叔母と二人でこっちの席へ来るようにともいってはくれなかった。気詰まりな沈黙が続いたあと、照れて薄笑いを浮かべていた父は思い付いたように財布を取り出し、

「よっしゃ、小遣いを上げるから姉さんと二人で分けて使いなさい。買い物が終わったらはよ帰んなさいよ。こんなところをうろうろしていたら駄目じゃないか」

と威厳を繕いながら、五十銭銀貨のギザギザを二枚私の手に渡した。

私ははにかんで受け取ると、女の凝視を無視して叔母のところに駆けもどった。一部始終を眺めていた叔母は、

「どなたさん？」

と訊いたが、

「よう判らんかったわ。代わりに小遣いもろてきたよ」

と大きな顔で銀貨をわたした。目の前には運ばれたばかりの牡蠣フライがあり、かすかな油の匂いが、父に偶然会ったという小さな昂《たか》ぶりとともに私の食欲をそそった。

父が見知らぬ女と一緒にいたということは、私にとって大して意味の無いことであった。

事務員でなければ友達かも知れない。あるいは仕事関係の知人かも知れない。自由思想の行き届いたミッションスクールにいて、それでなくても既成通念に反撥《はんぱつ》を持っている私は、男女が共にいることが人目を憚《はばか》らねばならぬ行為だとは、思いたくなかった。しかし二歳年上の叔母の反応は少し違っていた。

「誰やろね、あの人は……兄さんは仲良さそうにしてなさったと思わん?……」

と広島訛《なま》りでこだわった。そう言われると秘密めいた匂いもしてきた。叔母の言葉に思春期らしい疑惑を引き出されると、今日の父は怪しく、胡散《うさん》くさくみえる。

「ほんまにいやらしね。母さんにいいつけたろ……」

というと、叔母は大人びた表情で頷《うなず》いた。

帰る道すがら、父と女に逢ったという予期しなかったドラマが胸の中で膨らみ始め、二人は父の秘密を握ったことに昂揚《こうよう》していた。

母は「おかえり」と機嫌よく私たちを迎え、

「あんたたちだけで出して、なんぞあったら父さんに申し訳ないと心配してたとこや」

とほっとしたようにいった。

私たちは母の安堵《あんど》を跳ね返すように、抑えていた興奮の口火を一度に切り、

「母さん、今日高島屋で父さんのええとこ見てしもたわ」

と叔母と二人でこもごもに昼の出来事を母に報告した。

母は「へえ」とか「ほう」とか相槌《あいづち》を打っていたが、終《しま》いには黙り込み、私は母が、

「そらえらいこっちゃ、父さんにはお灸《きゅう》すえんならん」

とこのドラマに参加して、一緒にはしゃいでくれると思っていた期待は、裏切られてしまった。母は、

「どんなひとやった」

とぽつりといい、私は、

「わりときれいなひとやったよ」

と屈託《くったく》なくいったが、内心「そやけど、ああいうひとはうち好かん」と思っていた。女は小肥《こぶと》りな上に、どこか自堕落な感じがした。首に巻いた黄色い紗は、理由の判らない違和感を私に与えた。そして緑色のコートは毒々しかった。美人の範疇《はんちゅう》には入るが、知も、富も欠如していると私には思えた。二重瞼だけはくっきりとしていたが、その下にある目はいわれのない敵意を私に見せて濡《ぬ》めっていた。母は、

「年はいくつくらいやった」「どんな格好をしていた」「父さんとはどないなようすやった」

と執拗《しつよう》に追及を始めたが、見詰めている叔母の視線に気が付くと、

「その話はあんまり父さんにしなはんなや」

と台所に消えた。

夜、帰ってきた父は「ただいまっ!」っと不自然に陽気な声で玄関を開けたが、出迎えた私と叔母に、

「あんたたち早く帰ったかね。盛り場をうろつくと教護連盟につかまるよ」

とにやにやした。ひっそりとあらわれた母に向かっては、気不味《きまず》いときにしか使わぬ大阪弁で、

「今日はえらいとこ見つかってしもてね。おかげで散財させられましてん」と先手を打ち、娘たちの笑い声のかげで、母はしょぼしょぼと口許を歪《ゆが》めた。

この女がどんな役割をしていたのか。

私はこのあとも自分からは気が付くことはなかった。家の中は平常と少しも変わらず、叔母とのあいだで女の話をすることもなかった。新しく但男伯父の家の住人となった祖母がときどききて、但男伯父の妻の文句を並べた。

「光江さんは女工上がりじゃあけんに、礼儀作法はなあんも心得ちゃあおらん。わたしが洗濯しとったら汚れた足袋《たび》を穿《は》いて通るけえに、洗うたげようかちゅうて声かけたら、ポイと脱いで渡しんさった」

と長々と始まる。同じ鬱憤《うっぷん》は、私が小学校のころ三日にあげず遊びに来ていた光江伯母の側にもあったと思えるが、舅《しゅうと》、姑《しゅうとめ》を抱え、子供が四人にも増えたそのころの伯母は、滅多に我が家に顔を出すことはなかった。

そのうち常盤叔母が両親のいる但男伯父の家で寝泊まりする日が多くなった。祖母恋しさのためと受け取り、私は気にすることもなかった。

春の気配が濃くなったある日曜日、母は日溜《ひだ》まりの縁側に毛糸のセーターを持ち出して解き始めた。そのころは手編みの編み物は古くなると解いて傷んだ箇所の糸を捨て、編み直すものとされていた。見ると、私より小さい男の子のセーターであった。訝《いぶか》しく思って母に訊くと、

「……ちょっと頼まれてな……」

「誰に？」

「……父さんに……」

父に？　私は「なんで？」と訊き返したかったが、母の要領の悪い返事から言いたくないのだと察し、追及することはしなかった。常盤叔母の姿はなく、わたしは座敷で本を読み続けた。

母は日常に離すことのなくなった古い割烹着《かっぽうぎ》をつけ、いつ櫛《くし》を入れたとも判らぬ白髪頭を蓬《ほう》けさせて、一心に編み物を解いている。弛《たる》んだ頬が微《かす》かに震え、ときどき皺《しわ》の寄った喉《のど》がごくりと音を立てた。静脈の浮き上がった節の目立つ手の先から毛糸の玉が形作られ、それが、三、四個縁側にころがったころ、私は母が泣いているらしいことに気が付いた。

「どないしたん」

母はその問を待っていたかのように、大粒の涙を流し始めた。ひとしきり泣くと、割烹着のポケットからくしゃくしゃのちり紙を取り出して鼻をかんだ。

「なんであてがこんなことせんならん……」

私はおどろいて母を見据えた。

「ひとを何やと思とんのや……おなごしのようにこき使いよって……」

「誰に父さんは頼まれたん？」

「あんたが高島屋で逢うたおなごやがな」

私は息を飲んだ。しかし事態はまだ何も判らなかった。母は中心にあるものを避けるよう

に、

「あの女には前の旦那《だんな》とのあいだにでけた男の子がおるんやて。妹が引き取ってるそうやけど、父さんは女に甘い顔がしとうて、あてにその子のことまでさせるんやわ」

「？……」

「あのおなごが父さんをたらしこんだんや……あてがおるのに……ひとをないもんにしくさって……」

母はまたポケットをまさぐった。

私はぼんやりと、問題の核心が飲み込めてきた。かといって、急におどろいたり慌てたりして母に詰めよる昂ぶりはなかった。それは足許から少しずつ水が這《は》い上がってくるような、じわりとした悲しみの触感であった。私は不幸に鈍感であった。自分が庶子であることも、母に別の子供がいることも、母が父より年上であることも、それがすべて私の負い目になることを知っていた。いま新しい不幸が始まろうとしていても、また新しい傷を嘗《な》めるしか私に出来ることはない。その諦めが不幸に連結していて、昂ぶりを沈めてしまう。

しかし母が思い切ったように、

「父さんは、あの女と一緒にならはるんやて。あてとあんたはこのうちから出て行かんならんのや」

と言ったときには防御本能が火を噴いた。

「何やて？　うちはいややや。絶対にいややや」

「あんたもいややか……当たり前やわな」

いた。

「うちかて小松の子やし。ひとことうちに相談してくれたかてええやないの」

私は憤然と権利を主張した。

母は百万の味方を得たように、

「節ちゃんがいややいうてます、て父さんにいうてみようかしらん」

「いうて、いうて！　うち、どないしても許せへん」

果敢《はかな》無い抵抗である。いきり立っている私も母も、それが何の効も奏さないことを知っていた。

父の日常に変わったようすはみられなかった。当然のことのように私にひとことの説明もなかった。母からの報告で私がこの件を承知していることとして、その上で父は父なりに結着に向けての動きを始めたようである。常盤叔母はいつのまにか但男伯父方に引き取られた。セーターの解体や、洗い張りのための着物の解き物が、そのあとも女の許から父の手で母に届けられ、母は暗い顔をして、ときどき割烹着の裾で涙を拭《ぬぐ》う日が続いた。しかし、父は母を下女のように扱っていた訳ではない。もっとも信頼出来る人物として母に対し、母の母性に甘えと安泰を見いだしていたのではないか。私の目には不可解でしかなかった父の母に対する女への奉仕への強要は、年上の女としての覚悟と、ある種の慰撫《いぶ》を母にあたえていたのかも知れない。父と母は男と女の関係から、母と息子の関係に移行していたとみるより他に、私はこの間の父と母を解釈することは出来ない。

この時期が、わたしと母とをもっとも接近させたのではなかったか。思えば私は家庭という小さな城の中では知らずして幸福であった。父と母は仲が良かったし、私は一人っ子として溺愛《できあい》されていた。私はその中で我が儘の限りをつくし、遠慮無く甘え、許されるのを承知で反抗を繰り返した。この居心地のいい幸福の受け皿が、根底から覆されるというのであろうか。母は目の前に存在するだけで生き甲斐であった父を、人の手に渡さなければならないのである。悲しみを分かち合えるのは、母と子しかなかった。

母は女から渡された解き物をしながら、父との生活を回顧する。

「父さんと一緒になったころは貧乏のどん底でな、指輪や髪飾りはみんな手放してしもたんや。鼈甲《べっこう》の櫛や珊瑚《さんご》の根〆《ねじ》めや、立派な翡翠《ひすい》の帯止めもあったわな。サファイアの指輪はそら大したもんやったでえ。あれだけはあんたに残しといてあげたかったのになあ……長いあいださんざ苦労して、やっとどうにかなった思たらこんなこっちゃ……」

この母に、高価な指輪や髪飾りをしていた時代があったのであろうか。宝石で身を飾った母を思い描くことはできなかった。

母はときどき泣くことはあったが、逆上することはなかった。女のことを罵《ののし》ることはあっても、父への恨みごとを口にしたことはなかった。来たるべきものが来た、という落ち着きさえうかがわれ、私は母の対応から、いくつかのことを推察した。

思い出すのはあの小学校六年生のときの、奥歯が痛んで寝られなかった夜である。父と母の小声の会話で目を醒ませば、父は洋服に着替えて忍び出るように夜の闇に消え、そのあと起き出した私を見て母が驚いたことがあった。あれは土曜日の夜であった。

そういえばあのころから、父は私と母とをどこにも連れ出すことがなくなった。そして日曜日の朝に目を醒ましたとき、父の姿はいつも家の中になかった。母はそのころから女の存在を許容していたのだ。それでも同居生活を崩さなかったのは、父の私への配慮であろう。家庭を分離するには未だ幼な過ぎると、父は判断したのではないか。「家庭が面白うないからやわ」という私の生意気な言葉に「人がこんなに辛抱しているのに……」と激怒し拳《こぶし》を振るったのも、私のために女と暮らすのを我慢して母との生活を維持しているのにという思いだったのだと今、納得できる。

高島屋での出逢いで、私に存在を知られた以上はと、女の方から父に迫ったに違いない。父の堰《せき》も簡単に切れた。あの出逢いがなかったなら、父はどこで線を引くつもりでいたのであろうか。弱気な父が思いあぐねていた年月が目に浮かぶようである。しかし私は、私の手で別離への出発点を父に与えてしまった。あれは父へのささやかな親孝行であったかも知れない。

女は幸子という名で、おでん屋の仲居であった。水商売の女は首に紗を巻くという不文律がそのころにあったことを、しばらくして私は知った。

四月になり、私は三年生になった。

五月に、父と女の問題で、但男伯父宅で家族会議が開かれた。鶴見の伯母もまだ小さい次男を連れて同席した。そのころ伯母一家は鶴見から横浜の白楽に転居していたので、伯母は横浜から来阪したことになる。

家族会議で何が話し合われたかは知る由もないが、大方は、父が幸子に関わったいままでの経緯を説明し、今後の処置について自分の決断したことへの了解を求めたのではないか。そのときすでに壮年になっていた父の行状に異を唱えるものは居らず、水商売の女の良否は云々《うんぬん》されずにもっぱら母と私の今後に関して意見が交わされたと思える。父は私が結婚するまでの責任を持つことを約束し、また女学校を卒業するまでは、自分が監督をするということを強調したと察せられる。

横浜からわざわざ子連れで来た伯母は、相変わらず上品で美しく、高価そうな着物を着て凜《りん》としていた。伯母は私が女学生になったその頃でも、暮れになるとチョコレートと荒巻き鮭を送ってきて、私はその贈り物に鶴見にいたころの伯母の家を恋うていた。

その伯母が、横浜へ帰る前夜に別れの挨拶に我が家を訪れた。夜更けて、玄関の二畳に暗い電球のついていたのを覚えている。父は姉の姿を見ると畳に手をつき、

「姉さん、今回はいろいろとお世話になりました」

と深々と頭を下げた。

伯母は父の姿に祖母譲りの気位の高さを誘い出されたのか、

「厳城《いっき》さん！」

と父の名をきっと呼び、

「あなたってほんとに仕様のない人ね。私はあなたがおたまと一緒になるときから反対だったんですよ！」

と母の名を呼び捨てにして、父を叱責した。

私は伯母の言葉にぐさりと胸を刺された。

母はおばさんと父の兄弟たちから呼ばれてはいたが、名を呼び捨てにされたことはなかった。父の後ろからおずおずと顔を出した母は、

「嫂《ねえ》さん、すんまへんどした……」

と言って、その場に泣き伏した。

私は母が哀れで、哀れで、ならなかった。

そして、母が否定されたことは、私も否定されたと思え、母と同一線上にある自分もたまらなく哀れであった。

私はもう父の親戚の中に入ることは許されないのであろうか。ついさっきまで当然のものとして有り難いとも思わなかった父を囲む安泰から、不意に急流に突き落とされた気がした。流れはみるみるうちに私を運び去り、暖かい灯ははるか彼方に消え去ろうとしている。深い淵《ふち》に吸い込まれるような絶望であった。

父が、私が女学校を卒業するまでは自身で監督するとしたことは、私を身近な場所に母と共に住まわすということであったようである。母はこのあと近間《ちかま》に貸家を探して廻り、現在の借家から電車通りを隔てた反対側の少し入った所に、新築の、また同じく四軒長屋を見つけてきた。長屋は六畳、三畳、二畳に台所というもので、今までの家に比べれば貧弱なものであったが、所帯が二分されるので止むを得なかったのであろう。長屋の左端に私と母が住み、一軒置いた隣に父と幸子が住むということになった。

引越しは六月中旬に行われたが、そこに到るまでは親子三人が普通の生活をし、普通の会

話を交わし、本来ならばあるべき筈の別れの悲愴感《ひそうかん》は何もなかった。どこかの時点で幸子は入籍したものと思えるが、父は幸子と式を挙げるでもなく、私に向かって改まった話をするでもなく、別れの宴が張られた訳でもなかった。

転居、即、別離という形をとり、私は住み慣れた家から登校し、新しい家に下校したという手軽さであった。母は引越しで汚れた三和土《たたき》を掃除していたが、諦めのあとにくる落ち着きか、明るいとさえ言える顔をしていた。家の中には見慣れた家具がそれぞれの処《ところ》を得て、古びた水屋、塗りの剝《は》げた卓袱台《ちゃぶだい》、父の古着で作った座布団が、三畳の茶の間に置かれていた。卓袱台の上に置かれた無骨な土瓶も、水屋の中の皿、小鉢も、台所にある鍋、釜も、昨日までの姿と変わることはなかった。

奥の六畳間には母の小さな桑の鏡台と古簞笥とが置かれ、その横に、本来ならば父の洋服簞笥のあるはずの空間を意識したとき、私は初めて父はもうこの家に帰ってこないのだという思いに、胸を塞《ふさ》がれた。

私は父の家を見たいという好奇心と、幸子と対決したいという敵愾心《てきがいしん》に煽《あお》られて、一軒置いた隣に出かけていった。父は会社を休んで引越しを手伝い、いまごろは新居の片付けをしていると思えた。

玄関から覗くと、父が棚を吊っている姿が見える。改まった声で、

「父さん」

と呼びかけた。父は、

「帰ったのかね。さあ上がんなさい」

と普段と変わらぬ声を出した。

その声を聞きつけて台所から幸子が顔を出した。被っていた手拭《てぬぐ》いを取りながら、

「まあ、まあ、節ちゃん、今日からはよろしゅうおたの申します」

と満面に世辞笑いを浮かべて、辞儀をした。高島屋以来の再会である。派手な単《ひとえ》に白い割烹着をつけ、腰の回りに中年のふてぶてしさを漂わせていた。笑うと銀歯がちらと覗き、化粧の痕《あと》のない唇は病的にどすぐろかった。彫ったように形のいい二重瞼の下の目は、感情を圧《お》し殺した鈍い光を放っていたが、その底に私への憎悪と嫉妬、それに隠しようもない卑下があるのを見てとると、私も白々しく笑って頭を下げた。

部屋の中は父の手できちんと整理され、奥の六畳に見慣れた父の洋服簞笥、横に真新しい幸子の桐簞笥が並んでいた。母のよりもう一重ね大きい簞笥は、流れるような柾目《まさめ》を見せて黙していた。床の間の父の自慢の軸は、しっとりと壁におさまっていささかの味を出し、鏡台の赤い縮緬《ちりめん》の鏡掛けは、それに華やかさを添えていた。茶の間には見たこともない茶簞笥が据えられ、朱色の卓袱台を挟んで、夏に向かうしるしかパナマ織りの涼しげな座布団が置かれていた。玄関の下駄箱も、横にある傘立ても、三和土にあるつっかけも、何もかも新しい。私は打ちのめされて家に帰った。

「あのひとぎょうさん嫁入り道具持ってきはったね。金持ちやったんやろか」

母はふんと鼻で笑った。

「あほらし……あれはな、みんな父さんが買うてあげはったんや」

「……」

私は自分の知っていた父とのあいだに、大きな壁が立ちはだかったことを、このときはっきりと意識した。

父と娘の蜜月《みつげつ》はとうに終わっていたのだった。

七　大人たち

四軒長屋での新しい生活が始まった。

父は長屋の左端に私と母を住まわせ、一軒置いた隣に自分と幸子が住むという形をとった訳だが、一軒置いた、というところに若干の配慮があったとしても、母と幸子とのあいだに生じるであろう女同士の苦悩に目を向けたことはあったであろうか。また子供である私が必要以上に父との距離を日常に思い知らされる悲しみを抱えることになると、承知していたであろうか。私はそうは思わない。

父は頭脳明晰な人にあり勝ちな頭の中の図式のみでしかものを考えることが出来ず、自分が中心にいれば一家が離散したあとも、四人が和気《わき》靄々《あいあい》と暮らすであろうというユートピアすら描いていたような気がする。しかし私は人間の心情の動きに疎かった父が、この時点で私を父側の人間として取り入れてくれたことで未来を開拓して行く事になる。父が期せずして行った同じ長家に住むという選択は、母の忍従を除けば正しかった、といまの私には言える。それは老いた私の寛容かも知れない。

一軒置いた隣同士に住むようになっても、私の日常ががらりと変わったということはなかった。私はまだ十四歳になったばかりの少女で、大人の思惑を推測できる年ではなかった。一日の大部分を学校で過ごして、校内に父と母の離別を知る人もなく、不愉快なことは忘れていられた。変化は母の方に見られた。私が下校したときに、母が居ない日が多くなった。現在のように合い鍵《かぎ》を渡しておくという知恵もなく、私は玄関の前で立ち往生する。父と一緒に暮らしていたときには、決して起こらなかった事態であった。

私は閉め出された怒りを抱えたままで、早足で鐘紡の社宅に住む但男伯父宅に向かう。一軒置いた隣の父宅に行こうなどという気は毛頭ない。そこは私にとって敵陣であった。私は幸子を常に侮蔑《ぶべつ》していた。おでん屋の仲居という前身が、少女の潔癖に不快感を与える。その上和歌山の貧農の出であると聞き、それが私に浅はかな優越をもたらした。私は幸子を貶《おとし》めることで己の矜持《きょうじ》を保っていたような気がする。伯父宅に引き取られていた祖母は、私が母に向けた怒りをむきつけにして現れると、いつも、

「また節ちゃんが鬼瓦《おにがわら》みたいな顔してやってきた」

といって笑った。私はその声の中に微かな憐れみのあるのを知っていた。

少し耄碌《もうろく》気味《ぎみ》になった祖父を除いては、伯父も伯母も、必要以上に優しいと、私はぼんやりと感じていた。父方の姓を名乗っていないという負い目のため、父と母が別れたあとは父方の親族と同列に扱ってもらえないのではないかと内心怯《おび》えていたが、伯父一家の優しさは私を大きく安堵《あんど》させた。そして母の帰宅が遅くなった日は、伯父宅に私の居場所があることで、幸子より優位にいると信じることができた。

伯父宅にいる常盤《ときわ》叔母とは、母から閉め出されなかった普通の日でも、よく伯父宅に行っ

て遊んだ。私たちは少女らしい話に笑い転げて時間を過ごす。私は不幸に鈍感な姿勢を取ろうとして、周囲に少女なりの虚勢を張っていたような気がする。そのころの伯父は鐘紡の工場長か、あるいは次席くらいにまで出世していたようである。鐘紡のような大きな会社の工場長といえば、現在でも結構な地位なのではないか。地位に応じて夫婦と四人の子供、それに祖父母と末妹の常盤叔母、女中も含めた大家族を収容できる大きな二階屋の社宅をあてがわれ、充足して暮らしていた。四十代になるやならずの伯父にしては、かなり早い栄達であったのではなかろうか。

一体に父方は西洋風を標榜《ひょうぼう》し、言葉も概《おおむ》ね標準語を話し、魚よりは肉、和菓子よりはクッキーやチョコレートを有難がり、西洋音楽に耳を傾けるのをよしとしていた。

大所帯を抱えている伯父一家の生活が贅沢品に囲まれていたという訳にはいかなかったが、子供たちには常に愛らしい洋服を着せ、日曜日にはキリスト教徒らしく教会に通わせ、調度品もそこはかとなくハイカラな匂いのする程度のものは置いていた。私はそれに準じるように従妹である伯父の子供たちの為に、得意の編み物で西洋風のベレー帽やしゃれた手袋、美しい色のマフラー等を編んだりして贈ったものである。

しかしこのような伯父の西洋趣味は表面上のものであって、本来は日本風なものに惹《ひ》かれていたのではないか。道楽というほどのものではないが伯父がもっとも好んだのは、小川や釣り堀で暢気《のんき》な釣りをすることや、庭いじりをすることであった。

両方とも金のかからないというのが第一条件であったとしても、気長に楽しみを追うというところが動き廻る父とは違っていた。上の従妹たちがまだ小さい頃、伯父はよく私と従妹たちを釣りに連れて行ってくれたものだが、餌はみみずとごかい、それと田圃《たんぼ》の田螺《たにし》の刻んだものであった。子供たちはしばらくはおとなしく浮きを眺めているがすぐに厭《あ》き、川辺や釣り堀の周辺で摘《つ》み草をする。陽光の下に蝶やとんぼが舞っていた。このような穏やかな情景を、父と共有した覚えはあまりない。

伯父はもう一方の庭いじりにも熱心で、広い庭にはいつも季節の花が咲いていた。そしてこちらの方も、日本固有の花の方が多かった。その頃は盆栽にも凝っており、大きな木の段々をこしらえて、そこに平たい鉢を並べて得意でいた。

ある日、私は常盤叔母と遊んだあとに帰宅しようとして、作業に余念のない伯父に挨拶をすると、伯父は私を手招きして、改まった声でいった。

「節ちゃん、前々から言っておこうと思ってたんだけどね、父さんがもし女学校を続けさせられないと言ったら、伯父さんが学費を出して卒業させて上げるから安心していなさい。だからちゃんと勉強するんだよ。判ったね」

私は伯父の善意にも拘《かかわ》らず、父の尊厳を傷つけられたように内心で腹を立てた。父はそんな人ではない。父は約束を破るような人間ではない。私は絶対者であった父を、無意識に庇《かば》っていた。

帰る道すがら昂《たかぶ》りの収まるにつけて、自分が親戚の中で置かれている位置を、思い知らされたような気がした。どのように父方の人間関係の中に融《と》け込んでいたとしても、所詮《しょせん》は可哀想《わいそう》な子でしかなかったのだ。父の不始末を庇おうとする血族の結束の観念の中でしか私が存在し得ないとするならば、可哀想な子、とする父の親戚たちの善意の憐れみを逆手にとって、可哀想な子に徹する方が生き易いと、そのころから気付き始めたようである。

母は父と別れた時点から、自らを律して父方の親戚と交流を持つことを遠慮した。それは通念として正しいことであったかも知れないが、母のその決意に到るまでの父方との数々のつながりを思うとき、少女の私には人の世の儚《はかな》さだけが浮き上がってみえた。私の知る限り、父の九人の兄弟姉妹のうち、大半が何らかの形で母の善意の奉仕を受けている。とりわけ長兄の但男伯父一家とは大阪に移住して以来交流は密であった。それにも拘らず、父と別れたのを境に母は伯父宅に足を向けることをしていない。

私は秋になって店頭に松茸《まつたけ》の並ぶのを見ると、味覚をそそられる前にそのころの母の姿を思い出す。母は大阪に移り住んで以来、横浜に住む長姉の伯母の夫である伯父のために、松茸の佃煮《つくだに》を手造りして送るのを楽しみとしていた。傘の開いていない松茸を大量に買い込み、一つ一つを丹念に布巾《ふきん》で拭《ふ》いて汚れを取った。布巾を手に、目をしょぼしょぼさせながら、まるで宝石を磨くように丁寧に砂土を払っていた母の丸まった背が目に浮かぶ。次に同じ作業が羅臼《らうす》産の上質の昆布にも行われた。水気を一切排除したのは、味の落ちることを防ぐためか。やがて練炭が熾《おこ》され、大鍋に適宜に切った松茸と昆布と醬油が入れられた。四、五時間はたっぷりと煮込んでいたような気がする。松茸の匂いの中で、母は幸福そうであった。

酒好きの但男伯父のためには烏賊《いか》の麴漬《こうじづ》けが用意された。まずは秋の始めに秋茄子を塩漬けにして置く。秋も深くなったころに烏賊を開いて陰干しにする。一乾きしたところで細く切る。昔、どこの家にもあった茶色の大甕《おおがめ》を持ち出して、細切りにした烏賊、塩漬けにしておいた茄子を塩抜きをして薄く切ったもの、線状の昆布、更に季節が来て出回り始めた柚子《ゆず》をみじん切りにして、それらのものを甕に入れる。その上に麴を加えて混ぜ、全部がひたひたになる程度に酒と醬油を注いで密封し、麴の発酵を待つ。母の自慢の一品であった。

母はこのようにして築いてきた父方の親戚との交流を、どんな思いで絶ったのであろうか。私は母が松茸の山と取り組んでいる幸せそうな姿や、烏賊を干すのに躍起となって苦戦している姿を、このあとついに見ることはなかった。

父は別れた後の私に、父なりの腐心をしていたようである。

まずは私の英語の勉強を見てくれることになった。私は父のそばに居られるという一事だけに意義を見いだして、週に二度か三度、夜の八時ごろに教科書とノートを持って父の家に出向いた。狭い三畳間に置かれた新しい卓袱台が机になり、座ると父の単調な説明が始まる。私は英語がうまくなりたいという意欲は常に持っていた。しかし父の説明はあまりにも一本調子で、教わる側にうまく納得をさせる才に乏しかった。その上アメリカ系のミッションスクールに通い、アメリカ人の先生の発音に慣れた私の耳に、父のｈｅｒがハーになり、ｔｈｉｒｔｙがサーティになり、ｂｉｒｄがバードになる発音はあまりにも日本的に聞こえる。昔父が神戸高商に在学していたとき、訪れた外人の通訳をしたという母の自慢話を思い出して、これでよく通じたものだと別な方向に思いを巡らせたりした。父は私の混沌《こんとん》とした顔に苛立《いらだ》ちを見せ、語気を鋭くして私を叱る。昔の父とは大きく溝を開けてしまったという思いが澱《お》りのように溜《た》まり、私は無言の反抗をした。

幸子は私が訪れてから帰るまで三畳間に身じろぎもせず座り、私と父を凝視し続けた。幸子から菓子などを供された記憶はない。


ある日学校から帰ると、予想もしなかった中古のオルガンが部屋に据えられていた。父が私の傷つきへの償いとして買ってくれたものに違いなかった。私は長年ピアノをねだり続けていたので、オルガンを目にしたとき、一瞬の驚きと好奇心があったことは否めない。が、私は父の譲歩にも拘らず、失望と落胆の方が大きかった。私はピアノが欲しいのであって、オルガンではないのだ。しかし、

「父さんが買うてくれはったんやで。やっぱりあんたが可愛《かわい》いんやな」

という母の手放しの安堵の声を聞くと、落胆を口にすることはできなかった。弾いてみると柔らかな間延びのした音がして、ペダルを踏む足に思わず力が入る。この辺が分相応かも知れないという諦《あきら》めと分別が、少し大人になった私にあった。


ベッドというものも長年欲しかったものである。父が私の機嫌をとっているらしいと知ると、私は今度はそのベッドが欲しいと願い出た。当時、中原淳一の絵を表紙にした「少女の友」が女学生のあいだで人気があり、本の中には淳一の挿し絵も沢山あって、それが宝塚と同じく少女たちの憧れの象徴であった。その一枚にふかふかと柔らかそうなベッドのそばに

佇《たたず》む少女の絵を見て以来、私はそのベッドに強く憧れた。円形のヘッドボード、大きな羽根枕、床に触れそうに垂れている美しい模様のベッドカバー、自分をとりまく現実も忘れて私はそれに見惚《みほ》れ、長屋の六畳間の、鼻の先には厠《かわや》もあろうかという空間にベッドを置く不釣合を、考えることは出来なかった。

やがて二糎《センチ》幅ほどの鉄板を斜めに交差させた台に、四本の無骨な足が付いたベッドが運び込まれた。安っぽい緑色のペンキが塗られている。ヘッドボードもなければスプリングもない、キャンプベッドほどの藁《わら》のマットの付いているだけのそれは、二等兵か四人のベッドを連想させた。私は暗澹《あんたん》と緑色の鉄の台を眺め、父の想像力と経済力の限界を知った。

いまも不思議に思うのだが、オルガンのくることを母は前以《まえも》って知っていたようだし、ベッドも私が父に直接ねだった訳ではなかった。そういえば、生活費等を母はどんな形で父から受け取っていたのであろうか。当時の父は例の外資系の会社に珍しく長続きして勤めていたので、かなりの給料を入手していたと思われる。その上、家から比較的近いところに新しく建ったガラス工場の主に請われ、貿易に関する英語の書類の作成、相手方との文書の交換、為替業務、果ては手紙を往復するためのレターヘッドのデザインまで引き受けていた。父にあまり画才はなかったようで、ガラスコップを扱ったデザインを、書いたり消したりしていたのを思い出す。英語という特殊能力を買われての仕事なので、こちらからの収入も良かったのではないか。だがいかにせん父は二つの所帯を抱えていたので、収入に見合う贅沢は許されていない。その中で父が私への支出をある程度優先させ、私の我が儘に許容範囲の出費をしたのは、私に父方の人間なりの品位を維持させておきたかったのだと、いまにして思う。

私は父の意図を何も知らなかったが、父からの金の受け渡しは母と幸子との間で円滑に行われていたようである。母は私のように剝《む》きだしの反感を幸子に向けることなく、解脱《げだつ》の心境で昼間に幸子と相対していたのかも知れない。

母は父方の小松家との交流を絶ったあと、いままで多少遠慮勝ちであった母側との人間と、待っていたかのように大っぴらに行き来するようになった。

父と一緒に暮らしていたころにも母はよく外出したし、訪れる人も少なくはなかったが、その交流は父の帰宅時間の前にすべてが終結していた。従って学校に、特に女学校に通い始めてからの私は、母の訪問先を知ることはなかったし、下校したあとの僅《わず》かな時間しか訪れた人を見ることもなかった。それが父と別れた時点から母は時間的な自由を謳歌《おうか》するようになり、私は父側の人間関係から、徐々に母側の人間関係に組込まれていくことになる。

父方は今ここでもう一度繰り返せば祖父母に始まり、その下に次男の父のほかに四人の伯（叔）父と四人の伯（叔）母がいる。三女に当たる叔母が一人女学校のときに病死しているが、父を含む残る八人は健在であった。父と母とが別れた時点でいうならば、長女の伯母、長男の伯父、三男の叔父、次女の叔母はすでにそれぞれに結婚していて、それぞれに子供を儲《もう》けている。またその下の三人もやがて結婚することになる。内縁関係を持ったりしたのは次男の父一人で、あとはたとえ女工上がりと一緒になった長男の伯父や、年の離れた男の後添えになった次女の叔母という組み合わせがあろうとも、互いに一夫一婦を守り、堅実な家庭を営んでいた。男子はすべて旧制の中学校を経て、神戸高商、京都工専等の専門教育を受け、女子はミッションスクールで女学校教育を受けている。裕福ではないまでもそのころとしては一応平均以上の教育を受けた階層に属し、日常の生活に事欠くことはなかった。家系は三角形を形作って明瞭に図解でき、父を除けば世間体を憚《はばか》らねばならぬものは何物も介在せず、子供の私にも簡単に把握できる家族関係であった。

私はこのまっとうな父方から母方の人間関係に否応《いやおう》なく移行していくことになるのだが、母方は余りにも複雑で、迷路のように入り組み、また天日《てんじつ》に晒《さら》したくない陰の部分が多く、私はいまに到るもそのすべてを解明している訳ではない。そして解明しないままで今日に到ったことを悔いる部分と、知らずにいた方が幸福であったと思う部分が相半ばしている。

母方の血族、知己たちの背景は多彩で、火傷《やけど》を負った私を抱えて母が転がり込んだ、コークス会社の社長夫人である「神田のおたねはん」を頂点として、富豪とは言えないまでも結構な金持ち、小金持ち、更に芸人、小商人《こあきんど》、その日暮らしに近い職人、と幅が広い。そして一夫一婦を守っているものの数は少なく、その上、女たちには、実子を持ったものは殆《ほと》ど無く、多くが養子か、妾《めかけ》の子を育てるか、あるいは子無しで生涯を終えている。混沌《こんとん》とした明治という時代を生き、それを引きずって大正、昭和の初期に入ったある種の人たちの残滓《ざんし》の中で私は少女時代を迎えたことになるが、私の中の父方の血と、相反する母方の血が、相克する時期でもあった。

母の生い立ちは依然として混沌としたままだったが、長女だということで、下に四人の妹と二人の弟がいた。しかし私が誕生する前に、長男の豊《ゆたか》叔父と末妹のゆく叔母を残して他は私の聞いた限りでは肺病で死亡していた。その時代に何と肺病の多かったことか。従って私が知っているのは豊叔父とゆく叔母だけであるが、この二人は母の周囲の人間の中では、珍しく尋常な庶民としての暮らしをしていたと言える。

二人のうち神戸に住む豊叔父一家とは私たちが神戸にいたころに頻繁に交流があったのは前述したが、その延長線上で、母は父と別れたあともかなり繁く私を連れて叔父の家へ出かけて行った。叔父は時計屋である本業の他に修理もし、別に「貴金属買います」という小さな看板も出していたが、これは主に妻のつる叔母が受け持っていたようである。店の壁にはいくつかのゼンマイ時計が掛けられ、ガラスのショウケースには鎖のついた懐中時計が並んでいた。その中で叔父はいつも前掛けを締め、大抵は黒い筒状の拡大鏡を片目に嵌《は》めて前かがみに座っていた。小柄な母より更に小柄な優しい叔父で、姉である母に情の厚い人であった。

妻のつる叔母は勝ち気な人であったが母とは気が合うとみえて仲が良かったし、たまには我が家に来ることもあった。そんなとき電車を降りて歩いて来る道すがら、見当をつけた見知らぬ家を訪れ「なんぞ古い指輪や金時計はおまへんか。金歯でもなんでも結構でっせ」というようなことをいって、貴金属を買い上げる役を実行していたようである。そのため叔母は外出する折りにいつでも金の目方が計れるよう、玩具のように小さい秤《はかり》を帯に挟んでいた。あるとき叔母は我が家を訪れ、母との世間話の最中にふと懐に手を入れ、

「あれっ、ここへ入れといた金がない！　落としたんやろか、掏《す》られたんやろか……」

と血相を変えて立ち上がると、帯を取り、着物を脱ぎ、長襦袢《ながじゅばん》のまま信玄袋の隅々まで探

して呆然としていた。貴金属を買い入れたときに払うためいつも百円は持ち歩いていたとかで、当時百円あれば二ヵ月の生計は充分にたったのではないか。私は叔母の落胆を気の毒と思いながらも、畳に転がっている小さな秤の方に気を取られていた。

母はこのおとなしい叔父と、勝ち気な叔母の神戸の家に居るときが一番居心地がよかったようである。行けばいつも長居になり、夜になれば「ほんならご膳招《ぜんよ》ばれまひょか」という仕儀になった。

私が面白くないのは、他愛《たあい》のない世間話のなかに、叔母の娘自慢が必ず入ることである。私より四歳下の養女の艶子《つやこ》は私が横浜から神戸に来て最初に大阪弁の「ややこ」と「あやこ」で押し問答した女の子である。「佃家は艶子が継ぎますねん」と叔母からぴしゃりと言われた相手でもある。叔母は私が傷ついたことなど気が付いたこともないようで、「艶子がな、おかげさんで成績がようて、また級長に選ばれましてん」

と得々という。

「そらよかったたな。あの子は誰にでも好かれるええ子で、親は幸せやわな」

といいながら、母は恨めしそうに私を見る。

私は誰にも好かれないし、成績も芳しくないという言外の意があるが、私は素知らぬ顔をしていた。

母の妹のゆく叔母の話に先だって、前述のコークス会社の社長夫人である「神田のおたねはん」がここに再登場する。

母の知己の中で際だった富豪の妻であった神田たねは、母ともっとも親交のあった人物でもあった。彼女たちを結ぶ糸は二人の生地の鳥取に始まり、後に神戸に移って行ったようだが、母はたねを「ねぇさん」と呼び、たねは母を「おたまちゃん」と呼ぶ間柄であった。たねの口癖に「私が若衆になって腰元のおたまちゃんと道行《みちゆき》を踊ったことがあるの。そりゃぁ綺麗だったわよう。いまでもみんなの語り草なの」というのがあり、今の母からは想像も付かぬ時代を共有したことがあったのを感じていた。

私の知っているたねは母と同じくやはり小柄な人であったが、眼鏡の奥の澄んだ瞳を見開いて優しいものいいをし、富豪一家を取りしきる賢夫人の風格があった。たねは明治の言葉を彷彿《ほうふつ》とさせるように、時計を「トキエ」、停車場は「ステンショ」、毛布は「ケット」、ピストルは「ビストル」といい、たねと母の育った時代を私に垣間見《かいまみ》せてくれた。

私たち一家が横浜から大阪に転居したあとも、たねは年に一回は必ず神戸、大阪にやってきた。これは長じてから知ったのだが、たねは阪神沿線にいくつかの不動産を持ち、そのうちの一軒に常任の留守番夫婦を置いて管理させ、自身が関西に来たときはそこを根城としていたようである。来れば必ず我が家を訪れてなにかと土産ものをくれた。母には金を渡していたようだが、私にといって娘の美津子の上等な古い着物を置いていってくれたりもした。母と同じく昔は神戸を本拠にしていたためか、関西には多くの人間関係を持ち、他の知己たちの家も訪ねたり、訪ねられたりしていたようであるが、母に対するほどの厚情を披瀝《ひれき》していたとは私には思えない。それほど母とたねは深いところでつながっていた。しかもたねの他の知己たちは、また母の周囲を囲む女どもでもある。母は我が家を訪れるそれらの女どもと「神田のおたねはん」の噂話をよくしていた。

神田氏には妾がいて、その妾とのあいだに六人の子がいたそうである。私は長女の美津子しか知らなかったので、美津子はたねの実子だと思っていたが、彼女はたねが生まれて直ぐに自分の手に引き取り、目の中に入れても痛くないという風にして育てた妾の子であったのだそうだ。その美津子も私がこのような話を聞いたころは結婚していたということである。

その結婚の前であったか後であったか思い出せないが、母は大事件のように、

「神田はんがな、てかけに男がでけたとかで別れはってん。その手切れ金が何と六万円やて。てかけとそこで育てた子供五人に一人ずつ一万円の割やそうな。六万円てあんた考えられるか？　弐《に》千円もあったら家の一軒が買えるちゅうご時世やで……」

と知己の女どもに触れ歩いていたことがある。

ある年、このたねが私と母を一週間ほど伊香保温泉に招待してくれた。毎年行く定宿らしく、神田様といえば番頭も女中も下へも置かぬもてなし振りであった。このときはすでにたねは妾の子供たちを全部引き取っており、そのうちの下の二人の姉妹を伊香保に連れて来ていた。

姉は私より二歳上、妹は二歳下の姉妹で、二人の結束は固く、私もまた金持ちらしく上等の服を着て東京弁を喋る二人とは、最初に会った瞬間からどこかで対立していた。双方ともまともでない家庭関係の中で生まれ、まともでない育ち方をしており、子供同士だからなおさら相手に寛容にはなれなかった。滞在中にたねは私たちを楽焼き作りに連れていってくれ

たが、姉妹はいともやすやすと美しい絵を湯呑みや皿に描く。特に姉娘は当時の映画女優ケイ・フランシスをこれ見よがしに見事に皿に写し出して、私を圧倒した。旅行の間中、妬《ねた》ましさと口惜しさを、私は全身に漲《みなぎ》らせていたのではないか。

それでも当時すでに風物詩としてしか存在していなかった駕籠舁《かごか》きを雇って、たねと母が駕籠に揺られて榛名《はるな》山を登ったこと、山中に夏の陽差しが樹を縫って光り、緑が燃えていたことなどを懐かしく思い出す。

またある年は、たねは母と私を鳥取へ連れて行ってくれた。そのときも二人の姉妹を同伴していた。鳥取はたねと母が生まれたところで、二人にとって懐旧の旅ということである。鳥取へ着いてからは運転手を雇い、たねと母は思い付くままどこそこの料理屋に行こうとか、あのうなぎ屋はまだあるか、あの呉服屋はどうなっているかなど、華やいだ口振りで運転手に指図した。

母の故郷の砂山は美しく海につながっていた。私は一人で砂を踏みしめながら、母の遠い昔を想った。大山《だいせん》のお山がきれいやった、と何度聞かされたことであろう。幼女であったころの己に、母は回帰の旅を続けていたような気がする。たねと母はどんな思いを砂丘に埋めたのであろうか。二度と見ることはあるまいという悲しみが老いの立ち姿にあったと私には思えた。

帰途は若い娘たちのために、宝塚で一泊した。姉妹はレビューの進行中に主題歌を覚えてしまい、旅館に帰ってからも口ずさむ。口惜しさは、再び私の側にあった。

しかしいつも飢えていた私の豊かさへの憧れを、たねはこうしてときどき埋めてくれた。

神田家は鎌倉に二ヵ所別荘を持っていて、一つは雪が谷にあり、凝った日本風の家屋であった。もう一つは少し離れた所にあり、広大な梅園であったという記憶がある。幼児期に母に連れられてこの二つの別荘によく行った。雪が谷の別荘の方は門を入ってから玄関に到る敷石の周囲に松葉ぼたんが咲き乱れ、夏の日盛りに足元から可愛い彩りが立ち登る。座敷の障子を開け放つと、奥の竹藪《たけやぶ》から涼しい風が吹き抜けた。

この両方の別荘に母の妹のゆくが、夫の奥村貞治と二人で別荘番をしていたのである。

ゆく叔母の最初の記憶は、私が四歳で肋膜炎《ろくまくえん》を患ったとき、神奈川の我が家に二ヵ月ほど泊まりがけで看病をしにきてくれたときに遡《さかのぼ》る。そのとき滋養食として毎夜必ず鶏肉を叩いて菠薐草《ほうれんそう》と煮たものを、食べさせられ、夕方になるとゆく叔母が俎《まないた》の上で鶏肉を叩く音がする。トントントンと、それは休みなく続けられた。私に食事をさせるのも叔母の役である。母では我が儘を言って食べないものも、叔母では少し遠慮があって無理にでも飲み込んだに違いない。大きな毛たぼを頭の周辺に入れて頂点に髷《まげ》をのせる髪型で、叔母は「節ちゃん、ほらお口を開けてあーん」などとなだめすかして食べさせる。大きな声で笑うことも滅多にない、ひっそりとした穏やかな人であった。いつも父が拒否していた母方の人間で、私が小さいときにこれほど長く父と同じ屋根の下で生活した人はいない。私の病気ということで、母は父に黙認を強いたのであろうか。

ゆく叔母の夫の貞治叔父は、幼かった私を溺愛《できあい》した。神田家の別荘に行くたびに、私を片時も離したくないという風にして、抱いたり、負ったりする。自身に子供が無いということもあろうが、叔父の心情の底には心許《こころもと》ない行く先を抱えた私に対する不憫《ふびん》があったのではないか。角帯に尻はしょりして私を肩車に乗せ、「節ちゃんせのつくせんじゅうろう」と歌いながら江ノ島への道を歩いていた叔父の姿が、いまも目に鮮やかである。

この夫婦は私がまだ小学生のときに満州に行ってしまった。私はその話を聞いたとき、夫婦はロシアのキャンディを毎年贈ってくれる高橋良忠を頼って、そのころの新天地であった満州の大連へ行ったのではないかと思った。推察は当たっていたことをやがて知るのだが、夫婦は後年、現地で天然痘にかかり前後して亡くなってしまった。

この貞治叔父に少し趣を異にした二人の弟があり、しかも関西に住んでいたので、父と母が別れたあとの我が家へ訪れてくるようになった。私はそれまで逢ったことはない。

上の弟は京都の呉服屋の手代である。

「ねぇはん、お元気にしておいやすか」

弟は草履を揃えて脱ぎ、着物の裾をポンと叩いて座ると、美しい京都言葉で近況を報告した。母は彼が帰った後、

「ほんまに京都の言葉はきれいやなぁ。干した大根葉にじゃこ入れるんを、軒忍ぶにややと入れて……ていうんやて。大阪弁では言われへんわな」

と珍らしく、言葉に関する意見を述べた。

あるときこの弟が呉服屋の紋を染め抜いた風呂敷《ふろしき》から、一反の反物を取り出した。流れる

ような鮮やかな手捌《てさば》きでそれを拡《ひろ》げて見せる。鶸《ひわ》色の地《じ》に赤や鴇《とき》色の花が散り、淡い緑の葉や水の流れも入っていたような気がする。

「節ちゃんに着てもらおおもて、見つくろいましたんえ」

母は美しい友禅の反物に目を奪われながら、

「そんな、あんた。こないな上等なもん気張うてもらうわけにはいきまへんで」

という。

「だいじおへん。あてかてこれくらいの甲斐性《かいしょう》はおす」

彼はいかにも呉服屋の手代らしく、科《しな》を作って手を振った。

私は反物のあまりに優しい華やぎに、落胆していた。生まれつき色が黒く、目も鼻も口も大きく厳《いか》つい私に、赤や淡色が似合った例は無い。目の前の柄《がら》を私が身につけた図を描いただけで、心が凋《しぼ》んだ。さすがに母も同じ思いであったらしく、反物はそのあと長いあいだ簞笥の底に眠っていた。この弟は後年、兄の貞治叔父を追って大連に行き、かつぎ呉服と称する反物を背負って得意先を廻る行商をしていたということである。

その下の弟は寿司職人で、大阪の南の寿司屋のどこかで働いていた。呉服屋の弟のしなしなとした風情に比べると、この弟の方は恰幅《かっぷく》がよく、威勢もよかった。くると、

「ねぇはん、今夜はわしが寿司握りまっせ」

という。母はいそいそと材料を用意して、

「わてにもどない握るんか教えてぇな」

とそばににじり寄った。母は何でもやりたがる。そして、はしゃいでいた。

この弟も同じく兄の貞治叔父を頼って大連に行き、こちらは立派な寿司屋を開店していたということである。

さて、当時母と私がもっとも頻繁に訪れたのは、川上という家であった。市電の河内町停留所の近くにあり、神戸の豊叔父の家に行くよりもはるかに近かったのも大きな理由であろう。実は私が七歳のとき、鶴見から神戸へ、さらに大阪へと移住したとき、母が真っ先に私を連れて訪れたのがこの川上家であった。そのとき当主の老人はもう寝たきりの病人であったが、母の子供のときからの唯一の庇護者《ひごしゃ》であったらしく、再会は父娘のように涙のなかで行われた。私はその光景に幼かった母がこの老人の腰に纏《まと》わりついて戯れる姿を重ねていた。川上家は屋根板を業としていたので、母は「川上」といわず「屋根や」と長いあいだ呼んでいた。瓦屋根の下に敷く薄い木片の問屋だったようで、木片の束が土間に堆《うずたか》く積まれていた記憶がある。当主は間もなく亡くなり、それと共に木片の山もいつとはなく消えてしまった。母は亡くなった当主との古い縁を引きずるようにして、そのあとも「屋根や」を訪れるのを楽しみとしていた。

当主亡きあとの川上家は「おえはん」と呼ばれる当主の未亡人と「ごりょんはん」と呼ばれる養女の静江と、はるという住み込みの弟子が女中代わりにいて、この三人で構成されていた。おえはんは毛たぼで頭のぐるりを大きく膨らませた髪型をしていて、その頭を間断なく細かく震わせていた。私は小学生のころから幾度もこの家へ連れてこられたが、そのころは父の目を憚《はばか》ってのうえのことでもあり、また子供でもあったので、これという記憶はない。

動物好きの私は大体は飼い猫を膝《ひざ》の上に乗せ、婦人雑誌に読み耽《ふけ》っていた。そのころ一般家庭にはなかった電話がこの家にはあり、養女、といっても大年増《おおどしま》の静江が、ときどき電話機の横の取っ手をきりきりと廻して交換手を呼び出す。それが富の象徴のようにみえて、羨《うらや》ましかった。

静江の本業は義太夫語《ぎだゆうがた》りで名は竹本静糸といった。しかし小学生の私に義太夫は無縁のものでしかなく、父と別れた母に連れられて頻繁に訪れるようになったそのころから、やっと静江と義太夫との関連を捕らえることが出来るようになった。静江は明治の後半期から大正にかけて全盛を誇った娘義太夫の語り手の一人で、若い頃は大変な人気であったという。美々しい上下《かみしも》を付けて見台《けんだい》に手を乗せ、上体を揺《ゆす》りながら語る静江の姿が目に浮かぶ。四十歳はとっくに越えたと思えるそのころでも、日本髪をきちんと結い、肥ってはいたが姿勢は正しく、着物姿に乱れはなかった。肌は白く、肌理《きめ》は細かく、皺《しわ》は一筋もない。昔の面影を損なうことなく維持するために、自分へのいたわりを欠かさなかったのではないか。あの日本髪は大丸髷というものであったと思う。私が幼かったころはまだ丸髷に結った年輩の主婦を見かけたが、そのころはほとんどが洋髪に変わっていた。その中を日本髪で通すのは、芸人の心意気であったのだろう。二、三度銭湯に連れて行かれたが、行く前にまず鬢搔《びんか》きで横鬢を上に搔き上げておく。風呂から上がるころになると風呂場の床に片膝立てて座り、小さな白粉刷毛《おしろいばけ》で固練りの真っ白い白粉を顎《あご》から首筋にかけて胸許まで、次に搔き上げた鬢の横の耳の後ろから項《うなじ》にかけて背中まで、丹念に塗る。最後に湯をさっとかけると、湯が玉となって白粉の上に散った。

あの白粉には鉛が入っていて、鉛毒《えんどく》にかかって四肢が不自由になった有名な歌舞伎役者がいたと聞いていたが、その頃は首筋だけ真っ白に塗った水商売らしい湯上がりの女が、よく通りを歩いていたものである。静江は鉛毒に損なわれることなく、いつも艶々《つやつや》とした顔をし、大きく刳《く》った着物の襟から白い肌を背中まで覗かせて、長火鉢の前に堂々としていた。まだたまにラジオ出演することもあったそうだが、私は聞いたことはない。

そういえば、母と二人の家にラジオはあったであろうか。私は無かったような気がする。父は新しいものに興味を持つ人で、日本で初めてラジオ放送が開始された私が三歳のころ、レシーバーを耳に当てて小さな鉱石を針でつついて聞く初期の機械に夢中であった。それ以来ずうっと記憶のある限りラジオが我が家になかったことはない。蓄音機も手回しのポータブルを買ってきて、私のための童謡の他、藤原義江《よしえ》の「出船」やシューベルトのセレナーデ、関屋敏子のアベマリアなどを繰り返し聞いていた。それが父と母が別れたとたん、家の中から音の鳴るものは消えてしまった。蓄音機は当然のこととしても、ラジオさえ母には似つかわしくなかったのであろうか。私にも不必要と思っていたのであろうか。

私は川上家に度々行くうちに、静江が西田氏という長崎の酒造家の当主の情人であることを知った。静江が娘義太夫語りとして人気絶頂であったころに、西田氏は静江に肩入れをしていたのではないか。そんな推定ができる年齢にも達していた。西田氏は月に一度か二度、長崎から上阪して川上家に泊まる。いかにも大店《おおだな》の主人らしく、胡麻塩頭を短めに刈り、品良く整った顔に鷹揚《おうよう》な物腰で、姿勢、身仕舞い、ものいいのすべてに、崩れたところのない人であった。静江は西田氏を迎えて肥った体をまめまめしく動かし「あんさん、どないしやはります」と常に氏の機嫌を伺い、浄瑠璃《じょうるり》の艶《つや》ものを地《じ》で行くように美しかった。

西田氏は義太夫語りを情人に持つだけあって、自身も浄瑠璃を語ることを好んだ。道楽で浄瑠璃を語る旦那衆の集まりが大阪で定期的に開かれ、西田氏を含めて各自が自慢の喉を披露した。私はよくこの集まりに連れて行かれたが、日本の伝統芸に馴染《なじ》みは薄く、長時間座らされて訳の判らぬ節廻しを聞かされるのは苦痛といってよかった。それでいて素人芸の稚拙さ加減を、馴れない耳に聞き分けていた。西田氏への義理も心得ていて、いやいやながら座っていたのだが、後年、人形浄瑠璃や歌舞伎の鑑賞になつかしさを伴って身を乗り出すのは、このときの忍耐の褒賞であろうか。

ある日、私は西田氏の申し出で、一つの賭《かけ》をした。まさにその時間、甲子園では中等学校野球が熱気の中に決勝戦を迎えようとしていた。私と西田氏はどちらが勝つかの賭をし、私の賭けた学校が優勝したら西田氏が夕食を奢《おご》ろうということになった。そしてラジオは私の勝ったのを伝えた。西田氏はきちんと背広に着替え、静江は肥った体に扇風機を当てながら、尚《なお》、汗をしたたらせておはるの手伝いで薄物の盛装をする。私の外出着はいつも変わらず制服であった。おえはんと母を家に残して、三人で出かけて行ったのは立派な西洋料理屋で、私は初めてフルコースの食事をご馳走になった。白いテーブル掛けの上には花が飾られ、黒い蝶ネクタイのウエイターがうやうやしく注文を聞きにくる。窓にはレースのカーテンが涼しげに掛けられ、天井にはいくつかの扇風機が廻っていた。ナイフ、フォークの静かにかち合う音、目の前にある何という名であるかも判らぬ料理、作法を知らぬ私のために、西田氏はそれとなく気遣いをしてくれたに違いない。それなのに、映画の一場面に身を置いているような有頂天の中で、明らかな違和感が私を戸惑わせる。

洋装の女客の多い中で、静江の日本髪はいかにもそぐわなかった。

「あんさん、洋食も結構やけど、うちはちょっとバターの匂いが……」

と静江が鼻に皺を寄せる。

西田氏はもう次回の旦那衆の集まりの方へ気が向くらしく、

「この次の外題《げだい》は何にしようか」と相談する。

「そうでんな。『摂州合邦《せっしゅうがっぽう》が辻《つじ》』はどないでっしゃろ」


父と暮らしていたときには決して接することのなかった種類の大人たちが、私の周囲に姿を見せ始めた。私はそれを不思議と思う能力をまだ持ってはいなかったが、自分が属していた世界から遠去かりつつあるという焦りは感じていた。それと同時に私はその大人たちから母の過去の姿を少しずつ嗅《か》ぎとっていった。

神戸に移ってきたときに最初に住《じゅう》を提供してくれた今井よねとの交流も更に密になった。豊叔父のところへ出かけたときは比較的近いよね宅へも時々寄っていたという記憶がある。当時、よねは胃の手術をしたとかで、よねの方から母を訪ねてくることは滅多になかった。よねは母よりやや年上と思えたが、やはり母の身辺近くに昔から存在していたらしく、母と寄れば必ず懐古談に明け暮れる。それは私たちが神戸にいたころも、父と母が別れた後になったそのころでも変わらなかった。話のなかに、良忠、幸一、という言葉がしばしば出てくるので、私は耳を欹《そばだ》てる。良忠と聞けば、父と暮らしていた家に大連から二度ほど訪れた無口なおじさんを、幸一と聞けば、それ以前によね宅で会った足の不自由な青年を思い浮かべる。耳を欹てながら耳を塞《ふさ》ぎたいような複雑な思いであった。私はすでに良忠と幸一が兄弟であることを知っていた。そしてそのあとも、大連、高橋、良忠、幸一という言葉を繰り返し聞くうちに、更にこの二人は母の子供ではないかと思うようにもなっていた。そんな私の推察を知ってか知らずか、よねは大連の高橋家の動向を、ときには私の面前でも平気で母に伝えていた。

あるときよねは膝を乗り出した。

「良忠はんが馬十何頭持ってはんの知ってはりまっか」

母は驚いて訊いた。

「馬て、競馬の馬かいな」

「へえ、そうだす。そんで大連だけやのうて、奉天やら新京の競馬にも自身の馬出しはるんやて。そんときは取り巻き連れて特急亜細亜《アジア》号で応援にいかはるそうでっせ」

母は呆《あき》れ果てたような顔で、

「あの変人がなぁ……ぎょうさんある貸しビルのあがりだけで充分贅沢でけるちゅうのに……思い切ったことやりよるなぁ」

と感慨深そうであった。

私は競馬うま一頭の価格も知らず、良忠の富の推定もできぬまま、母の感慨の奥にあるものに目を塞いだ。

ある日、母とよねは連れだって神戸の中山手に向かった。とある立派な邸《やしき》の前までくると、よねは一人で入って行ったがまもなく手まねきした。

「いま、いてはらへんそうだっせ。そんなら早いとこ……」

母たちは何故《なぜ》か玄関から入らず、裏庭の敷石に履き物を脱いで家に入った。私の目にも判る立派な普請の二階家で、柱も床も艶々と磨かれていた。母は家中を眺め回し「へえ、ここは昔のままやなぁ」とか「ここは手ぇ入れて使いがってがようなってるわ」とか言いながら、勝手に二階にあがってみたり、階下の襖《ふすま》を開けたり、閉めたりしていた。よねとのあいだに交わされる話に私は何もついて行けず、ぼんやりと手入れの行き届いた美しい庭に目をやっていた。そのうち門で見張っていたらしい老婢《ろうひ》の、

「帰ってきやはりまっせ」

という慌ただしい声がして、母とよねは脱兎《だっと》の勢いで裏庭の履き物をつかむと、足袋裸足《たびはだし》で裏門から飛び出した。行動を共にさせられた私には疑問符のみが残ったが、私は敢《あ》えてその疑問を解きたいとは思わなかった。ただこの家は良忠と幸一に何か関係があるのではないかという推理が、知りたくない思いを突き抜けるようにして、私の中に広がっていった。

その良忠が、娘二人を連れて我が家を訪れた。彼はいつも高価そうな和服姿で現れ、背広を着た姿を見たことはない。父と母が一緒だったころは飄々《ひょうひょう》とした体で一人身でしか来なかったのに、この度は初めて娘を連れて来たということで、父がもうこの家にはいないとい

う現実を私は思い知らされた。娘二人は愛らしく、もの怖《お》じせず、無口な父親とは対蹠《たいしょ》的に饒舌《じょうぜつ》であった。下の娘は自分のことを「あんた」といい、姉が妹のものに手を触れたりすると「それ、あんたのや」と厳しく自己主張する。それが少しも厭味《いやみ》でなく、利口そうで好ましかった。娘二人は私のことを「おねぇちゃん」と呼んだが、母のことは「おばぁちゃん」とごく自然に呼ぶ。声に密度の濃い甘えがあり、母の優しい対応とも相俟《あいま》って、この二人は母の孫なのだと私は認定した。

帰り支度をするころになって、良忠が思いがけない名前を口にした。昔革手袋を買ってくれた田村一郎の名である。

「どや、次の日曜日に田村の兄ちゃんもさそて、神戸で食事せえへんか」

と母と私を誘った。下の娘がすかさず、

「あんたも」

といったが、父親である良忠は淡々と「あきまへん」と答えた。私は良忠が田村の兄ちゃんと一郎の事を呼んだことで、一つの啓示を受けたと思った。大人たちは何気ない言葉で私の推理に確証を与えていく。あの一郎と白いパラソルをくるりと廻した妹のたか、それに今ここにいる良忠と足の悪い幸一は、それぞれ母の子であるという推測は、これで間違いないと思えた。しかも一郎とたかは田村家、良忠と幸一は高橋家というふうに分れていて、それぞれに父親が違うのだということも周囲の状況から容易に察しられた。

次の日曜日に約束の時間より早めに行くと、良忠と、私とは初対面の妻の初枝が待っていた。初枝は色白の丸顔で、目鼻立ちのくっきりとした驚くほどの美人であった。しゃきしゃ

きともの を言い、

「節ちゃんに何の土産もあらへんのよ。ちょっとそこらで買うてきまひょ」

と私を三宮へ連れだした。帰る道すがら、初枝は父と母とのことを根掘り葉掘り私に訊いた。初枝が満足するような答を、私は提供できなかったに違いない。鉾先《ほこさき》を一郎の妹のたかに変えた。当時一郎とは二、三度しか会ったことがなかったが、たかは一時期我が家に入り浸っていたので、私としてはいささかの感慨がある。初枝は一応の詮索《せんさく》が終わると、私の顔を覗き込むようにして、「節ちゃんはおたかはんが嫌いか?」

と訊いた。私は思わず、

「嫌いや、大嫌いや」

といっていた。

料理屋にもどってみると、一郎を中心に良忠、一郎の妹であるたかの代わりに来た夫の名和寿治《としはる》、母、が座っていて、皿小鉢を前に賑やかな笑い声を立てていた。初枝は笑みこぼれて座を見渡しながら、

「おそなって、かんにんな。道々節ちゃんといろんな話してきましてん。あの子はほんまに利口な子でんなぁ。うちが何訊いてもだあれの悪口もいわへんのよ。おたかはんはどうや、いうたら、あんなええ人ないわ、うち大好きやて、そないいうてましたわ」

といって獲物を嬲《なぶ》るような目で私を見た。

前述の今井よねが高橋良忠一家の情報提供者であるとするならば、肥った紙箱屋の鈴木は

まは田村一郎に関する情報の提供者であった。以前、「おたかはんはあんたのおばさんか？」とわざわざ訊いて、子供の私の無知を大人の卑俗な優越で慰み物にした人物である。夫は少し前に亡くなっており、小さい丸髷が束髪に変わっていたが、相変わらず肥り、相変わらず饒舌であった。母ははまともどこか深いところで結ばれていたらしく、互いに訪れたり、訪れに行ったりして、それは私が十五、六歳になった頃のはまの死まで続いた。

楽しかったのは、母と共にはまの家に行くときに大川を巡航船で往復することであった。広々とした川面《かわも》の両岸には緑が立ち並び、船縁《ふなべ》りにはひたひたと寄せる波の音がする。澄み切った秋の空にも、どんよりした冬空にも、船は無心で水を蹴《け》った。春になれば造幣局の「桜並木の通り抜け」や、近くの道筋にあったと思われる屋台の賑わいに、はまの養子だという男の子と行ったのも懐かしい。養子ははまの姉の子で、母はこの姉とも交流があり、はまの家でときどき三人の女どもは姦《かしま》しく世間話に興じていた。

ある夜、母ははまの姉に電報で呼び出され、私を連れて駆けつけた。長男が詐欺か窃盗を働いて、留置場に入れられているという。姉とはまと母は、薄暗く狭い長屋の隅で、ひそひそと話を交わしていた。夫なる人の話は聞いたこともなく、我が家よりはるかに古い長屋の寒々とした佇《たたずま》いは、姉の貧しさを思わせた。姉は泣いていたのではないか。母にどのような才覚があったというのであろう。女同士は羽を寄せ合うことだけで慰められていたのかも知れない。私は犯罪者の家族というものに初めて接して、無責任な好奇心があったことは否めない。が、それよりも自分や母が後ろめたい存在の渦中にいるように思え、父方の親戚のあいだでは決して感じることのない暗い蔭《かげ》に怯《おび》えた。

「神田のおたねはん」や今井よねや鈴木はまと同様、母の過去につながっているらしく思える女たちはまだ何人もいた。

一人は相撲取りの親方の妻女で、いつも長火鉢の前に正座し、背筋をぴんと伸ばして煙草を吸っていた。男のようにいかつい顔をして、笑顔を見せることも希《まれ》であった。二匹の狆《ちん》を飼っていたが、決して他人に馴れることはなく、いつも美しい座布団の上か女主人の膝のうえで、私たちを睥睨《へいげい》した。

弟子の相撲取りの姿を見かけたことは一、二度だけだが、この大男たちが家中を掃除しているらしく、廊下は無論のこと、柱も家具も異常なまでに磨きたてられていて、女主人の貫《かん》禄《ろく》に調和していた。

この家の最寄りの市電の停留所に降り立つと、目の前に仰ぎ見る形で大きなジョニーウォーカーの看板があった。外国人が看板に登場することは滅多に無い時代だったのか、この赤い燕尾服《えんびふく》を着た男は私の脳裏に刻みこまれ、いまでもあの商標を見るたびに、反射的に相撲取りの家を思いだす。

もう一人の人物は、母がやっと尋ね当てた場所で、葦簾《よしず》張りの氷屋を営んでいた。店内には床几《しょうぎ》がいくつか置かれ、ラムネやところ天も売られていた。その人は昔の面影が偲《しの》ばれる整った顔に深い皺を刻み、後れ毛の目だつひっつめ髪に割烹着を着たままの姿であらわれた。唯一往時を物語るものは大きな珊瑚《さんご》の簪《かんざし》をさしていたことであろうか。彼女は夫が競馬に打ち込んで、全財産を失った話を縷々《るる》と述べていた。落魄《らくはく》の姿とはこの様な人のことを言うのであろうか。子供の胸にも染みるものがあった。

一度こんなこともあった。

はまが母にとっても知己であるらしい同年輩の女性を連れてきて、はまが三味線を弾き、母とその女性が普段着のまま嬉々として踊ったことがある。手振り身ぶりの大きな賑やかなものであったが、私は呆然と見ていた。母が踊るのを見たのは後にも先にもこのときしかない。

この鈴木はまが田村一郎家の事情には相変わらず詳しかったようで、

「ねぇはん、一郎はんはあの立派な原田の家を手離しはったそうでんな」

などと新しい話題を持ってやってくる。

「そやてなぁ。先代が一郎の生まれる前に養子にしとった信ちゃんと財産揉めしたらしわ」

「養子も罪なこってすなぁ。そやけど先代もまさか五十過ぎて実子の一郎はんが生まれるやなんて、おもてもみはらなんやったやろしな」

「しゃあないわな。一郎もあれでお人好しなところもあるし、大尽風《だいじんかぜ》吹かすんも好きやしなぁ。身上潰《つぶ》したのは本人が潰したところもあるんとちゃうか」

母は距離を置いた観察をしていた。

私は神戸の野趣に富んだ原田の屋敷の庭の先の小高い山林や、その中を流れる小川のせせらぎ、鳥の囀《さえず》り、野花の群れ咲く風景を思いだし、その喪失を易々《いい》と血族の側に立って惜しんだ。

い、はまが眼鏡の奥で好奇の目を輝かせて、

「一郎はんの今の嫁はんは何番目だす？」

と訊いたこともあった。

「何番目やったかいな。五番目か六番目くらいとちゃうやろか」

母もはっきりは把握していないようである。

「最初に結婚しはった佳代子はんはきれいだしたな。あんなべっぴん見たことないわ」

「その前に毛唐はんと一緒になりたいうてな、往生したことあるんやで」

「さいだっか。そやけどお相手はあとになるほどへちゃになりまんな」

「世の中、そんなもんやて」

母は投げやりに答えていた。

妻はそんなに簡単に取り換えられるものであろうか。

私の疑問に答えるように、母は問わず語りに一郎の昔話をする。

「あの子にはほんまに手ぇ焼かされたもんや、何べん学校から呼び出されたか判れへん。最後は慶応に入っとったんやけどな、小柄な先生の授業のときは、先生の手ぇが届かんような黒板の一番上へ答を書きよるんやて。そんなことばっかりしとった割には成績良かったらしけど、あの女出入りはどないもならん……」

母は嘆きとも自慢ともつかぬことをいった。

一郎はどうやら私が知っている範囲の人間像からは、大きく外れているようであった。そして母は、私が一郎を異父兄と察していることを、そのころから承知していたと私には思え

た。

母は一郎の異質を嘆きながらも、大阪に移ったあとでもひそかに一郎との接触を持っていたのではないか。しかし父と別れた後は父への遠慮をさらりと捨て、母親の顔にもどって一郎との交流を再開した。そこに当然のように参加させられる私にとって、一郎宅に行くのは神戸の原田以来、七年振りのことであった。

七年振りのその日は、阪急沿線の御影《みかげ》駅で降りた母が、通りすがりの人に尋ね尋ねしてやっと一郎宅に辿《たど》りついたということで、母にとっても初めて訪れる家と知れた。一見して借家を思わせる一軒家であったが、高級住宅地の一つとして知られている土地柄らしく、借家といえども長屋の我が家とは比較にならぬ立派な構えであった。それでいて、もとの原田の屋敷とはこれまた比較にならぬ平凡な構えであった。

玄関で案内を乞うと、奥から衣擦《きぬず》れの柔らかい音をさせて中年の女性があらわれ、

「まあ、まあ、おかあさん。よう来てくれはりましたなぁ」

と驚きの声をあげた。

私は一郎の妻らしい人が「おかあさん」と母を呼んだことで、一郎が母の子であることが確定されたと思った。そして、母を瞬間に識別したことで、初対面ではないとみてとった。しかし主の一郎は留守であった。

妻は母の手を取らんばかりにして茶の間に招じ入れ、女二人で久闊《きゅうかつ》を詫びながら辞儀を繰り返した。母の姑《しゅうとめ》の面を私はそこに見る。その部屋には、昔原田にいたころの立派な茶

箪笥や飾り棚などの調度品が置かれていて、私は何となくほっとした。

しばらくして妻は四歳ばかりの男の子と、赤ん坊の女の子を連れてあらわれた。

「文男が大きゅうなりましたやろ」

と妻は自慢そうにいい、男の子の頭に手を置いて、こんにちはと挨拶させた。

「もうこないになったんかいな、早いもんや」

母は文男の出生を知っていたようすであった。

妻は次に抱いていた赤ん坊を母に向けて、

「この子が五月に生まれた正子ですねん」

そのとき、お茶と菓子盆を捧げるようにして、一人の若い女性が顔を出した。妻はその立ち姿を見上げるようにして、

「うちの妹の美保江です。ちょっと前から手伝うてもろてますねん」

と紹介した。母は、

「ごくろうさんでんな。よろしゅうに……」

と笑顔で挨拶し、妻に向き直って、

「へぇ、女の子がでけたんかいな。一郎が喜んでまっしゃろ」

と赤ん坊を膝に抱き取った。妻は、

「マーちゃん、おばぁちゃんに抱いてもろてえぇなぁ」

といいながら、ふと、目を潤ませた。

私は元来子供はあまり好きではない。一人っ子でいつも自我を優先させて暮らしているせ

いか、自分の領域に幼い子が入ってくるのは煩わしかった。しばらくは大人たちのそばでじっとしていたが、頃合を見て本のありかを聞き、教えられた応接間に行った。応接間にはどっしりとしたティ・テーブルに革のソファーと椅子が配置され、記憶にある先代からの骨董品の中国の壺やヨーロッパのカットグラスも、それぞれにところを得て飾られていた。私は奥座敷の調度品と重ねて、一郎がまだ裕福の面影を残していると確信し、血縁の富の匂いに満足していた。

椅子の横に何冊か重ねてあった本の中から一冊を選んで、読み始める。しかし、部屋は暗く、壁は冷たい。私は本を持って見当をつけた奥の座敷に行き、陽の当たる一間幅の縁側に面した廊下に置いてあった籐椅子に、深々と腰を下ろした。庭には鶏頭の花が盛りを過ぎて、尚、赤い頭を並べ、蕾《つぼみ》の膨らみ始めた小菊の緑がその根元を被《おお》う。秋の日溜まりの余韻が、暖かく私を迎えてくれる中、私は本に没頭していた。

ふと、誰かが部屋の襖を開けて入ってきた気配がした。私の座っている縁側と座敷のあいだは障子で仕切られていたが、障子のまんなかに三十糎《センチ》四方ほどのガラスが嵌《はま》っていて、覗けば座敷のようすが見える。入って来たのは妻の妹であるはずの美保江で、赤ん坊の正子を抱いている。美保江は私がそこに居るのに気付かず、明るさの残された縁側の方を向いて座ると、ぐっと着物の衿もとを押し拡げて、張った乳房を取り出した。それに赤ん坊の正子がむしゃぶりつく。美保江は蕩《とろ》けるような顔をして正子に笑いかけ、柔らかい頬を突ついてあやしていた。

私はその情景を不思議とは思わなかった。単に美保江と乳を飲んでいる赤ん坊がそこにいるというだけのことである。

美保江はひょいと顔を上げ、覗き込んでいた私とまともに視線を合わせた。一瞬、狼狽《ろうばい》の色を見せたがすぐ平静を取り戻し、私の存在を無視したように正子に乳を含ませ続けた。

母はその時点で何も知らなかったようである。私は見聞きしたことをすぐ母に話すような素直な子ではなかったし、不思議とも思わなかったことを、母に糺《ただ》す必要はなかった。しばらくして、母は正子が一郎と美保江のあいだに生まれた子であると、知ったようである。あるいは一郎から、

「正子は俺が美保江に生ませた子や」

と、まるで当たり前のように言われてきたのかも知れない。

そのころの一郎が何を業としていたのか私は知らないが、御影の駅のそばに、本業とは別にスワローという喫茶店を持っていて、誰かに経営させていた。妻と美保江の関係を知った母は一郎の自宅を訪れる勇気はなかったらしく、その後はこのスワローで一郎と会っている。当時母自身が一軒置いた隣に住む父夫婦とのあいだで生じたであろう問題の打開策、私の未来への危惧《きぐ》等、母が頼れるのはどこか常識では計れぬところを持っていたとしても、やはり長男の一郎でしかなかったのではないか。私も二度ほど連れて行かれたが、ごく普通の喫茶店で、客もほどほどに入っていたという記憶がある。一郎はいつも外国品らしい生地の背広を着こみ、茶系統で統一したなかなかの洒落者であった。それが上背のある堂々とした体格によく似合い、ある種の風格を醸《かも》していた。彼は初めて会ったときと変わらず私を「セッ

コ」と呼び捨てにし、「けったいなやっちゃ」と二言目にはいったが、目は優しく笑い、父にはない気楽な安らぎがあった。

何ヵ月かして、一郎が文男を引き取って妻を離別し、美保江を籍に入れたと聞いた。

更に半年ほど経って赤ん坊の正子が肺炎で死んだ。

葬式に行ってきた母は、

「さすがの一郎がほろりと涙こぼしよったわ。やっぱり可愛かったんやろな」

とぽつりといった。

八　大根の菜飯

私は映画を見るのが好きであった。

前にも書いたように、小学生のころに父によく連れられていったのを皮切りに、少し長じて女学校に入学したあとは肺門淋巴腺炎の治療にかこつけ、通学の時間帯を適当にごまかしては一人で入ったりしていた。

当時の一般的な考えとしては、映画、観劇というものは、「文化的活動」の範疇《はんちゅう》には入れられながら、情念に流れ易く、柔弱な精神を植え付けるとして、少年、少女の単独見物を禁じる風習があった。そのため保護者無しで観に行くことはうしろめたく、負の意識を背負うことになる。私としても出来れば保護者同伴という校則を守ったほうが気楽であったが、父と母が別れてしまったそのころでは、父に映画に連れて行ってもらうという事態は望むべくもなかった。私はやむなく気の乗らない母に二、三度同行してもらった。すると母は場違いの外国映画に困惑をみせ、大体は隣で鼾《いびき》をかく。小さく萎《しな》びた母の鼾を隣に、私はじきに己の愚を思い知らされた。一度、美しい友禅をくれた例の京都の呉服屋の手代に頼んで同伴してもらったこともあったが、見た事もない外国映画は苦痛とさえみえ、こちらの方が苦痛になる。私はやはり単独で行くしかないという結論に帰着した。単独でも構わないと思うほど、以前父が身に付けさせようとした封建的な志操は私の中で拘力を失っていた。

学校の近くの玉造《たまつくり》に、小さな映画館があった。場末の映画館らしくうらびれて汚なかったが、教護連盟の看視はあまりないと勝手に決めて、私はここに土曜日の学校終了後よく出かけるようになった。たまには級友に代返してもらって授業を抜け出すこともある。映画代にあまり苦労した記憶がないのは、父が私への呵責《かしゃく》のささやかな代償として、小遣いの額を増やしていてくれたのかも知れない。

当時のアメリカ映画は巻き毛の子役シャーリィ・テンプルが大評判であったが、私は大人の俳優の方を好み、女王の座を争っていたマレーネ・デートリッヒとグレタ・ガルボの美しさに息を潜め、ゲーリー・クーパーのはにかみに心を蕩《とろ》かせた。外国映画はすべてトーキーに移行していて、フランス映画、ドイツ映画、オーストリア映画も全盛期であった。いま思い出しても心が揺れる沢山の作品がある。省みれば何とロマンに満ちた贅沢《ぜいたく》な時代であったことか。大人の哀愁に胸を締めつけられる年齢にも達していた。

だがいったん映画館を出れば現実は侘《わ》びしかった。

母と二人きりの家の中に、家族が肩を寄せ合う楽しさはなかった。母と子という部分では申し分なく母の溺愛《できあい》を享受していたが、一個の人間同士として対するとき、その溝の深さに困惑する。私のささくれた心は母を前にいよいよささくれた。家族と女学校との接点はあまりなかったが、たまに母が父兄会に白髪頭を小さくまとめ、地味な着物に黒いコートを着て、皺《しわ》の寄った口許《くちもと》をすぼめながらおどおどと現れると、呪文をかけてその姿を消してしまいたいと悲しく心を苛立《いらだ》たせる。父が女学校関係の集会に出席したことは一度もない。私は新しい女と一緒になった父には不信感を、老いて無教養な母には不快感をつのらせていた。

女学校では小学校に通っていた頃よりもさらに肩肘《かたひじ》を張っていた。それぞれに背景の似通った級友たちがグループを作り、行動を共にし、笑い興じているさまに、内心の羨望を圧《お》し隠す。素直に人の輪に融《と》け込めない自分が、惨めであった。しかし、虚栄心の強い私は友人のない子とみなされるのを嫌い、私と同様に何らかの理由でどのグループにも属することのできないはぐれものに語りかけて、たった三人ではあったがちぐはぐな心でグループの体裁を整えたりもした。

思えばそのころの肩肘張った生き様は、当時私の大きな慰めであった洋裁に自己顕示欲となって現れていたのではないか。

洋裁の授業で夏のワンピースを縫ったことがあった。布地はピンクの木綿と決められ、半袖の前開きで、襟元から裾まで等間隔のボタンが付いたスタイルであった。出来上がった作品を東京出身の洋裁の教師が一枚ずつ点検していたが、私の作品を手にすると、

「あら、黒いボタンが付いている。他の人はみんな白だったのに。いかにも佃《つくだ》さんらしいわねぇ」

と感に耐えない顔をされた。

私は一体に頭のなかで勝手にあれこれ想像し、自分らしく一工夫したものを自作することを好んだ。それは端から見れば、奇を衒《てら》う、ということであったろうが、私にすればささや

かな自己主張であった。美的冒険でもあった。通学は制服であり、外出着も制服以外のものは与えられなかったので、結局は普段着や寝巻きの類にアイデアを生かすしかない。あるときせめて一度ぐらいは新しい糸でセーターを編みたいと願い、阪急で気に入ったエンジ色の毛糸を見つけ、小遣いで四オンスを先ず買い、次回は六オンス、またその次は四オンスという風に買い求めたことがある。出来上がったセーターは袖が先にいくほど脹《ふく》らみ、袖口をきゅっとゴム編みで締めたなかなかハイカラなものであったが、まとめて必要量を買うことの出来なかった小遣いの不足は、奇妙な色の段差となって現れた。毛糸は染め釜が違うと微妙に仕上がりの色が違い、同じ釜の糸にめぐり逢《あ》うことがなかったのである。寝巻きは古い浴衣を解き、裾を長くし、胸許を大きくあけて溢《あふ》れるようにフリルを付けたりする。急に大人になったような気がして、母の小さな鏡台の前で科《しな》を作ったり、踊ったりして大いに悦に入った。唯一の観客である母は私の嬌態《きょうたい》に無関心で、台所でごとごと音を立てていた。

夏になると、但男伯父の勧める鐘紡の購買部に行って、気に入った木綿の端布《はぎ》れを買ってくる。美しい花模様の端布れを二、三部手に入れたときはダンス映画の衣装を思いだしてフラメンコ風のものを作ってみた。これは学芸会のとき学友に着せて大いに喜ばれたが、実際に外で着て歩く勇気は私もなかった。勇気無しで済ませられる普段着にと、右半身が濃紺色で、左半身が白と濃紺のストライプの服を考え、同色のベルトを前で結んでみたりする。粋《いき》であった。「少女の友」の付録にあった中原淳一のスタイル画を利用することもたびたびあり、袖が大きく脹らんだチャルダス風の服は、ボタンの代わりにリボンを使ってみたりした。縫い始めると「節ちゃんご飯やで」という母の声にも生返事をするだけであった。

夏休みには臨海学校があった。希望者が高師ヶ浜へ通って泳ぎとゲームを楽しむという二週間で、このときだけはミッションスクールらしく、自由服の着用が許されていた。制服から解放されて、生徒たちは思い思いの服装をして愛らしさを競う。浜辺に百貨店の売り場の色彩が氾濫《はんらん》した。私は愛らしい服とは言えなかったが、このときとばかり自作の数々を得意になって着て行った。

ある日、校長先生が松林に生徒を集め、

「私は自由を愛する人間ですから、あなたたちに自由な服装を許しました。しかしあまり奇抜なものや、人目を引くものを着てくることは許しません。女学校の生徒らしい格好をしてください」

といって、私の方をじろりと見た。

私は三年生になっていた。夏休みの前になると、クラスではどこに遊びに行くかが話題になる。避暑地に行くような金持ちの子は別として、大抵は地方に住む祖父母や親戚の家に出かける級友が多かった。中に東京の伯父のところに行くという級友が一人いて、皆の羨望の的になった。当時、東京という言葉は少女たちにとって抗し難い魅力であった。その言葉を聞くだけで胸の鼓動が早まった。

私の中に持ち前の負けぬ気が、むくむくと頭をもたげた。よし、私も横浜の伯母の家へ行こう。東京・横浜は私の縄張りだ。先んじられてなるものか。そんな気負いであったと思う。父に願い出ると、父は伯母と連絡をとって簡単に許可してくれた。伯母は親戚の中の可哀想な子の願いを快く受け入れてくれたのであろう。

初めての一人旅であった。特急のつばめ号が、もうそのころ東海道線を走っていたであろうか。もしそうであったとしても、横浜まで八時間近くかかった。心細くまんじりともせずに座っていたのか。途中で弁当も買わねばならず、案外好奇の目を光らせて旅を楽しんでいたのかも知れない。

そのころ伯母は鶴見の高台にある家から、横浜の白楽に建てた新しい家に転居していた。横浜駅に出迎えてくれた伯母に案内されたその新居は、大阪の長屋ばかり見馴れた目にはひたすら眩《まぶ》しく、私の中に長年培われていた憧《あこが》れの鶴見の高台の、芝生があって、巻き毛の犬がいて、花畠があってという、あの懐かしい家よりも更に立派にみえた。今になって思えば、田村一郎の原田の屋敷を始めとして、「神田のおたねはん」の小石川の屋敷や鎌倉の別荘等、もっと広くて豪奢《ごうしゃ》な家を知らなかったわけではない。それなのに、私にはどこか西洋のお伽《とぎ》話《ばなし》の絵を連想させる伯母の家が、常に一番立派にみえるのであった。

八年振りに逢った伯父は横浜港の三菱ドックでかなりの地位にあり、昔と変わらず私に優しくしてくれた。伯母は可哀想な姪は可愛がるものとし、七歳年上の従兄《いとこ》は昔と変わらず私の存在を気にも留めず、変わったことといえば私より八歳年下の幼い従弟がこの家族の一員に加わったことであろうか。常時人の出入りの多いこの家では私の滞在など格別のことでは無く、私は伯母の適切な配慮の許で、私自身は何の配慮を求められることもなく、現実から切り離された二週間を過ごした。

伯母の家は港町らしく丘陵地帯にあり、駅前の急な坂を登り詰め、頂点で三つに分かれた坂道の一つを七、八軒下ったところにあった。坂道の片側は伯母の家を含めて門構えの家が並んでいたが、反対側は道路を切り取ったように急に深い雑木林となっていた。雑木林は斜面になってかなり深い底に行きつき、そこから反対側の丘陵に向かって上方に拡《ひろ》がっていく。谷を挟んだような形の雑木林の両斜面は一日中薄暗く、緑の中をひぐらしや小綬鶏《こじゅけい》が鳴いた。野鳥の他に野生の動物も沢山いて、干し物を取り忘れた女中が夜になって思い出し、闇の中の竿に手をかけると、ぬるりと蛇が動いたという。大きな百足《むかで》が風呂場を這《は》い、私の足音におどろいた蜥蜴《とかげ》の尻尾《しっぽ》が切れて井戸端をぴょんぴょんと跳ねた。丘の頂点から駅に向かって急坂を下ると、右手に青々とした丘陵がなだらかな線を描いて重なり、学校や教会の点在するのも望める。線の切れた先は淡く霞んだ海につながっていて、夜になると行き交う船のもの悲しい汽笛の音が聞こえた。

私は何もかもが珍しかった。

母は私の横浜行きに何を思ったのか麻のスーツを用意してくれたが、麻はすぐ皺になって私を途方に暮れさせた。伯母はこんな大人びた格好をさせてといいながら、早速赤とベージュの縦縞《たてじま》のスカートに衿にひらひらとレースの付いた白いブラウスを買ってきて、私に着せた。女の子は赤いものを着るものだというのが伯母の抜き難い信念で、小学校のときに赤地に黄色い模様の入った反物と、橙《だいだい》色に花を散らせたモスリンを送ってきてくれたことがある。母は困惑しながらそれを着物と羽織に仕立てたが、あまりの似合わなさに呆《あき》れたのか、間もなく私の寝具に化けた。今回の赤とベージュのスカートは直接顔にはあたらなかったせいか私に珍しい少女らしさを与えてくれた。私は中原淳一の描く少女を気取ってそれを身にまとい、先に東京に来ていた例の級友と連絡を取って銀座で逢ったりした。

幼いころ鶴見の高台にある家で刻まれた伯母の家への憧れは、この白楽の家にきてさらに量感を増して私に夢を膨らまさせた。七歳年上の従兄は当時上野の東京音楽学校（現芸大）ピアノ科に在学中で、洋間の一室をあたえられ、私には手に触れることさえ遠慮に思われるグランドピアノで毎日練習をしていた。幼い年下の従弟は十六年目に生まれたとあって両親の愛を一身に集め、伯母が所用で外出するときなど泣き叫んで伯母を困却させた。凜《りん》としていた筈の伯母がだらしなく子の愛に溺《おぼ》れている様は、私に昔の父を思い起こさせる、苦い羨《うらや》ましさであった。

台所は広く、さまざまな文化道具があって、私をおどろかせた。電気魚焼き器は勿論のこと、トースターというものもその時初めて見た。アルマイトという物質のあることも知ったし、フライパンをいかに使うかということも知った。ご馳走は夜だけという私の思い込みを破って、朝食にソーセージを炒めた大皿が出され、昼食には卵とサラダが用意された。料理自慢の伯母が丁度中華料理を習いにどこかに通っていたときで、夜は本格的な中華料理が食卓を飾った。その上伯父が外国航路の船の厨房《ちゅうぼう》から分けてもららしく、カリフォルニアの果物や南国のパパイヤ等の姿もあった。

応接間には伯父の蔵書がガラスの付いた本箱の中に、脊《せ》表紙をみせてきちんと並んでいた。しかし私の貧しい知識の中には存在しない作家の作品ばかりであった。柿《かき》色の全集も並んでいたが、これは後年改造社版の現代文学全集と知った。

その年までの私と本との関わり合いをいうならば、私は小学校のころから毎月一冊だけ自分で雑誌を買うことを許されていた。発売日を待ち兼ねて本屋に行き、家へ帰って食いつくように雑誌を開くと、一時間か、二時間足らずで隅から隅まで読んでしまう。本を閉じて畳の上に置くと、いま買って来たばかりの真新しい状態で雑誌がそこにあった。この雑誌を本屋に持って行って別な雑誌に換えてもらいたいという欲望に、どんなにさいなまれたことか。いまでもそのときの遣る瀬《やせ》なさを、ありありと思い起こす。父に頼んで少女小説を買ってきてもらうこともたびたびあったが、それもたちまち読んでしまう。かといって父にねだれる範囲は知れていた。

常に読む物に渇いていた私は、近所の家から大人の娯楽雑誌、婦人雑誌、手当たり次第に借りてきて何でも読む。記憶に残る作家は直木三十五、菊池寛、村上浪六《なみろく》、三上於菟吉《おときち》、山本周五郎、吉屋《よしや》信子、三角寛、江戸川乱歩等で、佐藤紅緑《こうろく》、吉川英治は少年少女向きの本で馴染みが深かった。またそのころは川端康成も少女小説を書いていた。これらの作家たちはどんなに私を楽しませてくれたことであろう。そしてどんなにか沢山の知識を、私に与えてくれたことであろう。

私は伯父の蔵書の前に立ち、手近な本を抜き取って目を通してみたが、中身は難解で私の理解を越えていた。にも拘《かかわ》らず、私はその不可解な文章の羅列の向こうに、私の知らない新しい世界があることを漠然と感じていた。知性というものと本の結びつきをはっきりと認識していた訳ではないが、立派な背表紙を見せて並んでいる本から滲《にじ》み出る世界に引き寄せられるようにして心を預けた。

本だけではない。この伯母の家にあるすべてのものが、本来ならば私のものであってほしかった。伯母の家への憧憬と羨望は距離を縮め、いまはこれが私の住む世界なのだという一体感にいつのまにか変わっていた。私は二週間を私の世界に没入して過ごし、大阪に帰らねばならないという現実を忘れていた。やがてシンデレラの十二時の鐘は鳴り、落とすガラスの靴もなく、悄然《しょうぜん》と帰途についた。

大阪駅に出迎えてくれた父は、

「母さんが淋しがっていたよ」

といったが、私は「うん」と頷《うなず》いただけで、バラ色の一体感がみるみる色褪《いろあ》せていくのを、ぼんやりと追っていた。

父の妻となった幸子と、私はほとんど交流を持ったことはなかった。片意地な私は決して幸子に打ち解けることはなく、口をきくことも避けていた。私はまだ子供だという隠《かく》れ蓑《みの》の下で、大人には許されないあからさまな敵意を遠慮なく幸子に向けていた。父が私の英語をみるのは、私が少しも上達しないのと、私の幸子に対する頑《かたく》なさに手を焼いたのか、それはいつとはなく沙汰《さた》止《や》みになっていた。

しかし母は大人の、その上分別を強いられる年輩でもあるため、日中に世間話でもしていたのではないか。幸子と先夫とのあいだに生まれた男の子を、妹が引き取って育てていること、妹に女の子が一人居り、その子が私より少し年下であること、和歌山の小作農で貧しい暮らしをしていること等を、聞き知っていた。幸子が実家の貧しさを殊更にいい立てるのは下心あってのことで、この妹の娘に私の古着を送ってやりたかったからであった。自分の子供を育ててもらっているという負い目が、幸子にはあったのであろう。いま考えると、父は若干の養育費を送金していたのかもしれない。父の律儀さからいえばそれはあり得るが、極めて少額であったことも間違いなかったであろう。

好人物の母は貧しさ故の困却を聞くと、己の貧も忘れて援助の手を差し伸べたくなるようであった。幸子は私の身辺を常に観察していて、ろくにありもしない普段着が短くなったり、下着が黄ばんでくると、頃合を見計らって取りに来た。母はささやかな優越をそのときだけは感じるらしく、まだ着られるようなものまで気前良く渡してしまう。幸子は鋭い目で部屋中を見回しながら、

「ズロースの古いのもおまっしゃろ」

といった。母はためらいもなく、

「たんとおまっせ。それも持ってきなはるか」

といいながら、押入から私の経血のついたズロースを何枚も取り出した。

丁字帯程度しか用具のなかったそのころは、経血はいつも両側から滲み出て、白い木綿のズロースを赤く染める。これだけは女の嗜《たしな》みだからと母にいわれ、また恥部を人に見られるおぞましさに、自分で石鹸をつけて何度も洗った。しかし白い木綿を染めた血は、褐色のいびつなしみとなって下方に残り、私を常にうとませた。

「そんなんいやや」

私は叫ぶようにいって取り返そうとするのだが、幸子はしっかりと胸に抱き、

「かまへん、かまへん。何でもあっちゃは喜びますねん」

と勝ち誇ったように言って持ち帰った。

私が横浜の伯母のところに行った夏休みが終わって、九月の新学期が始まって間もないころに、幸子が急に入院することになった。病院は扇町病院であったと思うが、確かな記憶ではない。病名は子宮内膜炎だと母から聞いたが、それがどんな病気なのかよく判らなかった。手術が必要だということで、母が付き添い婦として病院に寝泊まりすることになった。当時の病院に完全看護の制度はほとんど無く、病人が入院するときは家族の誰かが付き添うか、それを職業としている付き添い婦を雇うかであった。私はその時点で母が付き添って行くことに、何の疑問も感じなかった。今考えればその鈍感さに我れながら呆れるのだが、なんといってもまだ子供で、母が父の一族の面倒をよくみていたそれまでの延長線上と受け止めていたのであろう。

残された私の世話は、長兄の但男伯父宅に引き取られていた祖母が、みてくれることになった。祖母は私が下校する夕方から我が家に来て二人分の夕食をつくり、父の買ってくれた私の摩訶不思議なベッドの横で眠り、朝食をこしらえ、私に弁当を持たせて、昼間は伯父宅へ帰っていた。前述のように祖母は伯父宅に来るまでは広島に住んでいたので、長いあいだ私には無縁の人であった。しかし以前広島にいったときの、「孫なんぞ可愛いと思うたことはいっぺんもない……よう覚えていんしゃい」と決めつけられたその言葉は、いつまでも私の中に突き刺さったままであった。伯父宅に来てからは少しは馴染んでいたが、甘えるなどというところからは程遠かった。厳《いか》つい顔をして、口には獅子《しし》舞《まい》の獅子のような金歯が並び、笑っても恐ろしいような人であった。

祖母が私の面倒をみてくれ始めてから二、三日経ったころ、祖母はまだ九月だというのに七輪の火を座敷に持ち込み、ほうろくの中に大根の葉の刻んだのを入れて、煎《い》り始めた。菜飯《めし》を拵《こしら》えてくれるというのだ。そのころの大根は茎に細かい生ぶ毛のような尖ったものが生えていて、私はその舌触りが好きであった。ほうろくを根気よく箸でかきまぜながら祖母は金歯の口許をゆるめ、父の幼い頃の話をしてくれた。

「厳城《いつき》さんは、とてもええ子じゃったよ」

といいながら、よくいうことをきいて手助けをしてくれた父、喧嘩をするとむきになる父、叱られると敏捷《びんしょう》に逃げ廻った父のことなどを、いとしそうに話した。

浴衣にたすきをかけて、ほうろくの熱気に汗ばみながら、祖母は優しい目をしていた。菜飯は香ばしい匂いと塩が口の中で溶け合って、私はいまでもその味をなつかしく思い出す。大根菜に生ぶ毛がなくなって久しいが、私の中の菜飯は、祖母の優しい目と尖った生ぶ毛の舌触りのなかにのみ存在する。

病院には、学校の帰途に一、二度寄った。もう手術の終わったあとで、幸子はベッドに寝ていた。母がどのようにして付き添っていたのか記憶はないが、病院には小さな調理場に金をいれると一定時間ガスの出るガス台もあったと思えるので、何か簡単な調理をしていたのではないか。夕方には必ず寄る父のために、夕食の用意等もしていたのかも知れない。病院の屋上は洗濯物の干し場になっており、母が病人と自分のものを洗濯するのは当然のこととして、ひょっとすると父の肌着等も洗っていたような気もする。見舞いに行きたい相手ではなかったところを、祖母にいいつけられて寄ったのであろう。好奇心も手伝って病室に入ると、母は安堵《あんど》の目を私に向けて喜んだ。私はその目の奥にある母の苦悩を見分けられる年ではなかった。

ある日、何かの都合で祖母が来られなくなり、夜を一人で過ごさねばならなくなった。誰も居ない家の中で眠るのは生まれて初めてのことである。心細かったが平静を装い、十時過ぎにとろとろと眠りに入った。やがて何かに怯《おび》えて目を醒《さ》ましたのは、夜中の一時過ぎであったと思う。暗闇に目を凝らすと、襖《ふすま》の陰に得体の知れないものの気配があった。恐ろしさに電灯をつければ、ぼんやりと赤茶けた灯の下で、鴨居《かもい》にかけた制服の白い袖の皺が二つの丸い眼窩《がんか》を形造る。見つめていると、それはまぎれもなく骸骨に変貌した。母の小さな鏡台に、いまにも死人の顔が映りそうな恐怖にかられる。そこいら中に死人が佇《たたず》んでいるような気がする。強張《こわば》った体から血の気が失せ、喉にからからと痛みを覚えたとき、私は追われるように外に飛び出した。

冷たい夜風に触れ、遠い電柱の鈍く光るのを見るうちに私はようやく落ち着きを取り戻した。見馴れた家並みは、闇に黒く沈んだ確かな現実の姿を私に見せてくれた。寄りかかったコンクリートの門柱の冷たさも、生きていることの確かさを伝えてくれた。恐ろしさから解放されると、安堵と共に救いようのない悲しみが堰《せき》を切って迸《ほとばし》り出た。

幼いとき、私はよく怖い夢を見て大声で泣いた。父はすぐに起きてきて「どうした」と私を抱き上げる。母は「怖い夢みたんやろ、可哀想に」と言って私の背中をさすった。そして父は私の耳許で優しく「父さんと母さんがいるんだから怖くはないよ」と決まって言った。

父さん、母さん、と小さく声にしてみると、こらえていた涙が溢れ出た。

二週間ほど入院したあと、幸子は退院してきた。母の話によれば、医師は子宮摘出を勧めたが、幸子は頑固に拒んだということである。前々から唇が異常にどす黒かったのは、婦人科的疾患があったためかも知れない。しかしその後は元気な日常に戻っていたので、入院のことなど誰も思い出すものはなかった。

それから長い月日が経って私が二十歳を越えた頃に、幸子はある日子宮から大量出血して、子宮癌と宣告された。病院に四十日ほど入院していたが、癌は全身に転移していて手術は不可能といわれ、退院した。そのあと自宅療養をしていたが、しばらくして死んだ。日本が戦争に突入して二年目のことであった。あのとき子宮摘出をしていれば、癌とは無縁に暮らせたかも知れない。子宮を失うことは父を失うことと思い込み、必死で手術を拒んだ幸子の女心も、また哀れではある。その思いは憎悪とは別なところで、同性として捧げる一掬《いっきく》の涙かも知れない。

私は戦後、東京の世田谷に一家を構え、母を加えて住んでいた。母はそのころもう八十歳近くになっていたが、昔の活力はさほど衰えず、孫娘二人を相手に小まめに動き廻っていた。私は相変わらず母にやさしさをみせない娘で、

「あんた、そないにいわんもんやで」

と母にときどき泣き声をあげさせた。不遜《ふそん》な娘は冷然と母を見据えて、涙如きに惑わされ

ることはない。母の方も私の批判などに動じることはなく、泣き声はたちまち孫への猫撫で声に変わって、安住の地に居る充足を表明した。

春の日だまりに、母は私の着物を縫っていた。私といえども勝手なときは母の機嫌を取ることもあり、そばで昔話を始めた。つれづれの話の末に、あのときの幸子の入院騒ぎの一件がでた。入院自体に明確な記憶はないが、祖母から受けた唯一の優しさと、父と母とに囲まれた昔を恋うて泣いた記憶は、鮮烈にあった。

「どうしてあのとき母さんが付き添いになったの？　誰か他に付き添い婦を頼めばよかったんじゃない」

私はふっと長年気付かなかった不審に思い到った。

「父さんがな、行ってくれいうて頼みはってん」

「なぜよ。別れた母さんにあの女の面倒を看《み》させるなんておかしいじゃない」

私は語気を荒くする。

母も少し昂《たか》ぶった声で、

「あの女の差し金やがな。自分が入院しているあいだに父さんとあてが縒《よ》りを戻すかもしれへんいうて……監視するためにあてを病院に縛りつけたんや」

「……」

あのとき母は傷口から流れ出る幸子の血と汚物を、拭いてやったのであろうか。幸子の上に身をかがめた母は、どんな思いでその箇所を見やったのであろう。それがどんな醜い姿を晒《さら》していたとしても、母は虚心にそれに対することはできなかったに違いない。長いあいだ馴染んだ父と自分の交合の姿を、その上に重ねてはいなかったか。私は無惨な絵図を瞼に描き出し、母は知らず、子としての屈辱に震えた。

母は私の無言に怒りを察したのか、

「まあ、ええわいな。ものごとは長い目で見なはれ。つづまりは、父さんの子ぉ生んだんはあて一人やないか」

と忍従に馴れた落ち着きで言った。

九　紡ぎ唄

私は十六歳になり、五年生になった。

当時の女学校は五年制なので、来年は卒業であった。

そのころの女学校生活を回顧してみると、概《おおむ》ね漠とした暗さに翻弄《ほんろう》されることが多く、無数の不満を内にかこちながら、周囲に背を向けて暮らしていたような気がする。やむなく入った学校であるという思いはそのころまで執拗《しつよう》につき纏《まと》い、勉強への意欲もさして起こらなかった。それでも成績は年度毎《ごと》に上がってきていたが、それが嬉しさにも誇らしさにも結びつかない。心を開ける友人も相変わらずいなかった。

だが、それから四十年も経った頃である。クラス会の席上で「うちはいつでも除《の》けもんにされてたような気ぃするねん」と素直な心で言うと、級友たちは口をそろえて「そんなことあらあへんよ。一緒によう遊んだやないの」と意外そうな声を出した。その声に、「ツクチン」と呼ばれてのびやかに楽しんでいた自分の姿がふいに目の前に蘇《よみがえ》った。自分自身は屈折していたつもりでも、生来の陽性が顔を出していたのであろうか。あるいは、屈折などというものは、多かれ少なかれ誰でもあの年頃では抱えているものなのであろうか。そう言われればそう言われたで、楽しかったことも数多《あまた》あったようにあのころが思い返されるのも、人間の記憶の不思議である。

そもそもミッションスクールに入ったために、却《かえ》って得られた楽しみがあった。校内の私の好きな小さな洋館に住むアメリカ人の女教師たち、その女教師から習う生きいきとした美しい流れの英語。火曜日の朝の礼拝は英語と決められていて、その日はアメリカ人の教師が礼拝を行う。祈りも、説教も、聖書も、賛美歌も、すべて英語であった。そのどれもが殆《ほとん》ど判らなかったが、学校から西洋の匂いを嗅ぐとき私は日頃の鬱憤《うっぷん》を忘れていた。

学校の行事もそれなりに好きだった。先ずは春の園遊会がある。その日は父兄たちも訪れて、寿司、汁粉、おでん等の屋台が賑わった。各学年が趣向を凝らしたダンスや劇を披露したあと、五年生の仮装行列が恒例となっていた。私が初めてこの園遊会に参加した一年生のときの五年生の仮装はミッキーマウスで、五年生たちはブルーマー姿にミッキーマウスのお面を被《かぶ》り、白い軍手と黒いドタ靴といういでたちで音楽に合わせて手振り、足振りして校庭を練り歩いた。大阪の小さな町の、まだその頃でも筒袖《つつそで》を着た生徒の数が多かったような小学校から入学した私には、その仮装行列は驚くほど斬新《ざんしん》に見えた。園遊会は毎年行われたし、自分たちも五年生になったときは何かに扮《ふん》したと思われるのに、私は何も覚えていない。それほどその最初の年のミッキーマウスは鮮烈であった。

秋には運動会がある。選手として出場することは皆無な代わり、背が高くて目立つのと、声が大きいのを買われていつも応援団員に選ばれた。それも毎年行われたのに、そちらは私がはっきりと覚えているのは五年生のときの最後の運動会だけである。学校の食堂にうどん屋が出店を出しており、一人前のうどんの他に半分の量にした「半どん」というのがあって、ほうろう引きの灰色の小鍋に入れて供される。その小鍋をうどん屋のおじさんに頼み込んで借り、団員でそれを被って応援した。被った小鍋に象徴された鉄兜《てつかぶと》は、忍び寄る太平洋戦争の足音とも知らず、少女たちは嬌声《きょうせい》を挙げて旗やメガホンを打ち振った。中国大陸での戦争を漠然とは知っていたとしても、中国大陸は遠く、太平洋の向こうの米国は身近であった。それから四年後にその身近な米国との戦争が始まろうなど、そのとき誰が予想し得たであろう。私たちは戦前の最後の、平和な青春を迎えようとしていた。

最大の行事はクリスマスの夜である。校門を入ってすぐに立つ樅《もみ》の木に、豆電球の灯が輝く。クリスマスには父兄の礼拝も多く、またひそかに男友達が紛れこむこともあった。私はまたもや得意な声のおかげで、聖歌隊の一員には卒業するまで選ばれ続けた。定時になると講堂の灯が消され、暗闇の中を正面の扉から白い聖衣を着て聖歌隊がキャンドルを手に掲げて入場する。もう今ではアメリカの博物館にしかないような鍵盤《けんばん》の二段になった古いオルガン、それは毎朝の礼拝のときに二人の生徒が手押しポンプのようにオルガンの横から突き出している棒を上下させて、中に空気を送り込むという様式のものであったが、そのものものしい調べに合わせて賛美歌を歌いながら一歩一歩と講壇に近づく。暗闇と音楽の魔力に足許から身震いするような感動が突き上げる。荘重と叙情が入り混じり、敬虔《けいけん》と得意が交錯した。

仕上げは初夏の二週間の卒業記念旅行であった。北海道を主に廻り、帰途、仙台、日光、東京と辿《たど》って帰阪する。入学したときから毎月一円の積立をして、卒業するまでの六十円を予算とした旅行で、当時としては豪華な旅であった。初めて知った連絡船での船酔の苦しみ、洞爺湖《とうやこ》の宿の溢れる湯、阿寒湖の毬藻《まりも》の不思議、屈斜路湖《くっしゃろこ》に行くバス路を阻むそそり立つ樹々、摩周湖のみやげ店で木熊《きぐま》を彫っていたアイヌの湖のように澄んだ瞳、旭川駅のストーブの赤い炎等々、思い出はいまも胸の底にあって美しい。

さて、この年頃の少女にそろそろ訪れるべきは恋である。私は恋らしい恋を、まだしたことはなかった。級友の何人かに、旧制中学生の男友達がいる噂は聞いていた。私に異性を恋うる想いがなかったわけではない。それどころかいつでも恋人の出現を待ち受けていたような気がする。しかし目線が自ずと上になり、私の知らない世界を教えてくれる人、私をその世界に引き上げてくれる人、と無意識に思ううちになかなか機会が巡ってこない。同じ次元の思考力、経験、行動範囲内に留まっている中学生のような青くさい存在には興味がなかった。

それでもその頃に淡い思い出がたった一つある。

二年生の始めに喫茶店通いをしていたとき、仲間の中学生から、

「タケちゃんちゅうあいのこがおるんやけど紹介したろか」

と勿体振《もったいぶ》っていわれ、大いに期待して紹介してもらったことがあった。混血児というので目が青いか、栗色の巻き毛かと勝手に想像していたが、父親がフィリッピン人ということで、外観はほとんど日本人と変わらなかった。ただ彫りは深い。父はモリナーという名だが、いまは日本に帰化して森名と名乗り、電車道に面した洋館で貿易商を営んでいた。

喫茶店通いが学校に知れて一悶着《ひともんちゃく》あったあとは無縁でいたが、三年生の始めに父と母が

別れ、引っ越してきた長屋が電車通りから少し入ったところだったので、この、森名商会とは四、五分の距離になった。そのため顔を会わすことがときどきあり、会えば挨拶くらいはしていた。四年生の夏休みのあとで、昔喫茶店通いをしていた級友の一人から、私をかつてこの小さな悪の道に誘い込んだあの天沼千代子の噂話を聞いた。

「天沼さんなぁ、夏休みにタケちゃんと一緒にキャンプへ行って、寝てきやったんやて」

「へぇ、ほんま！」

と私は大仰におどろいてみせたが、千代子がタケちゃんと交際を続けていたのも知らなかったし、一緒に寝るのがどうしてひそひそ話になり得るのかも判らなかった。

そのころのある日、ばったりと電車道でタケちゃんに会った。

「いま、だあれも家におらへんねん。ちょっとこいや」

と言われ、好奇心も手伝って従《つ》いていった。彼は大きな二階屋の洋館の下の一間で、何かフィリッピンのものを見せて、説明してくれていたと思う。突然に母親と妹が帰宅したようすに、やにわに私をそばの物入れのような部屋に押しこめ、二人が二階の部屋に落ち着くまでじっとしているようにと言った。彼ら親子で話し合う賑やかな声が聞こえ、階段を上がる音がしたあとしばらくするとそっと扉が開けられた。私が忍び出ると、タケちゃんは突然ぐっと私を抱き締めて、頬に小さなキスをした。それだけの話である。いまも大事に秘めているのは、十五、六歳の青春がいかに貧しかったかという裏付けかもしれない。

タケちゃんは間もなく霞が浦にあった少年航空隊に入隊した。そのあと私は何かのきっかけでタケちゃんの妹と親しくなり、美しい姉も混じえてよく遊んだ。そのころの混血児の抱えている悲哀と、私の持つ庶子の悲哀は、どこか似通っていたのではないか。私は級友よりも、この姉妹といるときの方が素直であった。

半年ほど経ったころであろうか。妹が沈痛な面持ちで私を呼出し、タケちゃんが飛行訓練中に墜死したと言った。私はおどろいて千代子の家へ駆けつけたが、千代子は留守ということで、タケちゃんの名も出せぬまま飛行機が落下する絵を描いて、千代子に渡してくれるよう頼んで帰った。翌日学校で会った千代子は、

「なんやねん、あのけったいな絵わぁ、あれでも墜落したとこ描いたつもりか。もうええやん。うち関係ないわ」

といって大人の女の妖しさの出た顔でにやりとした。

そのころ上野の東京音楽学校のピアノ科の生徒であった横浜の従兄の洋一郎が、大阪公演のため来阪した。公演は中之島公会堂で行われたので、私は中之島公園まで会いに行った。洋一郎は公園の芝生の上で仲間の音楽家たちと寛《くつろ》いでいたが、無口な上に青年のはにかみもあったのか、私の顔を見ても挨拶程度の会話しかなかった。それでも洋一郎が芝生に座るよう誘ってくれたので、私はおずおずと芝生に腰を下ろして廻りの音楽家たちを眺めてみた。男たちはほんの少し私の存在を片隅に容認し、長い髪を掻き上げながら気取った一瞥《いちべつ》を私に向ける。女たちは白い笑顔で私の判らぬ話に興じ、細い指をしなやかにくねらせて繊細な優越を誇示していた。

そこでは私は何の変哲もない一人の女子学生に過ぎなかった。しかし音楽家たちは私の入

ることの許されない世界の住人である。芸術の神に選ばれたと自負するもののみが持つある種の傲慢《ごうまん》を漂わせているようで、私にはひたすら眩《まぶ》しい。その世界を共有している洋一郎が、そのときどんなに素晴らしくみえたことか。改めて見る洋一郎は、当時の言葉で表現するならば白皙《はくせき》の貴公子然とした風貌をしていた。痩せて背が高く、端正な顔に形のいい目が刻まれている。無口であることすらが、彼の品位を高めていると思えた。私は突然、内面から迸《ほとばし》り出るようにして、自分の憧《あこが》れを洋一郎の上に凝縮させた。それは恋と呼ぶにはあまりにも遠い想いであったが、一瞬に十六歳の胸に刻んだ憧れは深い。私はその鑿痕《のみあと》を、このあと長い間消すことはできなかった。

いつか現れるであろう白馬の騎士の原型として洋一郎は私の中にずしりと住み着いた。人生とは皮肉なものである。ちょうどその頃から、その原型とはことごとく対蹠《たいしょ》的な吉井政春という青年が、我が家を訪れてくるようになった。母が一番親しく行き来している河内町の川上家の養女の、例の娘義太夫語りである静江の甥である。静江は養女であるからどこかに本来の里があり、その里の兄弟の子供の一人が政春ということであろう。私が「青年」という言葉から連想するものは、知的な目を輝かせ、髭《ひげ》の剃りあとも青々と、真白い歯で快活に笑い、筋肉質で背が高く、しなやかな肢体で機敏に行動する、というようなことであるが、政春はそのどれにも当て嵌《はま》らなかった。年齢すらも何歳であったか覚えていない。どこにも緊張感のない平凡な脂質の顔の、やや小肥りの男で、理髪店に弟子入りしているということであった。

その頃私の映画好きはもう周囲に公然となっていて、休日には心斎橋の映画館で堂々と観るようになっていた。堂々とはしていてもやはり保護者同伴がのぞましく、母がその役をたまたま川上家で顔を合わせた政春に頼んだのがきっかけであった。映画の後はどこかでご馳走になっていたのではないか。政春と二人で楽しかったという記憶はないが、映画と食事に惹《ひ》かれて誘われれば従いていった。私も十六歳になり、少女のはにかみの裏で、計算も、男心への気配りも、無意識にできる年齢になっていた。

政春は大人の範疇《はんちゅう》にはいる人間として、私が心の中で中学生などとは違う「男性」として相対していたのは確かである。しかし私はあくまでも単に大人の男性と一緒に映画を観るという感覚しか持っていなかった。そのうち政春が特殊な好意を私に示すようになり、少女の敏感がそれを捕らえた。気味悪さと好奇心が同居する。好奇心は女の意地悪に加えて、相手の好意だけは持続させておきたいという優越の本能を芽生えさせた。私は政春との会話に彼の気に入るような返事をし、なるべく愛らしく見えるように振る舞ったのではないか。冬のある日、私は政春から一通の手紙を受け取った。

手紙は長いもので、一緒に観た映画の批評のあと、私と一緒にいる時間がとても楽しいと延々と続き、最後にこれからは妹と思って親しく付き合いたいとあった。妹……とは書いてあっても、これは私が初めてもらった恋文であることは瞭然《りょうぜん》であった。曖昧《あいまい》であったときには許していた女の優越も、手紙という一つの形をとって相手から意思表示されると、それは一瞬にして身震いするような生理的な嫌悪に変わった。私は気味悪いものに触れるように指の先で手紙をつまみ上げ、手をかざしていた目の前の火鉢の火にくべた。白い紙が赤い炎となってめらめらと燃え上がり、茶色から黒く変色する。やがて焦げた匂いと共に灰に化すのを息をひそめて見詰めていた。

しかし私はこのあとも母と川上の関係に少女なりの義理を立て、政春から誘われれば従いていくようにしていた。手紙をもらった後は気味の悪さが九分であったが、それでも一分好奇心が残っていたあたりが若い娘というものか。


そのころ私は恋愛とは全く別なことに、引きずられるようにして身を入れていた。大和の古寺を訪れ竜田《たつた》川の辺りを散策して古《いにし》えの昔に想いを馳《は》せるという、今考えても自分らしくない風流である。このような雅《みや》びな仕儀になったのは、中村先生という美しい教師とのあいだに交流が生じたからであった。前にも書いたように、私は級友達から疎外されているという意識を共有する別な二人と、三人で一応グループのように行動を共にしていた。そこに中村教師が何かのきっかけで、教師という垣を越えて仲間入りしてきたのである。

師は化学の専任であったが、年は二十六、七歳、紫色を好み、紫の冷めたあでやかさが醸し出す雰囲気で、津の旧家出身の教養と、富と、併せて美貌をも誇示していた。背景が他の同輩と質を異にしていたのであろうか。中村教師も群れから外れた一人であったのかも知れない。

中村教師の提案と先達《せんだつ》で始まった大和路参りであったが、真実をいえば、私はなかなか西洋志向から抜け出すことは出来なかったし、また私の育った周囲に古寺巡歴や仏像観賞に心を寄せるような奥床しい教養人はいない。従ってその時まで古えの雅びなど私には無縁なものであり、無縁に過ごしたものに一瞬にして魅惑されるほどの感性を、私は持ってはいなかった。私はただ中村教師に付いて歩く時間の、日常から離れて典雅に流れるのに惹かれて大和路巡りに参加し、古寺を訪れ仏像の顔を眺めた。しかし風流も度重なればいささかは身につくのか、あるいは美に打たれたいと足掻《あが》いた末の幻覚か、古寺も仏像も少しずつ私に寄り添ってきてくれるような気がした。

法隆寺では焼失する前の金堂の壁画を、古ぼけた丸太の柵越しに手を延ばせば触れられる距離で見た。百済《くだら》観音の裳裾《もすそ》の流れ、玉虫厨子《ずし》の巧緻《こうち》は今も瞼に鮮明である。それらの宝物は少し高い台の上に無造作に安置されていて、私たちは廻りを囲んだ木柵に沿って、固く踏みかためられた凸凹の土を踏んで拝観した。中宮寺の薄暗い畳の部屋で、半跏《はんか》の思惟《しい》像《ぞう》と呼ばれるように片脚を組み片脚を下ろした形で優しく微笑んだ弥勒《みろく》菩薩《ぼさつ》とは幾度対面したであろう。先達の師の紫と、大和路はよく似合った。

このころから、母は私を連れて異父兄の田村一郎宅に出かけることが多くなった。一郎はすでに息子文男の生母を離別し、死んだ正子を生んだ美保江を正式の妻としていた。文男は一郎が引き取ったが影の薄い子で、格別いじけてもいなかったが、与えられた部屋で一人ぼっちでいつまでも遊ぶという風であった。一家は前の阪急沿線の御影から阪神沿線の魚崎に移り住んでおり、この家も会社から与えられた社宅ではなかったろうか。かなり大きな二階屋で、海に近い静かな住宅地の一角にあり、庭の植木の手入れも良く、結構な体裁の家であった。その時点でどこに勤めていたのかは知らなかったが、それなりの役職に就いていたらしく、朝の十時に会社の車が迎えにくる。玄関脇《わき》の三畳一杯に、盆暮れの贈答品が雑然と積まれていた。

　母は一郎が前妻と美保江とのあいだに決着をつけた事で、出かけて行くのが気安になったようである。私は開放的な一郎にたちまち馴染《なじ》んで行くのだが、つきつめれば一郎の持つ無頼と、私の持つ無頼の芽は相通じるものがあり、遠くなってしまった父の律儀より、一郎の野放図の方が心地良かった。

　一郎はこのあたりから母の過去を私の前で口にするようになったが、それは私が一定の年齢に達したという配慮の許で、私を正面に見据えて沈鬱な面もちで真実を話して聞かす、という態《てい》とはおよそ懸け離れていた。まるで世俗の噂話をするように、折り折りに面白おかしく私に伝えられる。あるところは強調し、あるところは歪曲《わいきょく》し、あるところは自己流に解釈し、あるところは創作して、私の興を添えた。話はあっちへ飛び、こっちへ飛び、また私が当然承知しているものとして未知の事情が語られることもあり、そのたびに私は急いで大人の顔になり、含み笑いで応対した。それは日常会話の中にふいと現れ、いつの間にか別な話題に移行するという形をとるので、全貌を知るまでに何年もかかっている。そして今でも随所に不明な点を残したままだ。

　私は母の過去を本能的に知りたくなかったので、故意に知ることを子供心に避けてきた。しかしそれほど顔を背けていた母の過去も、一郎に戯画化されて伝えられたことで、私は救われたと思う。一郎は自分勝手に思い付くままを言葉にしているのであって、私へのいたわりを決して意図していた訳ではないが、私は一郎と一緒になって笑ったり、呆《あき》れたりしたことで、本来ならば深く刻まれたであろう傷痕を残してはいない。他人の噂話を聞くように、母の悲しみも、苦しみも、私と一体化することはなく、私は救われた。

話は突然、こんな風にして始まった。

一郎は母のことをばぁさんと呼んでいたが、それも「ぁ」を極端に縮めるので、ばさん、と聞こえた。

「ばさんの父親はな、鳥取の市長やったんや」

この話は大分前に母の弟の豊《ゆたか》叔父の家で聞いて知っていた。しかしその時叔父は「姉さんの父親は市長やってん」と限定したもの言いをしていたので、母の父親だけが市長で、あとの弟妹の父親は違っていたのではないだろうか。

「市庁の庭に銅像が建っとるんやで」

この話も聞いていた。祖父に当たる人が銅像になるような偉人であったことは誠に誇らしい。母方の身内で唯一胸を張って語れる人である。だが、

「ばさんの母親は芸者でな、この市長に囲われとったんや」

という辺りから、話はすべて裏街道になる。

そういえば以前「神田のおたねはん」に連れられて鳥取を訪ねたとき、支庁舎にその銅像があると聞いていた私は大いに期待していたが、母はそこへ行こうとはしなかった。本妻の子ではないという母の礼儀であろうか。

芸者だったという祖母のたけは、私が七歳で鶴見から神戸に転居したとき、まだ存命で豊

背中に過去を覗かせるものは何もなかった。

叔父の家にいた。もう老衰に近く、いつ行ってもこたつに向かって背を丸めていたが、その

　二、三年経って祖母は死んだが、葬式の日の豊叔父の家の前の原っぱに、その日は何かの縁日ででもあったのだろうか、明るい太陽のもとに屋台がずらりと並んでいた。しん粉を捏《こ》ねたもので兎や鶏や花などを拵《こしら》えるしん粉細工、箸に巻きつけながら掬《すく》い上げる透明な琥珀《こはく》色の朝鮮飴、薄桃色のふわふわとした綿菓子、毒々しい色をしたミカン水やイチゴ水、目に入るすべてに子供心をそそられた。そしてその陽《ひ》のさんさんとした場面から道を隔てたすぐうしろで葬式人夫たちが祖母の遺体を焼き場まで持って行く準備をしていた。当時は寝棺ではなく樽《たる》棺とでも呼ぶべきものが一般に使われていたのであろうか、大きな樽の中に祖母の足の骨や手の骨をポキポキと折って押し込んでいた無残が忘れられない。祖母の樽は人夫たちに担がれて山の中腹にあった焼き場に運ばれ、隠坊《おんぼう》の手で火が付けられた。樽の周りを囲んでいた薪《たきぎ》がちろちろと燃え上がり、赤い炎が祖母を包む。哀れであった。

　一郎はそんな昔の私の感傷に気付く筈もなく、

「おまえの母親も芸者やったんやで」

とこともなげにいった。私はぼんやりとそれを承知していたような気がする。どこかで誰かに聞かされていたのかも知れない。かといってそれはあまりにも現実の母と懸け離れていたので、私は小説の登場人物の一人程度にしか「母と芸者」を結び付けることはできなかった。

一郎は続けて、

「ばさんは神戸の置屋からお雛妓《しゃく》でお披露目したんやけど、出たとたんに俺のおやじが目ぇつけて、そのころよう来とった伊藤博文と水揚げの競争してな、俺のおやじが勝ちよってん」

と得意気にいった。

「あははは……」

私はまた始まったと笑い出す。

「あほ、何がおかしい。俺のおやじは色男やったからな」

私は水揚げの意味も判らぬまま笑い転げたが、以後、伊藤博文の名を聞くたびに、若干の感慨は禁じ得ないでいる。

一郎の父親は名を田村金作という。父親の話となるといつも自慢気の一郎は続けた。

「おやじはそのころ神戸のイリス商会ちゅうドイツの貿易会社の大番頭をしとってな、羽振りがよかってん」

従って芸者の旦那《だんな》になることが出来たということか。大番頭といえば総支配人という格で、当時は財力も権力も、したたかなものであったようである。群馬の山林持ちの出であるが、横浜で生糸商を営み、成功してイリス商会より大番頭にと招聘《しょうへい》されたということであった。

「俺はおやじが五十五歳のときの子でな、生まれて百日目から田村家へ引き取られたんや」

その田村家で一郎は金作の妻のやまに育てられた。実子を生めなかったやまは一郎を可愛がり、六年後に金作が死亡したあとも一郎の悪戯《いたずら》や度外れな言動に胸を痛めながら、一郎が三十歳になるころまで生存している。慶応義塾大学に入学していたころは、学費や多額の小遣いは無論のこと、絣《かすり》の着物や羽織に下着類、日用品のこまごまとしたものまで送っていたということである。

「そやから俺はあの人を、いまでもほんまの母親やおもてる」

といって、一郎は欄間《らんま》に掲げられた先代の妻のやまの写真を見上げた。そこには私が神戸に来た当初大人たちの花札の場から遠去けられて、寝られないまま眺めていたあの写真があった。一郎はそのやまへの心情を生涯貫き、私の母を「母」と呼んだことはない。呼びかけは常に「あんた」であり、それは田村家における母の位置を象徴していた。

二年ほどあとに生まれた妹のたかは、どういう経緯《いきさつ》か四歳ごろになるまで母の手許で育てられている。そのあと田村家に引き取られたので、先代の死を見越しての交渉という推理も成り立つが、真相は判らぬままだ。

一郎とたかは幼年時代を共有しなかったのが原因か、あるいは寡婦になったやまの愛情が一郎に偏ったためか、あまり仲の良い兄妹ではなかった。後年、私が五十代のころ、ふと何故に田村家に比べればそれほど裕福でもなさそうな名和家にたかが嫁入りしたのかと疑問を感じ、当時家長の一郎の権限で行われたであろうたかの結婚に、より良い選択があったのではないかと訊いたことがある。

一郎は苦々しげに、

「俺、あいつ嫌いやねん。ひねくれとっていやらしやっちゃ。そやから縁談はなんやら他にもあったけど、名和がどないしてもおたかを欲しいうてきたさかい、丁度ええわとおもてやってしもたんや」

私はこの一郎の独断で、不幸に追い込まれたたかの哀れを思い起こした。先ずは一郎の命令で嫁にやられたのが、当時は多少は金があったとしても極く普通の月給取りで、その上大酒呑みの名和という人物である。次にその夫に死に別れ、そのあと母の言に依れば「甲斐性無し」だという夫の弟の寿治《としはる》と自分の意志で再婚した。実際新しい夫はそれまで決まった仕事も持たず、死んだ実兄に頼って気ままに暮らしていたようで、一緒になったはいいがたちまち金に困り、結婚後はしばらくは一郎が面倒をみていたようである。一郎の秘書のような仕事をしていたのではないか。私はそのころのたかに会ったことはないが、その新しい夫が一郎の何百枚もある年賀状の代筆をしていたのを覚えている。

やがて前述の通り、夫は一郎の世話で下関にあった漁業会社に勤めることになり、一家は下関の社宅に移る。神戸に生まれ、神戸で育ったたかにとって、本州の果ての港町は余りにも遠かったのではないか。望郷の念も強かったであろう。それでも神戸にいたころに恵まれた一人の男の子を囲んで一応は平和な日が続いたかにみえた。

ところがたかにとって災難としか言い様のないことが起きる。夫が仕事先の朝鮮で女を買い、梅毒を伝染《うつ》されたのである。

梅毒はそのころ世界中に蔓延《まんえん》していた伝染病の一つで、菌に接するとやがて脳や目や脊髄《せきずい》が冒されることが多い。その菌を持った母親から生まれた子供は先天性梅毒児といって、すでにさまざまな障害を持って誕生することになる。恐ろしい病気であった。

たかはその梅毒を夫より伝染され、抵抗力が夫より劣っていたのか、やがて菌によって盲目に近い目になってしまった。たかがどのように嘆きを夫に訴えたのか、また夫がどのようにしてたかを慰めたのか、私は知らない。当時の慣習としては「よくあること」くらいの感覚で捉《とら》えられていたのではないか。しかし私はたかのために怒りたい。

たかはもともとは贅沢《ぜいたく》に育てられ、嬌慢ではあったが人の目に立つ美しい女性であった。たかにこのような人生は不似合である。もう少し幸せな人生であって欲しかったとつくづく思うのは、年の離れた異父妹の私の感傷であろうか。

一郎とたかは田村家に引き取られたあとも生みの母とは何らかの交流があったようで、一郎は母の芸者時代の話をよく知っていた。

「ばさんの源氏名は翠扇《すいせん》ちゅうてな、新聞の流行欄みたいなところに今日は翠扇がどないな着物着てたとか、こないな帯を締めとったとか、指輪の石は何やったとか、しょっちゅう記事になるねん。いまの女優みたいなもんや」

いくら言われても、私はそのような母の姿を想像することはできなかった。

私は母が芸者であったために、そのときは判らなかったが私自身も芸者にされかかったらしい一つの思い出を持っている。母は父と別れたあとの自分の身を託すために、私に何か職業を持つことを望んでいたようである。しかし私は単なる女学生で、自立に必要な特殊技能は何一つ身に付けてはいなかった。そこで母の狭い世間知から考え得る事は、唯一自分が経験した芸妓《げいぎ》にすることであったのであろう。

あれは私が女学校の三年生くらいの時であったろうか。母が私を神戸の松島という家へ連れて行ったことがある。名前は母の知己たちの間でときどき出ていたので知っていたが、その家へ行くのは初めてであった。同じ神戸に住んでいる今井よねも同行したと思えるが、記憶は確かではない。広い立派な造作の家で、特に玄関が大きく、美しく磨かれていた。

母たちは女主人の居間に籠もり、何やら話をしていたが、やがて女主人が、

「節ちゃん、ちょっとあっちゃの部屋へ行きまひょ。綺麗なねえちゃんたちがおつくりしてはるさかい、あんたもよう見ておみ」

といって十畳はたっぷりある別な部屋に私を連れていった。そこには大きな姿見の鏡台が置かれ、他に化粧用の鏡台が四、五台並んでいた。日本髪に結ったおねえさんが三人ほど襟元に白い布《き》れをかけ、真っ白に塗った顔に紅筆で目尻や口許に朱を入れていた。出来上がったところで姿見の前に立つと、男衆が手捌きも鮮やかに長襦袢を着せ、美しい着物の裾を引き、力一杯に豪華な帯を背中で締め、帯上げ、帯締めと手順がよい。

おねえさんは裾模様の着物をお引きずりのまま廊下を小走りに走り、母たちが話し込んでいる女主人の居間の障子を作法通り開けると、

「ほな、おかぁはん、いてさんじます」

と三つ指をついて挨拶をした。

女主人は立ち上がり、玄関まで送って出ると火打ち石で清めの切り火を切ってやる。おねえさんは式台で褄《つま》を器用にからげ、敷石に揃えられた履き物をはき玄関の敷居をまたぐ。うしろから箱屋があとを追った。

もとの座敷へもどる途中で、女主人は、

「どや綺麗やったやろ。節ちゃんもあないなええべべ着て、ねえちゃんみたいになりたいと思えへんか」

と訊いたが、私は曖昧に笑っただけであった。

母は父に厳しく叱責されたに違いない。このあと二度と松島のおかみの名を、口にしたことはなかった。


一郎の妻の美保江はとりたてて美人とは言えぬまでも気のいい女で、一郎の意のままに従った。自我がないともいえるが明るい従順が一郎に安息を与えたとみえ、この結婚は比較的長く続くことになる。母も居心地がいいとみえて、土曜日から日曜日にかけて私を連れて泊まりがけで出かけることもときどきあった。

あれは卒業も間近に迫った一月か二月の寒い冬の夜であった。一郎の家の座敷にはそのころの彼の地位を誇示するかのように大きな電気蓄音機が置かれ、当時の流行歌であった「ダイナ」、「ラ・クンパルシータ」、「モンテカルロの夜」等のレコードが沢山あった。他にフォックストロット、タンゴ、ワルツ等のダンス曲も用意されていて、一郎はその一枚を選び、美保江を呼んで踊り始めた。甘い調べのなか、大島の着流しに兵児帯《へこおび》姿の一郎は蕩児《とうじ》らしく軽妙にステップを踏む。興味深そうに見ている私に気がつくと、

「どや、いまから花隈《はなくま》のダンスホールへ行かへんか。セツコも連れてったれや」

と思い付いたように言った。

「いこいこ」と手を叩いて喜んだ美保江は私に自分の洋服を着せ、三人で花隈に出かけた。広いダンスホールは薄暗い照明の中で、色とりどりの長いドレスが揺れていた。一郎は顔見知りの美しいダンサーの一人を呼びとめ、

「これ俺の妹や。初めてやさかいあんばい教えたってんか」

と私をあてがい、踊りの群れの中に美保江と入っていった。

柔らかい手が私の手を握り、曲に合わせて拍子を取りながら、足の動きを教えてくれる。血が逆流し頭の中が空洞化した。私は機械人形のようにぎこちなく足を動かすのだがどうしても合わせられない。何度かの硬直のあとで、困《こう》じ果てた美しいダンサーは、

「またあとでお相手しますよって」

と気の毒そうにいって、渦の中に消えてしまった。

極度の緊張が緩むと、私は壁に並んだ椅子の一つに腰を掛け、安堵《あんど》の息を大きく吐いた。ダンス曲は甘く、優しく、ホールには日本を離れた気取った雰囲気が漂っていた。

一人の青年が私の前に現れ、

「踊っていただけませんか」

と遠慮勝ちにいった。

私の血は再び逆流する。

「踊れません」

と小さくいって首を振った。

家に帰ると、一郎と美保江は上機嫌で、

「お前みたいなヘナチョコに声かける奴《やつ》がおったとはなぁ」

「わりかしええ男やったしぃ」

「セツコには、ばさんの血が入っとるさかい、男には気ぃ付けなあかんで。そのうち自分から色目使うようになりよるやろ」

といって意味ありげに笑った。


私はこの「ばさんの血」について、一郎からいろいろと聞かされていた。それは私がこの世に生を享《う》ける羽目になった父と母との発端の場に常につながっている。その父が登場人物の一人として姿を現す以前の母自身の物語を、先ずは一郎や、またその他の人物の言葉を借りながら、知り得た範囲で順を追ってここに記したいと思う。

明治九年に当時の鳥取の市長と芸者たけとのあいだに私生児として生まれた母は、十歳を迎えるころまでは鳥取で育ったようである。子供のころ美しいと見た大山《だいせん》を常に懐かしみ、お山が……という話を何度も聞かされたのは、母の幼年期がそう不幸なものではなかったからだと私は思いたい。そのあと何歳のときかはっきりとは判らないが、神戸の元町で「花菱《はなびし》」という芸者置屋を営んでいる高橋峯二郎《みねじろう》・ふさ夫婦の許へ、養女という形で芸妓になるべく引き取られた。峯二郎が鳥取の出身であるところから、祖母たけとなんらかの縁があったのかも知れない。ふさの方は姫路出身だと聞いた。母は高橋家で芸妓一般の芸事を仕込まれ、適当な時期に披露目をし、イリス商会の大番頭であった田村金作を旦那に持って、一郎とたかを生んだことは前述した。金作と関係のあった期間は五、六年ほどであったらしいが、この間も「花菱」で芸者を続けていたものと見える。

このあと母はもともとの養家であった高橋と新しい縁を結ぶことになるのだが、その前に高橋家の概略を説明しておかねばなるまい。

元町の「花菱」は芸者置屋だけでなく高級な待合いを兼ねていて、大変に繁盛していたようである。それにはふさの力の方が大であったということで、ふさは金銭感覚に優れた、頭の良い、行動力のある女性であったのに違いない。強欲な女という表現で世間には知られていたが、世間の評判などを気にするようなふさではない。元町に政客や実業家の遊興する超一流の店を持ち、誰もが羨む金というものがおもしろいほど貯まり、順風満帆の人生を送っていたこの夫婦に、一つの大きな不幸があった。

それが峯二郎とふさの間に生まれた、良治《よしじ》というたった一人の息子であった。良治は幼時に不運にも脳膜炎を患い、生命は取り止めたものの脳の機能が冒された精神薄弱者になってしまった。脳の発育は不全でも、肉体は発育を続ける。いつか良治は本能だけに生きる大人に成人していた。

田村金作と別れたあと、母は、なんとこの良治と結婚をさせられたのである。どう憶測しても、ふさの都合のみによって決定されたとしか考えられない。ふさは息子良治の肉欲の捌《は》け口に、妻という特定の女を与えた方が得策だと判じていたであろうし、母の陽性と共にある気丈さや、客あしらいの良さに見られる営業上の利益、活力と善性による芸妓たちへの統率力等を計算して、自分の後継者として選んだのではないか。母に拒否権などが与えられていた筈はなかった。

だが私はこの母の気の毒な結婚に関して、五十代になったころ一郎から別な話を聞いている。それに依《よ》れば、田村金作の妻やまの差し金もあったらしいということになる。

「何しろおふさちゅう女は業突《ごうつ》くばばぁでな、亭主を引っ張り込んでそらえげつないことばかりやっとったんや。それで俺が生まれたとき、実子のないおやじが俺を田村家へ欲しがるに違いないと見越して、先ずは俺を自分たちの実子として高橋の籍へ入れよってん。そのあと田村の籍へ入れるとき養子料をふんだくる了見やったんや。そやから俺が百日目に引き取られたときは、親父は大枚の金を高橋に払うたらしい。おたかもおんなじように一旦《いったん》は高橋の実子にされとったんやけど、おたかを田村へ入籍させて引き取るときに、うちのおかはんが復讐《ふくしゅう》しよってな、親父とばさんを別れさせたうえで、ばさんを頭のおかしい良治の嫁にするという条件を出したんや」

私は妻のやまの憎悪と怨念《おんねん》に慄然《りつぜん》とした。多額の金を強要された高橋夫婦への恨みは納得できる。だがそのような金の恨みと、金作とのあいだに子を成した母への嫉妬の恨みは別である。それを故意に一緒にして、母に精薄の夫を持たせるように仕向けるとは、同じ女性としてあまりにも酷《むご》いではないか。母が哀れではないか。ふさへの復讐どころか、ふさと共謀して母を虐《いじ》めたことになるだけではないか。しかし一郎はこれを淡々と話し、どちらかといえばやまの側についているともとれる口調に、私はその時代の持つ残酷さに肌が粟立《あわだ》つ思いであった。

良治と結婚させられた母は高橋家に入籍したものの、夫とは何の通い合うものもないまま長男の良忠《よしただ》を出産した。妓籍はそのまま残してあったものと思われる。

峯二郎とふさが経営していた「花菱」は、政客や実業家たちが談合の場としても多く利用していたので、そこに伊藤博文の名が出ても不思議ではない。やがて後に東京市長となった後藤新平が登場し、高橋家の命運を握ることになる。

後藤新平はまず彼が台湾で民政長官として活躍していたとき、ふさの辣腕《らつわん》を買って台北《たいほく》に神戸の元町の「花菱」と同じく「一力」という政治的意味合いの強い置屋と待合いを開かせた。この時期、峯二郎とふさは神戸と台北を往来して新しい店の経営に腐心し、母は残ってふさの看視下ではあっても一応は元町の店の若い女将《おかみ》の座を、与えられていたのではないか。しかし夫の良治はすることもないまま峯二郎やふさに連れられて、ときどき台北へ出かけたようである。そしてこのことが母に新しい不幸をもたらす。良治が台北で接客婦に接し、当時の風潮に準じるように簡単に梅毒に感染したのである。

母は自分が良治から梅毒を感染させられたことを、どの時点で知ったのであろう。恵まれた健やかさのためにいささかは抱いたであろう懸念も打ち消して、次男の幸一が梅毒菌に冒された先天性梅毒児で脊髄に損傷を持つ歩行障害者として生まれたと知ったときに、初めて愕然《がくぜん》としたのではあるまいか。母は直ちに茶断ちの願を掛け、有馬温泉の一室を借りて治療に専念し、気丈な人らしくついに梅毒を克服した。当時水銀療法という治療法があったようであるが、母のように完治させた人は珍しい。しかし、克服後は夫良治との交渉を、一切拒否することになる。

一方、後藤新平は台湾での長い民政長官時代を経て、初代満鉄の総裁に迎えられ、大連へ移った。彼はその時点でも峯二郎、ふさの手腕を必要とし、台北の店を閉めさせて今度は夫婦を大連へ呼び寄せた。一郎の話に依れば、そこで新平は政治資金を捻出《ねんしゅつ》するために夫婦に五千坪の土地を与え、運営を委《まか》せたということである。峯二郎とふさは与えられた土地に新平の庇護《ひご》の許で貸しビルと貸し家を何軒か建て、家賃の上がりを政治献金として新平の期待に応えた。のちにふさは縁者を支配人として大連に送り、夫婦は拠点を住み慣れた神戸に戻している。送られた支配人は差配のかたわら骨董屋を開き、これもかなり繁盛していたということであった。

母が高橋家で生んだ良忠と幸一兄弟の成長期には、峯二郎、ふさ、母の三人が神戸と大連を必要に応じて往復していたと思われる。その時期の大連の思い出話は、のちに母から何度も聞かされた。「花菱」は元町にあったが本宅は中山手にあり、兄弟は本宅で育てられたということである。

私は何年か前に神戸の今井よねと母とに連れられて、中山手にあった立派な屋敷に行ったことを思いだしたが、あれが高橋家の本宅ではなかったか。今思うに姑《しゅうとめ》であったふさの留守を狙い忍んで入ってみたのであろう。ふさの帰宅の気配に足袋裸足《たびはだし》で飛び出したその時のよねと母の狼狽《ろうばい》振りは今も目にある。

その本宅に当時女中や周りの手はあったとしても、母は面倒みの良い母親であったと私には想像できる。しかし夜になれば母は若女将でもあり、芸妓でもあったので、結局はふさの意のままに動かされる操り人形に過ぎなかったようである。

この間の母の生き様を、私は後年、上の方の息子の良忠の話から察する事ができた。

母が八十一歳で最期の床に就いたとき、良忠は東京の世田谷にある私の家へ神戸から見舞いに来て、臨終の直前までの十日間ほどを一緒に過ごしてくれた。当時私は仕事を持っていたので、昼間は家政婦と良忠が看護するという形になったが、夜は丁度夫がニューヨークに半年ほど赴任中だったので、異父兄妹同士で初めて心置きなく話し合うことが出来た。それは母にとっても最後の喜びであったに違いない。

良忠は元来無口で、もう一方の異父兄の一郎とは似ても似つかぬが、そのぶん真情に溢れたものいいをする。彼は母のことを、おかはん、を短くして、おかん、と呼んだ。

「おかんはな、昼間わしを相手にして好き勝手な我が儘をいいよるねん。あれが食べたいとか、こないして欲しいとか……ああいうのを天衣無縫ちゅうんやろな。わしが一緒に暮らしてたころに、あんなおかんを一遍も見たことないわ」

そして優しい目を私に向ける。

「わしはおかんを引き取って一緒に暮らすのが一生の夢やった。戦争のおかげであかんようになってしもたけど、おかんは節ちゃんと一緒にいるのがほんまは一番嬉しかったんやろな。幸せそうなええ顔してる……おおきに」

礼を言われるほど大事にもしていなかった私は狼狽《うろた》える。

「おかんはほんまに綺麗な人やった。わしは貴婦人ちゅうのはああいう人のことをいうのやとおもてるわ」

遠い昔の話と判っていても、私の中で母が貴婦人になることは決してない。母という存在は、母自身が生きてきた年代の背景によって、子の視点がかくも異なるものであろうか。私は良忠を羨望した。

「わしはおかんのあとを追うて元町の店にもよう行ったけど、おかんは夜になると着飾って、それこそ貴婦人になって大事な客の部屋へ行きよるねん。そんでなんぼ待っても出てきぇへんかった」

良忠はぽつりと淋しそうに回顧した。

私はそのとき良忠の回顧の内容を察することはできなかったが、後年、良忠の妻から聞いた話に依ると、母は梅毒を完治させたあと夫の良治との交渉を拒否し続けたため、母親であるふさが激怒し、母を無理やりに客の夜伽《よとぎ》に供していたということであった。

梅毒でいま一つ思い出すことは、私が女学校一年生のとき、良忠に連れられて阪大病院へ血液検査に行ったことである。あれは当時の私の鬱状態に手古摺《てこず》った母が、自分の梅毒菌がまだ残っていて私の脳を冒したのではないかと心配して検《しら》べさせたのだと、成人したあとに思い到った。

良忠と幸一の頭脳を遺伝学的に分析すると、父親である良治は病気の後遺症で精神薄弱者になったものの、本来はふさの血をうけて頭が良かったと私は勝手に思っている。

母親である私の母の頭脳に関しては、何の遺伝学的根拠も残されていない芸者の祖母はさておき、鳥取の市長であった祖父方の頭脳の半分程は譲り受けていたと信じたい。そして良忠と幸一はどちらの血を引いたのかは判然としないながら、人並以上の頭脳の持ち主であったようである。

兄弟は順調な教育を受けて育ち、その頃良忠は大阪商科大学を目指し神戸一中に通学していた。同じ頃弟の幸一は家から比較的近かったせいであろう、ミッション系関西学院の中等部に通学している。しかし幸一は足が不自由であったため、兄良忠のように大学を目指すことはせず、中学校止まりと本人も家族も決めていた。ところがやがて幸一の頭脳明晰を担任の教師が認めるところとなり、大学進学を高橋家に薦めた。その時点で幸一の家庭教師として選ばれたのが、私の父であった。これが私の出生とつながることになる。

父は当時幸一と同じ関西学院の推定五年生で、十六、七歳ではなかったかと考えられる。優秀な成績だったので、学院側から推薦されたのであろう。父が最初中学校に入学するために広島の両親の許を離れたとき、県立の学校を選ばず私立の関西学院に入学したのは、小松家が熱心なキリスト教徒で、祖父は軍隊を退役したあと教会の牧師をしていたと聞けば頷《うなず》ける。そして何年か後に幸一の家庭教師になったのだが、その間、誰の家で世話になっていたのか、学費はどういう形で賄われていたのか、一切は不明である。いずれにしても何らかの仕事は必要不可欠な状態であったに違いなく、高橋家の家庭教師の職の上に、さらに同家での食と住が保証されたとあって、父にとっては申し分のない条件であったであろう。

しかし私が思うに、父が高橋家で食と住を与えられたのは、家庭教師というよりは書生の役割の方が大きかったためではないか。足の不自由な幸一の面倒を何かとみてもらいたいという高橋側の思惑があり、幸一の勉強を見てもらうと同時に介助を頼もうということで、大学進学の勉強への時期としては少し早めの父の出現となったのであろう。事実幸一は人力車で通学していたが、校門から教室までは父が背負っていったと聞いている。父は背が高く、運動で鍛えた強靱《きょうじん》な体をしていて、介助役には向いていた。屋敷の中で一室を与えられていた父は、自分が育った家庭とは全く異なった環境のなかで、外からは想像も及ばない高橋家の内部の人間関係を知るようになり、まだ四十代に入ったばかりの艶色《えんしょく》を残した母が精神薄弱者の夫を持ち、姑のふさにいじめ抜かれているのに、青年らしい同情をつのらせていったのではなかろうか。

そんなときに、一郎が「ばさんの血」と呼ぶ一つの事件が起きた。

一郎の言葉を借りると、

「ある晩、ばさんが一人で寝とった部屋にな、若い男の強盗が入りよってん。ばさんは気の強い女やさかい、逆に賊に説教して飯《め》し食わせて帰したんや。そやけど一人になったら急に怖わなってな、小松の寝とった部屋へ行って一部始終を話しとるうちに興奮して、まだ十代の子供やった小松を誘惑してしもたんや」

事件のあと、どういう形をとって父と母が一緒に暮らし始めたのか、私は知らない。一郎に依れば、

「小松はあほやで、ばさんとそのあとどないなってても黙っとったらだあれも判らへんかったやろに、自分で責任とるや言い出して……おのれの若い将来も何も放り出してなあ。律儀も度を過ぎたらドあほちゅうねん」

ということになるが、どうであろうか。

母の死後に一枚の紙片を見つけたことがある。

葬式も終わり、母の遺品の整理をしていると母が日常に使っていた古い桑の針箱の引き出しの奥に、折り畳まれた小さな紙片が大事そうにしまわれていた。開けてみると父の字で、「かわいいたま、かわいいたま、ぼくがどんなにまいにちたまのことをおもっているか……云々」という恋文である。何十年も大切に秘めていた母も愛らしいが、母が読めるようにと仮名書きにした若い日の父も愛らしい。しかし子としては何とも気恥ずかしいものであった。

父の度を過ぎた律儀もあったろうが、私がお腹にいた訳でもないのに二人で所帯を持つに至ったのは、やはり父と母とは離れ難い思いを交わし合っていたのではないか。

高橋家から母を自由に解き放つためには「神田のおたねはん」が介入し、今思えば金に物を言わせたのであろう、母の夫の良治に新しい妻を見つけてきたということである。話が纏《まと》まったところで、母はやがて宝石のような小さなものだけを持ち、身一つで、父と共に、あるいは父の許へと、飛び出したものと思われる。私が生まれたのは父が二十一歳のときであるから、ある程度の月日をかけて、事は運ばれたのであろう。そして私は父と母の年齢の差が実際には二十四歳もあったという事実を改めて知ることになった。

これが一郎のいう「ばさんの血」である。

その上一郎はこの話にはどういう訳かいつも「ばさんが誘惑した」という言葉を使うのだが、子供の私としてはなんともやるせない語感であった。

母に去られたあとの良忠と幸一の悲嘆は、みるも無惨であったと聞いている。父親の良治は生物学上の父ではあっても、父としての尊厳を求めることは不可能であった。従って母には全幅の信頼と愛情と、さらに哀切な同情を寄せていたに違いない。鬱々として、虚脱した日々を長く続けたあと、良忠は進学していた大阪商科大学を中退し、幸一も関西学院を卒業することなく終わっている。峯二郎とふさが投げたであろう母への罵倒に心を痛ませ、紅燈《こうとう》の巷《ちまた》と呼ばれる生家の職業を嫌悪し続け、多感な青年二人の荒寥《こうりょう》とした傷つきを、私は眼《め》の前に彷彿《ほうふつ》と見る思いがする。しかし母はこの二人の悲しみを切り捨てて、初めて一個の物体でしかなかった存在から、血の通った人間へと復活を遂げたのである。母は自分に生をもたらせてくれた父を絶対者とし、それは生涯変わることはなかった。私は母が父のことを悪《あ》しざまに言ったのを、ついに一度も聞いたことはない。

良治の新しい妻はその後二人の子供を産んだそうだが、すでに良治に梅毒を移されていて二人とも先天性梅毒児として生まれ、少し脳が弱かったという。そのさらに次の世代で初めて梅毒とも精神薄弱とも無縁の子供たちが育ったということであった。

私は後年、たった一度だけだが、母が鹿鳴館《ろくめいかん》風のローブデコルテをまとい、夜会巻きの髪に宝石の髪飾りをつけ、白長手袋に扇子という姿で立っている写真を偶然目にしたことがある。芸者だった母が夜会服のモデルもしていたという話はすでにそのときはどこかで聞いたことがあった。だが聞いたことがあったというのと実際にそのような写真を見るのとでは大きな違いである。私は驚愕した。そこには私の前には存在したことがなく、想像するのも不可能であった母の姿があった。鹿鳴館の華やかな夜会の場にこの母を置いてみても、他の貴婦人たちと比べて遜色《そんしょく》はないように思えた。

母が捨て兼ねて持っていたこの唯一の写真は、母が私の目を憚《はばか》って後日東京の知人宅に預けたとかで、深川の戦火で知人もろとも焼失してしまった。

やがて私は女学校生活の最後の正月を迎えた。

そのころから結婚準備期に入ったとみなされたらしく、母が百貨店の棚下ろしから反物を買ってきて、私のために着物と羽織をこしらえてくれた。着物は茶色地に色とりどりの松の模様、羽織は鮮やかな紫に千羽鶴であった。正月を意識しての取り合わせではなかったか。それを着てグループの一人の家で百人一首をして遊んだと記憶している。燻《くす》んだ紫に白く木蓮《もくれん》の浮き立つ晴れ着姿の中村先生も招かれていた。

卒業を目前に控えた昭和十三年の一月に、父は慌てたように私を父の養女として小松の籍に入れた。私の結婚にいささかでも有利になると判断したのであろうか。しかし私は大きに迷惑であった。「ツクチン」が「小松さん」に変わったとしても、誰もそんな名では呼んでくれない。それなのに卒業名簿には小松節子となり、いまだに混迷を続けている。

卒業するまでの数ヵ月の間、相変わらずの田村、川上家への訪問を繰り返し、いやいやながら政春と映画を見、凍りつく冬の大和路を散策し、等、等、と日が経って、私は三月の末に無事ウイルミナを卒業した。成績は全学級の中で五番目位まで上がっていたと思うが定かではない。素直に嬉しかったのは在学中ずっと属していたグリークラブの独唱に、卒業式の際に選ばれたことであろうか。卒業しても未来につながるものは何もなかったが、人生の目的の一つは果たしたと言う安堵だけがあった。
私は十七歳を迎えていた。

十　夜行列車

昭和十三年の三月末、私は女学校を卒業した。

卒業式が終わったと思ったら一ヵ月も経たぬ間に、母は私を連れて慌ただしく引越しをした。

引越し先は、娘義太夫語りの静江の住む河内町にあり、川上家の裏側あたりに位置する露地の長屋の一軒であった。二階屋ではあったが、下は玄関の三和土《たたき》に続く二畳、それと茶の間に当たる三畳に台所、上は六畳一間に物干し台が屋根を掩《おお》って突き出ているという典型的な裏長屋の造作で、狭い露地を挟んで同じ造りの家が、びったりと軒を連ね、合わせて十二、三軒はあったと記憶している。

女学校を卒業するまでは私を身近に置いて監督するとした父の公約は私が卒業した時点で果たされた訳だが、これほど素早く引越しが行われたのは、父、母、幸子の三人が、三者三様に極限の状態であったのではなかろうか。しかし私にとっては父が更に遠くなるという思いだけが残り、引越しの意義もよく判らぬまま、母の付属物として移転を余儀なくされたということであった。

新しい住居は今まで住んでいた家よりも市の中心地に近い分だけ古びて汚れていた。うらぶれていた。そこでは私が漠然と怖れていたように、母の行動、思考の範囲内ですべての物事が運ばれる。結婚、という未来への展望だけは与えられていたものの、十七歳の頭に浮かぶ知恵は何もない。ただ漫然と日を送り、そのうちに現れてくるであろう夫なる人を受け身の姿勢で待つ、ということであったろうか。それすらも確たる想念ではなく、浮き草が水に浮かんでいるように、ただ揺れていた日々であった。

母は私が卒業する前からすべて川上家の指示を仰いでいたようで、この長屋も彼等に探してもらったと思われる。川上家の近間に住むのが母のかねての願いであったらしく、引越した後は二、三分の距離に縮まった川上の家へ行くのを、楽しみとしていた。いったいこの川上家と母とはどう繋がっていたのであろう。私自身三日にあげず出入りするようになりながら、最後まで知ることはなかった。母に聞けば教えてくれたであろうが、聞きたいと思った覚えもない。

母がねぇさんと呼んでいるおえはんは、相変わらず頭を小刻みに揺らしながら季節に拘《かかわ》らず長火鉢を挟んで静江と相対し、隠居とはいえ、家長の風格を崩してはいなかった。静江も芸人の律義さで、実質はどうであれ養母のおえはんを上座に据え、決してそれを越える振舞いはしない。ここでの母の格は私の目には彼らより一段と落ちて見えたが、あるいは私が父方で「可哀想な子」とされることに甘んじていたように、母も「可哀想なおたまちゃん」でいたほうが何かと川上家からの恩恵にあずかれると、計算していたのかも知れない。

必然として私への方向付けは、おえはんと静江の意向の儘《まま》になる。ある日、私は突然裁縫のおっしょさんのところへ連れて行かれることになった。裁縫には何の興味もなかったが、長老たちから嫁入りに必要、という切り札を出されれば致しかたない。

裁縫の師匠は、丸顔に大きな二重瞼の親しみ易い美人で、年は三十五、六歳であったろうか。ここには常時十二、三人の弟子がいて、新入りは晒《さら》しの肌襦袢から縫わされた。肌襦袢といえども丁寧に衿にしつけをして、四、五枚は縫ったと記憶している。おっしょさんはさる医者の二号ということで、夕方の四時になると最年長の姉弟子が、

「今日はこれでお仕舞にしまほ。夜はせんせがおみえになるさかい、針の数勘定してな、きちんと片付けてお帰りや」

といってきぱきと裁縫台を片隅に寄せた。

長屋の住人たちは、これまた初めて間近に見る類《たぐい》の人たちであった。真向かいは小料理屋の板前風で、ちょっといなせな男前の夫に、それらしい風情の妻という取り合わせであった。その隣は明らかに妾《めかけ》と呼ばれる女で、自堕落が染み込んだ日常が住民の顰蹙《ひんしゅく》を買った上、旦那がくると聞こえよがしの大声を上げて罵り合う。その声にどこか艶《つや》めいた名残りがあり、顰蹙は更に色を増した。私の家の側の一番端は梅毒によるらしい鼻欠け老人で、空気が抜けたような声で「ねえちゃん」などと私に話しかけ、不遠慮な目で私の品定めをした。老人から二軒置いた隣の夫婦には若い大工の息子が居て、私の姿をみると硬直した表情で、つと目を伏せる。軽く黙礼を交わすこともあるが、そういうときの彼の地下足袋は浮き立っていると私には見えた。子供のいる家も何軒かあったと思うが、興味の対象から外れていたせいか、これという記憶はない。あるいは裏長屋といえども子供の躾《しつけ》はある程度されていて、騒がし

さに血が上ることはなかったのかも知れない。

長屋の奥の突き当たりに板塀があり、その前に共同水道があった。母は盥《たらい》をそこに持ちだして、洗濯しながら近所のおかみさんたちと井戸端会議に花を咲かせた。

越して来たのが四月の半ばとあって、そのあとの一時期、母は冬物の整理に追われていた。まずは着物や布団を解き、木綿は無論のこと、水に漬けても縮まない絹は手で洗う。銘仙等には伸子《しんし》針を張り、他人様の軒先を借りてでも長い反物状にしたものを干してその上に糊《のり》を塗る。赤い裏地や裾廻《すそまわ》しは糊に浸してから貼り板に貼って玄関の横に立てかけた。この時期にはどの家にも伸子張りと貼り板に色が氾濫《はんらん》する。

夏になると縁台が露地の中央に出され、団扇《うちわ》片手の下世話な話や、将棋の応酬などに片肌脱ぎの浴衣やステテコ一枚の賑わいがあった。私も好奇心で仲間入りすることもあったが、私がくると彼らは当惑顔で少し言葉遣いを改めた。

母は母でもともと料理が好きという質《たち》ではなかったが、この長屋に越してきてからは一段と億劫《おっくう》がり、一帯が町中で便利なせいもあって出来合いのものを買ってくることが多かった。そして台所仕事や掃除は早々に済ませ、時間があると必ず川上家に出かけて行った。それは日参といってよく、私は母が一日中家の中に閉じ込もっていた日を思い出すことはできない。

おえはん、静江、母の三人は、夏といえども長火鉢を挟んで倦《あ》くことなく話に興じるのだが、話題はすぐに観劇に飛び、また実際に私を連れて四人で道頓堀《どうとんぼり》の角座、中座へ芝居見物に頻繁に出かけた。関西歌舞伎と呼ばれるものが東京の歌舞伎とは別にあったようで、有名だった初代鴈治郎《がんじろう》はもう亡くなっていたが中村一族が多く、他に我當《がとう》、仁左衛門《にざえもん》、梅玉、などという名があったような気がする。芝居に出かけるときの母は高揚を見せ、昔の面影を仄《ほの》めかした。

寄席に連れて行かれることも多く、後年ヒロポン中毒で亡くなった初代ワカナがさまざまな地方の訛《なまり》を鮮やかに遣い分けて観客を魅了し、エンタツ・アチャコが大いに人気を博していたころであった。落語あり、講談あり、曲芸ありで、私は西洋志向をそっちのけにして、この時期寄席を堪能している。おえはんは首を振り振り両手の人差し指だけを合わせて拍手し、

「なんでんねん、それは……」

と漫才師に笑いの種を提供したりした。

気を紛らすためにはどこかへ出かけることとしか思い付かぬ母は、私を連れて田村一郎宅へも更にしげしげ足を運ぶようになった。行けばもう拘束されるものの無くなった母と私は、二、三日は泊まることになる。そんなときには裁縫が休みになっても母は気にしなかった。賑やかなことの好きな一郎は、陽気で勝ち気な私が気に入っていて、いつ行っても笑顔で受け入れてくれた。

のちに知ったのだが、当時の一郎の勤務先は大手の油脂会社だということであった。この会社には四十代を過ぎてから招聘《しょうへい》されたようだが、その前は何をしていたのであろうか。そもそも人生の出発点は医学書専門の書店の経営に始まったそうで、書店は現存し、初代社長として今も額に収まっているということである。ついでに述べれば、戦後、油脂会社を退

いたあとは製紙会社に迎えられたり、別な書店を経営したり、その他、何をどうしたかは相変わらず判然としないが、イリス商会の大番頭であった父親の商才は受け継いで、終生、大《おお》風《ふう》に暮らしていた。

母と二人で泊まり込むようになってから一郎の日常は突然私に身近なものになった。朝十時に会社の車が迎えに来て、鷹揚《おうよう》に出かけて行くことに変わりはないとして、帰りの車にはときどき部下が三人ほど同乗してきた。連絡を受けていた美保江が得意の料理を並べるのを待って食事が始まり、終わると麻雀《マージャン》の卓が開かれた。柄にもなく酒の飲めぬ一郎に代わって部下がビールを何本も空け、一郎の煙草に合わせて客も煙を吹き上げる。人数の足りないときは美保江も卓につき、無邪気にはしゃいで嬌声《きょうせい》をあげるが、一郎はそれも気に入っていた。

私は七歳で一郎に最初に会ったとき以来、「おじさん」としか一郎を呼んだことはなく、それは終生変らなかったが、そのころになると一郎は少し間《ま》の悪そうな声で「これ俺の妹や」と私を客たちに紹介するようになった。双方に照れがあり、母も収まりの悪い顔をしていた。

私は丁度大人と子供の狭間の年齢でもあり、またゲームのやり方を知らなかったので、麻雀の卓につくことはなかったが、どこに潜んでいても茶の間の賑わいが伝わってくる。好奇心と羨《うらや》ましさに血が騒いだ。「おじさん、うちにも麻雀おしえてぇな」というと一郎は我が意を得たり、という顔で丁寧に説明してくれたが、本を読むときのようには頭の中で纏《まと》まらない。勘の悪さに呆《あき》れた一郎から「お前には花札の方がええんとちゃうか」といわれ、今度はハチハチとよぶ花札を教わった。こちらの方はすんなりと頭に入り、一郎宅に居る限り、一郎、美保江、母、を相手に「ハチハチやろう」とせがみ続けることになる。一郎は「くせの悪いおなごや」といいながらも、私が一郎の側面に馴染《なじ》むのを喜び、終始笑顔でつき合ってくれた。母は十年前に原田の一郎宅で花札にみせた情熱は消滅したとみえ、居眠っては札をぽろりと取り落とす。私は母の老いにいらいらしながらも、勝負はあのときのように他人とやってこそ興が生じるのかも知れないと、母の居眠りを観察していた。

一郎は、自分の血に呼応するところのある私が女として生育していくのを楽しんでいたようで、

「美保江、こないだ小大丸で買うた黄色い矢絣《やがすり》の着物があるやろ。あれセツコにやりいな。お前にはまた買うてやるよって」

といって、私の着飾った姿も眺めたい思いがあるようであった。美保江は少し鼻白むが、さして厭《いや》な顔もせず取り出して私に着せ、自分も目を細める。黄色い矢絣りにくす玉をあしらった高価な着物は、そのあと長いあいだ私の一張羅になった。

一郎の命令で、美保江から三味線を習わせられたこともある。一曲も上がらぬうちに放り出し、私は己の不器用を思い知らされたが、三味線と母は同一線上にあるという拒否感もあり、決してうまくなりたいものではなかった。

生まれついての蕩児《とうじ》である一郎は、異父妹の私といえども男としての興味から外すことは出来なかったようで、ある日、風呂場から声がかかった。

「セツコお前も入れ」

あまりのことに私は身を竦《すく》ませる。

「俺がお前の女っぷりを値踏みしてやる。入ってこんかい」

美保江は興がって、

「温泉の露天風呂に入ったと思たらええやん」

と一郎の側につく。

銭湯の女風呂で裸を晒すのには馴れていた。それに父には十二歳まで一緒に男風呂に連れて行かれていた。ならば一郎という異性の目に裸身を評価してもらうのも悪くはない、と目《め》醒《ざ》め始めた性への興味が私の無頼をそそのかし、思い切って風呂場へ入った。

一郎はにやりと私の裸を男の目で一瞥《いちべつ》すると、あとは父親の目になって私を湯船に沈めたり、丁寧に洗ってくれたりした。私は漆黒の剛毛という父の血を受け継いで、女にしては濃い産毛が手足を掩っていた。背後を洗おうとした一郎は、背中に密生していたらしい産毛をみて頓興な声を出し、

「何じゃお前は……熊の子みたいなやっちゃな」

と呆れ、以後「クマコ」という呼び名が加わることになる。

風呂から上がると、

「俺は骸骨《がいこつ》と一緒に入った気分やで」

といいながらも上機嫌であった。

この一郎が、

「前々からいうてるように、セッコを俺の養女にして籍へ入れたらええやないか。そしたら縁談も少しはあるやろし……」

と母にしばしばいうようになった。母は私の結婚相手を自分の力で探す能力のないことを承知していて、周囲のだれかれに頼んでいたのであろう。とりわけ一郎には以前から相談していたようで、一郎はそれに応《こた》えて養女説を出したのではないか。母は父が父の面目にかけても反対するのではないかと懸念してこの案に躊躇《ちゅうちょ》していたと思われるが、しかしここで私がどうしても養女になりたいと言い出せば、それは可能であったかも知れない。父に取って私は既に重い荷物になりつつあったようである。

だが私は逡巡《しゅんじゅん》した。

養女とは言っても、それは一緒に住むということではなく単に戸籍の上だけのことであろう。それでいて結婚の原点はこの家から出発することになる。それは結婚の相手が田村家に沿った人間になるということを意味するのではないか。

一郎の側にいるのは、多くの快楽を意味した。この家だけをとってみても、河内町の露地の裏長屋とは雲泥の差である。その上日常には居心地のいい贅沢《ぜいたく》が満ち満ちていた。更に麻雀、花札《いい》、ダンスホールもある。懶惰《らんだ》もある。私の血はそれらの快楽に惹《ひ》かれ、私はその血の中に易々と溺れていく自分を想像しないではいられない。しかし易々と溺れていく自分を想像しないではいられないからこそ、溺れて行くことに対する恐怖と、もっと奥底深くには嫌悪があった。

結局、この話は有耶無耶《うやむや》になったようである。父の耳に入ったかどうかも、私は知らない。母は母なりの躊躇を通したのではないか。

養女の話が消えたことで私は安堵《あんど》し、一郎に更に密着して行った。一郎は実妹のたかには見せたことの無い愛情を私に示し、私の我が儘にも優しく目を細めていた。

後年、一郎はこう述懐している。

「俺は自分と血がつながってるさかい可愛いなんぞということはないなぁ。可愛いやつは可愛いし、憎たらしいやつは憎たらしい……血ぃなんて関係あらへん」

事実、彼は妹のたかの他に、自分の一人息子の文男にも、愛らしい愛を示したことはなかった。奔放に生きた人間の、血に拘束されることへの本能的な拒否であったのだろうか。

河内町の裏長屋での日常は、相変わらずであった。父は月に一度だけ、生活費を届けに昼間にやってくる。それはいかにも幸子への遠慮を示しているようで、私は不快であった。しかし幸子のいないところで会う父は気まずさがやや解けて、少しは昔の父のような気がした。父も同じ思いであったらしく、当時、高価であったツァイス・イコンタというカメラを買ってきて、私にあれこれポーズをつけて写真を撮ったりした。「この写真機はいずれ節ちゃんに上げるよ」などと言っていたが、あれは父なりの愛情を、言葉で示したつもりであったのかも知れない。しかし、カメラはついに私の手に渡ることはなかった。

母と川上家との交流も相変わらずであったが、そのころから静江の甥で、いつか私に恋文をくれた理髪師の政春と私を結婚させようという話が、三者の間で交わされていたようである。母は折々にその件を口にし、そんな話を耳にしたくもない私の意向を探りたいようすであった。母がこの縁談に乗り気なのは、政春が静江の甥である義理を別としても、彼が母も一緒に引き取ると宣言したに違いないと察していた。母はそのころから自分の老いの行く末に危惧《きぐ》を抱き、頼りにすべき私が女の子であることに危惧を倍増させていた。道は唯《ただ》一つ、母ともどもに養ってくれる私の結婚相手を見付けることでしかなかった。

父と母が別れたとき、当時のこととて慰謝料などというものを、父が母に渡したとは思えない。父は私が結婚するまでは母と私を扶養し、嫁入り道具一式揃えて私を結婚させた後は、母の老後を私に託す、としていた筈である。私は自分の肩にどさりと掛けられたものの重さを、そのころから意識し始めていた。

母はおえはんと静江相手の世間話の中で、別に意図した訳ではないが、

「あこの乾物屋の若い嫁はんなぁ、ようでけた嫁はんやで。朝の早いうちから赤子背たら負うて、店のまえ掃いたり打ち水したり、客あしらいはええし、働きもんやし……ええ嫁はん貰い当てたわな」

などと噂する。

私は決して母のいう「ようでけた嫁はん」などになりたくはないのだ。私の夢みる結婚とは、まずは庭には花が咲いて、犬がいて、できればピアノがある家という、横浜の伯母の家を遠慮して小さくしたような家で、勿論応接間には本棚があり、美しい装丁の本が並んでいる。次に夫となるべき人は東京弁を話す上品な人で、私の知らない話を私に教えてくれる。そこでは私は美しく優しい妻で……という風に続くが、それがいかに他愛《たあい》のないものであっ

たとしても、十七歳の稚拙は許して欲しい。東京弁に拘《こだわ》るのは白馬の騎士と東京弁は一体化していて、私の中に断固としてあったからである。

母の尺度からは大きく外れている私の結婚への憧れに、母が気付くことはあるまいという思いが、私を暗澹《あんたん》とさせる。母にとっては好都合であろう政春との結婚話は、私にとっては身震いのするほど嫌悪の情が走る話であった。私ははっきりと「否」を表明したが、深追いされなかったのは父も難色を示したに違いない。しかし、能動的に自分の思惑内で問題提起をする母に対し、父はいつでも可否を述べるだけの受動の立場に終始し、自らが行動して私の結婚相手を探そうとすることはなかった。

このような日常の中で、唯一別の世界に触れることが出来たのは、在学中に大和路巡りをした中村教師との交流が続いていたおかげである。グループのほかの二人は卒業とともに地方に行き、いまは教師と私だけの交友になっていた。師は私が河内町に転居したころから茶道を習うようにと薦め、裏千家の自分の師匠の許に私を入門させた。だが、先輩の中村教師の美しい立ち居振る舞いに圧倒されるだけで、西洋志向の私にはやはり隙間風のある稽古事であった。しかし師と共に居るときだけが唯一私に残された知的なものへの憧れに繋がるという思いがあり、茶道が華道であったとしても、私はそのそぐわなさに耐えたであろう。

袱紗《ふくさ》捌《さば》きも何とか覚え、極く初期の手順だけが頭に入った頃、京都のさる寺で家元のお点前があった。中村教師に連れられて出かけたのだが、そのころから少しずつ揃えられ始めた着物を着て、美々しい会に連なるのは十七歳には晴れがましい。壇上にしつらえられた茶室でのお点前は、家元の真白な足袋が見事な足の捌きを見せ、私はいまでもあの白い足袋が畳の上を流麗に歩むのを目の奥に甦《よみがえ》らせることが出来る。

この中村教師とはお茶の稽古で逢う他に、古寺訪歴も続いていた。学生時代と同じく法隆寺から中宮寺という順路が主であったが、ときには京都を訪れたり、奈良に行ったり、宇治の近辺を散策したりした。帰途は心斎橋を少し逸《そ》れたところにある「蛇の目寿司《ずし》」で、江戸風の握りをご馳走になるというのが決まりで、江戸っ子のおやじの威勢のいい言葉を聞くのも楽しみであった。

中宮寺に行く回数が一番多かったのは、暗い畳の部屋で静かにもの想われる弥勒菩薩《みろくぼさつ》の半跏像《はんかぞう》を師がこよなく賞《め》でたからで、師は倦くことなく眺めては忘我の境に浸るという風であった。私も付き合い半分ながら、いつしか像の美を認識した気になり、一人前に観賞の喜びを知ったつもりでいた。

一度カメラを持って同道し、尼僧の一人に写真を撮らせていただきたいと願い出たところ、尼僧は、

「ほな、ちょっとやつしてまいります」

と奥へ消え、法衣を変えて現われられたのも、いまは懐かしい思い出である。

この中宮寺に、尼寺には珍しい男性の案内人がいた。弥勒菩薩の他に仏像があったかどうかは確かではないが、聖徳太子が母君のために建立された由緒ある寺とかで、来歴を案内する人物も必要であったのであろうか。彼は年のころ三十二、三歳とみえ、仏門の出とは思え

ぬまでも、寺社に関わるものの持つ風格を備えていた。黒い着物に真白な衿を覗かせ、黒い袴《はかま》に黒い足袋という黒一色の姿であっても、それは絹の柔とは異なり、木綿の持つあくまでも剛の気品があった。私はそこに日本の武士の面影をみる。彫りの深い顔にやや暗い瞳が澄み、整った唇からは古寺に相応《ふさわ》しい難解な言葉が流れた。案内をするといってもそのころ中宮寺を拝観する人の数は少なく、観賞するのはほとんどが文化人と呼ばれるような人たちであったからであろう。

初夏のある日、私と師は中宮寺を訪れた。そのころはもう案内人とは親しくなっていて、彼はもの静かながら、特別の情を示して私たちを迎えた。像の安置された部屋の隣にある暗い小さい部屋で、師と彼は互いの目を見詰めながら私には判らない床しい響きの会話を交わす。やがて彼は用意してあった黒い袱紗を開き、色紙と封書を取り出して師に渡し、私には白檀《びゃくだん》の扇子を与えた。一瞬に、私は師と案内人が、互いに惹かれ合っていることを直感した。そして、その瞬間に、私にも彼に対する激しい慕情が襲ったのである。他人の恋を見て、己の恋を呼び醒《さ》ます。こんなことがあっていいのであろうか。しかし、それは突然に私の中に起きた紛れもない真実であった。

帰宅後にしみじみ眺めた扇子には、見事な筆跡で歌が書いてあった。何と書いてあったか、いまは何も思い出せない。それどころか、読めたかどうかも確かではない。白檀は床しい匂いを馥郁《ふくいく》と私に伝えてくれるが、その中に彼の心は何もない。それを承知で、私は案内人に身を焼いた。恋とはかほどなまでに甘美なものであろうか。私は一日中もの思いに沈んでいて、虚《うつ》ろな目をしていた。想うだけで、やるせなく胸が疼《うず》いた。食事も殆ど摂らなかったのではないか。母はさすがに気が付いて言った。

「どないしたん。中村先生となんぞあったんか」

「何にもあらへん」

「そやけど、あんたお茶のお稽古にもいかへんやないか」

母は執拗《しつよう》であった。

私はあのときどうして母に告白する気になったのであろう。どんなに疎んじていても、娘にとって母は心の底では絶対者であったに違いない。思わず心を開いてしまった私の話を聞いた母は、

「どないもならへんがな、そないなこと。はよ諦《あきら》めなはれ」

といっただけであった。

どうにもならないことは最初から承知している。師に対しても何の嫉妬も湧《わ》かなかった。だが恋に埋没して夢遊でいることも、あの歳《とし》の特権である。

告白した日のうちであったかも知れない。私はもの思いに疲れて川上家に行った。女三人は常に変わらず長火鉢を囲んで興じていたが、私が座るか座らないうちに、おえはんは私の顔をにやりと眺め、

「あんた、中宮寺の男はんに惚れたんやて？」

といって静江や母と共に私に揶揄《やゆ》の瞳を向けた。

私はこのときほど母を憎んだことはない。

私は子供のときから上昇志向が強く、可能な限り、上品に振る舞おうと心してきた。読書

が好きであったためかとりわけ言葉には気を付け、いささかでも耳に快い表現を探して意を伝えることを心掛けていた。それは日常の母のむきつけの無惨な言葉に対する、私の抗議であったかもしれない。

おえはんの表現した、惚れる……という言葉は、私にとっては嫌悪の走る大人の垢《あか》にまみれた卑俗の言葉でしかない。美しかるべき青春がいま開かれようとしている自我の強い私にとって、透明なガラス玉の中に慈しんでいた甘く芳《かぐ》わしいものが、一瞬にして打ち砕かれた衝撃であった。私の初恋はガラス玉と共に粉々に飛び散って、世俗の泥濘《でいねい》の中に穢《けが》された姿を横たえていた。そして彼女たちは永久にこの言葉の犯罪を知ることはないであろう。

母と生活を共にすることは、金輪際、厭だ。

それは私の強い決心に変わっていった。かといって私にとれる何があろう。結局は、ますます母を疎み、心を固く閉ざしながらも、肉親の馴れ合いの甘さに決心を包み込み、浮き草の流れるまま、裁縫、お茶、芝居、寄席、田村通い、に日を費やしていた。

暑い夏も終わりに近づいた頃であった。

一郎の住む魚崎の浜辺は美しかったが、貧弱な水着姿を晒す勇気はない。私は扇風機の廻る田村家で、自堕落な数日を過ごしていた。

珍しく早く帰宅した一郎が、

「俺、東京へ転勤することになってん。九月には発たんならん」

といった。

美保江は「ひやぁ、ほんま！」と喚声をあげ、私も思わずそれに和した。しかし母だけは不安を表に出して、

「えらい急なこっちゃな」

と呟《つぶや》いた。

河内町の露地裏に帰宅して、私はやっとことの重大さに気付き始めた。一郎が東京に行ってしまう。私と母は残されるのだ。型外れではあっても、一郎には私を抱擁してくれる大人の力強い存在があった。それはもう遠くなってしまった父に代わる安らぎであるだけではなく、いまの私の廻りで唯一母の世界を越えた大人の存在であった。

一郎が東京に行ってしまって、母と、母の周辺の中に閉じ込められてしまえば、どんなに抵抗してみても、結局無力の私はこの大阪の市井の隅で、小さな小さな人生を強いられることになるだろう。凍り付くような絶望が私を襲った。涙などで慰められるような絶望ではなかった。そして壁は盤石《ばんじゃく》の重みを持って私の前にあった。何とかして逃げ出したい。いや、絶対に逃げ出すのだ。私は恐怖の中で、この自分に何が可能か運命を賭《か》けて問うた。

そこに一條《いちじょう》の光明が射した。

東京という言葉は横浜を連想させる。

次の瞬間、凍り付く絶望がふっと緩んだ感覚があった。何故思い付かなかったのであろうか。あの横浜の伯母の家へ行こう。あの懐かしい高台にある思い出の残る家へ。私の憧れのすべてがあるあの家で、私の未来を新しく踏み出そう。

続いて母の不安そうな顔が浮かんだが、私は奇妙に落ち着いていた。あたかも急に大人に

なったかのように頭が冷静に働くのが自分でも不思議であった。

母は……あの哀れな母は……申し訳ないけれどしばらく一郎に預かってもらおう。東京・横浜間は近いのだから、母はいつでも私に会える。

父は、私の身柄を姉である伯母に託すことに異議を唱えることはあるまい。それは父にとっても最も望ましい方策ではないか。一郎に母を引き受けてもらうのは父にとって屈辱でもあろうが、誇りよりも実をとれば、安堵の方が大きい筈であった。


日曜日に田村家へ行った。

一郎は引越し如きものには我関せず、という顔で、縁側の籐椅子《とういす》で煙草をふかしていた。軒から付きだした竹の棚には日覆《ひおい》の糸瓜《へちま》が下がり、大きな葉が重なり合って涼を造る。私は庭履きを履いて庭に下り、垂れた糸瓜を撫《な》でて息を整えると、きっと振り返って一郎と向き合った。

「おじさん」

「何やねん」

一郎は私の気迫に押されて、たじろいだ声を出した。

「うちな、横浜の伯母さんとこへ行きたいねん。あの長屋に母さんと二人でいても、ちいともええことあらへん。おじさんが東京へ行ってしもたら、うちどないしてええか判らへん……横浜へ行ったらなんぞええことあるかも知れんと思うねん……そやけど母さんを置いて行かれへんやろ……おじさん、お願いやさかい、しばらく母さんの面倒みてくれへんか。うちが何とかなったら、必ず母さんを引き取るよって……それまでお願いや……」

私は吶々《とつとつ》と、しかし真剣であった。

一郎は口を挟むでもなく私の顔を見詰めていたが、ふっとこのヘナチョコがという目で笑い、

「よっしゃ、判った。俺がばさんを引き取ったる。お前は横浜へ行ったらええ」

と言った。

私は硬直していた体がそこへ崩れ落ちるような気がし、がくりと一揺れしたあと、両手で顔を被《おお》って泣いた。

このあとは、大人たちの間で簡単に話は決まったようである。父は早速伯母に手紙を書き、私を行儀見習いの形で置いて欲しいと頼んだのではないか。母は先行きの判らぬ私と共に漫然と日を送るよりも、筋違いという遠慮を除けば堅固な安定を保っている一郎にひとまずは引き取られることを、内心ではほっとしていたようである。私と離れることに其れ程の愁嘆は見せなかった。

九月の中頃、一郎夫婦は大勢の社員に見送られて、晴れがましく東京へ赴任して行った。

私と母は突然の運命の転機にあたふたとして、宙を舞っていたのではないか。そこだけが真空になったように、何も思い出すことはできない。ただ一つ残るのは、母の弟の豊叔父の妻であるつる叔母が親しい呉服商の手引きで、卸業者仲間の反物の競りに連れて行ってくれたことである。母は横浜の伯母に対し、最後の見栄《みえ》を張りたかったのであろう。かといって

高価な品の買える筈もなく、藍大島《あいおおしま》のまがいものや、紬《つむぎ》の数種に限られたが、いまもそれは手許にあって、あの宙を舞っていた時を思い起こさせる。

母と二人の出発は、十月の十七日であったと、そこだけは記憶が鮮明にある。夜行列車と決めたのは、どんな意味合いがあったのであろう。見送りに、誰が来てくれたのであろうか。父の姿もあったと思えるのに、のっぺら坊の顔さえ思い浮かばない。

悲しみは、汽車が動き出した瞬間に訪れた。汽車はみるみる速度を増し、大阪の灯が後方に流れて行った。

あれほど決別を望んだ大阪なのに、あれほど私の悲しみと関わった大阪なのに、私はそのとき、その後方に流れて行く大阪が、自分と切り放し難い愛着で結ばれていたのを知った。

母と子は無言のまま寝台車の上下に横たわり、帯を解きながらカーテンを閉める。やがて母の耐えかねた嗚咽《おえつ》が聞こえ、私は流れ出る涙をそのままに、声を殺していた。

十年前に母に連れられて来た東海道を、いま私は母を連れて戻り行く。

汽笛が闇を貫いて、鋭く鳴った。

第二部

一　のうぜんかずら

十月の朝の清澄な空気を震わせて、汽車は横浜駅に着いた。

昨夜、母と二人で大阪を発って以来の重苦しい惜別の感傷も、この明るい陽《ひ》の光の下では少しずつ色褪《いろあ》せて行くようにみえた。

出迎えてくれた伯母は降り立った私と並んでプラットフォームに立ちながら、異父兄の田村一郎宅に引き取られる為に東京駅まで汽車を乗り継ぐ母と、窓越しに挨拶を繰り返していた。

母の目から新しい涙が流れる。

伯母に連れられて行った東横線沿線の白楽の家は、二年前の夏休みに遊びに行った時と、少しも変わらなかった。

伯父も伯母も従兄の洋一郎も従弟の俊雄も、俊雄が少し成長したことを除けば何の変わりもなかった。この一家にはいつでも順調で、平和な幸福な日々が流れているようにみえる。そしてその中に突然私という異分子が入り込んでも、その平和に変わりはないという風にして私を受け入れてくれた。

私はそのように幸せな出発をした。

私は自分の幸せを何度も自分に確認した。

にも拘《かかわ》らず淋しさが隙間風《すきまかぜ》のように忍び込む一時期のあったことは、否めない。完全に父からも母からも切り離されてしまったという意識がふっと頭をよぎる。自ら望んだこととはいえ、そしてその時点で精神の自立を一応は自分に課したとはいえ、ひとりっ子で育った十七歳の持つ脆《もろ》さが時々胸を突き上げる。選択の余地のないところへ追い込まれてしまったという恐怖に狼狽《うろた》えることはしばしばあった。しかし、私はその脆さを伯母たちに気付かれることはなかったと思う。


前にも述べたように伯母の家の道路の反対側は、切り取ったように深くなっており、その急斜面の遥か底から向こう側の緩やかな丘陵地帯にかけて、広範囲に雑木林が拡がっていた。早朝には野鳥の囀《さえず》りが賑やかであったろうが、私はいつも暁《あかつき》の眠りのなかにいて、その愛らしい騒々しさを知ることはなかった。早起きの鳥が飛び立ったあとに、林は夜に溜めた冷気をじわじわと浮上させ、道を越え、雨戸を越えて、容赦なく私の寝床に忍び込む。眠りの中の冷気に揺り起こされるようにしてやっと目を覚ますと、決まって柱時計は七時を打った。

大急ぎで納戸に飛び込んで支度をする。前の夜に手順よく揃えてあるものを順番に身に付け、白い割烹着《かっぽうぎ》の紐《ひも》を結びながら殊勝気な顔をして台所に立つのだが、寝坊をした面目なさをもてあますのは毎朝のことであった。

伯父の朝の食事はリンゴと人参を摺ったジュースに始まり、次に伯母が自身で煎ったコーヒー豆を旧式な手挽機《てびき》で挽いて作るコーヒーが出る。伯父はそのころ横浜の三菱ドックでドックマスターをしており、もう海にでることはなかったが、長年海と関わった生活様式の習慣であろうか、朝食はトーストにハムやソーセージにサラダという洋風が多かった。

他の家族は日本食が主体であった。先ずは味噌汁と納豆、それに、干物、卵焼き、煮つけ、等の二、三品がつく。大阪の薄暗い台所の横の三畳間で母と食べた朝食は、冷やご飯の茶漬に佃煮と香のものくらいで、味噌汁、納豆という朝食に付きものとされているものすら食べた記憶はない。そのせいか、伯母宅の贅沢《ぜいたく》な朝食では美味に思えた味噌汁と納豆も、そのあといまにいたるも馴染《なじ》まないままでいる。

食事が済むと、そのころまだ四十代半ばで有り余る活力を漲《みなぎ》らせていた伯母の指揮の許に、女中のひさと共に家中の掃除が始まる。以前にはもう一人女中がいたように思うが、「行儀見習い」の姪が来るというので暇を出されたのではないか。「行儀見習い」の姪である私としては選《え》り好みすることは許されず、先ずは掃除から教わることになった。

そもそも私はそのときまで家事というものをしたことがなかった。本来ならば母が私を躾《しつ》けるべきであったが、母は私に躾らしい躾をしたことはない。理由の第一に、母自身人を躾けられるほどの大層な家事を知らなかったことがある。第二に、私が幼いころから病弱で、母は家事を教えるどころか私への看病に追われる日々の方が多かったことがある。女学校の高学年になったころから私はやっと少し健康になったが、そのあとはもう長いあいだの習慣で、母は私の乳母役に甘んじているのが居心地が良かったのであろう。母は父からの預かりもののようにして私の面倒をみることによって、自分の存在価値を自分自身に確認していたかったのかもしれない。

理由はどうであれ、そのときまで家事ということをしたことの無い私には、伯母の教えはすべてが新鮮で目を丸くすることの連続であった。

伯母の家の構造を簡単に記すと、東西に長く構築された平屋で、南の庭に面して奥の間の八畳が二つあり、次に茶の間の八畳が食事の場としてある。この三つの部屋は広い廊下で一直線につながっているのだが、そこを境いとして同じ庭に面しながら次は洋間になる。一つは応接間、その先はグランドピアノを二台並べた洋一郎の専用室である。二年前の夏休みに来たときには北側の四畳半が洋一郎の部屋であり、そこに絨毯《じゅうたん》を敷いてピアノが置かれていたが、洋一郎が生徒を教えるようになったのでもう一台グランドピアノを買い入れ、大きい方の洋間を洋一郎に明け渡したようである。この明るい南側から一転して北側に当たるところは切り立った土地に面していて、奥から納戸に始まり、元洋一郎の部屋を改造した掘り炬燵《ごたつ》のある四畳半、風呂場、裏玄関、台所、女中部屋、厠《かわや》とあって、東側の中央に立派な玄関があった。

私は手始めに南側に面した奥の八畳二間の掃除を伯母から受け持たされた。贅沢な建築材を使った座敷なので、はたきをかけて箒《ほうき》で掃くという一通りの掃除のあと、床の間、書院の地板、柱、廊下等、木面と名のつくもののすべてを、豆腐屋から特別配達させた豆乳で磨いた。そのあと紫檀《したん》のテーブル、浮き彫りをほどこした飾り棚等は丁寧に油拭きをする。私はこんなに働いたことはなかったが、体の方が勝手に動き出すという趣で、磨き上げた部屋を惚れぼれと眺めて悦に入っていた。

そのうち風呂をたてた翌日の洗濯も、「節ちゃん、やってごらんなさい」という伯母の一声で私の役目になった。風呂桶で一夜過ごした温《ぬる》んだ湯を盥《たらい》に入れて洗濯物を浸し、石鹸をつけて洗濯板でごしごしと擦《こす》る。足袋や靴下を擦ったあとは、指先の裏に血の滲《にじ》むことはしばしばあったが、それすらが新鮮であった。しかし同じ新鮮でも、伯父と洋一郎の下穿《したば》きと越中《えっちゅう》褌《ふんどし》が出てきたときには二本指で抓《つま》み上げ、暫《しばら》くは内面の躊躇《ちゅうちょ》と戦った。これらは白馬の騎士とは絶対につながらない。

そのうちに厠掃除も私の仕事となり、洗濯物で鈍磨された神経で、便器の朝顔にも鼻歌まじりで対面するようになった。厠から一転して憧れの洋間の掃除を頼まれることもある。ここは伯母の気配りでいつも綺麗になっているが、調度品の埃《ほこり》を軽く払ったあと、特殊な布に特殊な油を染み込ませて二台のグランドピアノの艶拭《つやぶ》きをしなくてはならない。これはいつも洋一郎が出がけに私に頼んで行くことなので、本人の洋一郎はいない。私は磨き上げたピアノの蓋《ふた》をそっと開け、大阪時代にオルガンで練習したソナチネやランゲの「花の歌」などを弾いてみる。昔、幼児のときに鶴見の高台にある伯母の家に預けられていたころの、憧れの少女像に成長した私がそこにいた。そんなとき紆余《うよ》曲折《きょくせつ》の末に辿《たど》り着いたこの家に、いま私がそこに存在しているという事実が、どれだけ私を幸福にしてくれたことであろうか。私は幸福であった。体の中から幸福が溢れでて、叫び出したいほど幸福であった。

伯父は厳然とこの家の家長であった。

高等商船学校で銀時計を贈られた名誉を守って生涯海の人であった。陸《おか》に上がっていたそのころでも、夜に嵐がくればすぐに出動する。体格は大きく頑健で、昔は赤銅色に灼《や》けていたであろう肌は、いまもその名残を止《とど》めていた。声も大きく張りがあり、いかにも船上で指揮していた人に相応《ふさわ》しい。心も海のように広かった。

伯父は生母に早く死に別れ継母《ままはは》に育てられたそうで、そのためだろうか、当時の人としては珍しく血の濃い親戚がいなかった。それに比べ伯母は五人の弟と三人の妹がいた。そして両親が賄《まかな》い切れなかった部分を引き受け、それぞれに対応した形ですべての弟妹の面倒をみていた。伯母の長姉としての責任感の強さに加えて、心は広く血縁には希薄であった伯父の寛容に甘えられる幸せがそこにはあったように思う。

私は伯母の姪であって、伯母の責任の範囲からいうなれば弟妹より格下であったが、その点が伯父には気楽であったのかも知れない。また二人の息子の中間に当たる年齢で、外見上実の娘であっても不思議ではないとする伯父の心象の条件を備えてもいた。伯父は遠慮なく私を可愛がった。

その伯父の日常といえば休日を楽しんでいる姿しか思い出せない。朝は新しく挽いたコーヒーの追加に始まり、葉巻を薫《くゆ》らせながら、縁側の籐椅子の上で庭木の成長を楽しむ。いかにもどっしりとした家長らしい風情であった。そのあと気が向けばイーゼルを立て、草花や景色を対象にのんびりと油絵を描いた。人物を描いたことはない。写真にも凝《こ》っていて、こちらの方は私を何かとモデルにしたのは、いままで若い女の子を気ままに撮す機会がなかったのであろう。

伯父の日曜日と父の日曜日を比べると、これはもう驚くほど違っていた。

父は日曜日といえども平日通りの時間に起き、私の寝ている所は避けて掃除が始まる。長身の体を敏捷《びんしょう》に動かして障子の桟にせわしくはたきをかけ、茶がらを撒いて箒で掃く。その間も癇症で襖《ふすま》、障子の開け閉《た》てはぴっちりとして一分の隙間も許されない。ものはすべて真っ直ぐか真横に整然と並び、机の上や茶簞笥の棚はいわずもがな、火鉢にも火箸《ひばし》にも定位置というものがあり、厠の紙ですらも乱れていれば直した。カナリヤの籠《かご》の掃除や金魚の水替え等も朝のうちの仕事であった。朝食がすむと私を連れてどこかへ行く。そして陽の残るうちに家に戻ると、今度は母に頼まれた棚を吊ったり、ちゃぼの小屋を修理したりの大工仕事に取りかかる。大工仕事のあとでも余勢があれば借家の小さな庭の草むしりをし、更に自分の靴を磨き、ついでに私の靴も磨き上げた。

男性とはこういう雑事を嬉々として引き受けるものだと当たり前に信じていた私は、泰然としている伯父にも父と同じ男性像をどこかで期待してしまったらしい。

ある日曜日に下駄の鼻緒を切らせた。私は庭伝いに籐椅子のある縁側に行き、

「伯父さん、私、鼻緒を切らせちゃったの。すげて頂戴《ちょうだい》」

と言って下駄を伯父の前に突き出した。驚いた伯母からはひどく叱られた。

伯母の方は私を単純に可愛いがったわけではなかった。情愛の前に立つのは責任感である。弟である父の不始末の結果の私が眼前に居るので、哀れさとやりきれなさに困惑したのではないか。しかし気丈な伯母はその困惑を内心に収め、私を伯母の家に何とか相応《ふさわ》しい娘に仕立てあげようと即座に決心したようであった。思えば私自身も幼いときに鶴見の高台にあ

る伯母の家に憧《あこが》れて以来、それに相応しい雰囲気を持つことを我が身に課してきたのである。母は徹底した反面教師であり、母という存在から出来る限り距離を置くことはいつのまにか私の執念となっていた。私を伯母側に引き寄せようと伯母が即座に決心したのは、その執念の賜《たまもの》ではなかったろうか。伯母と顔立ちがよく似ていたのも幸いであった。

言葉についても言語形成期の重要な部分を東京、横浜で過ごしたので、大阪弁から東京弁へ移行するのは簡単であった。

私は平常も着物を着てきちんと帯を締め、言葉遣い、立ち居振る舞いに気を配った。伯母のすすめでパーマをかけ、髪に造花をあしらったりもする。化粧も毎日して少し化けるが父系の遺伝で伯母と同様唇が厚く、目立つので紅は塗らない。そのうえ若さは放っておいても自然発酵するようで、いつの間にかそれなりに娘らしくなってきたようである。

客が玄関の呼びりんを押すと私が取次に出る。名前を訊いて伯母に告げ、再び伯母と現れると、

「私の姪でございます」

と伯母は私を紹介する。客は儀礼としても、

「まあ、おきれいなお嬢様で……」

と言わざるを得ない。

そのあとお茶や菓子、ころあいをみて果物を運ぶのは私の役目であった。

伯母の手料理が自慢の伯父は、夜によく会社の同僚や部下たちを連れてきた。

日常は夕方の四時になると割烹着を着て台所に立つ伯母だが、伯父の客のある日は三時か

ら下拵《したごしら》えに入った。選び抜いた材料を前に頭を忙しく働かせている伯母にとって、私は足《あし》手纏《でまと》いである。そこで伯母は私を食器係りに命じ、茶の間の押入を開けて上段一杯に詰められた桐箱や上質の紙箱の中からこれと思う箱をいくつか抜いて私の前に並べた。私はそれらの箱を前にして恭《うやうや》しく座り、箱の蓋を開け、薄い和紙に包まれた器を取り出して、乾いたふきんで拭いて大事そうに食卓に並べた。陶器あり、磁器あり、漆器あり、ガラス器ありで、父や母と暮らしていたときにこのような美しい器を見たことはなかった。私は魅せられたように一つ一つを丁寧に拭き上げた。

客が来ると、私は給仕人となって台所と茶の間を往復するのだが、伯父は伯母の手料理に若い娘の華やぎを添えて、上機嫌であった。

客が帰ると、伯母と女中の手で洗い上げてあら拭きされた器の類が続々と私の許に集まってくる。私はそれをまた丁寧に拭き直し、和紙に包み、箱に詰めて、元の押入に戻すという作業をする。中に蒔絵《まきえ》のフィンガーボールがあり、美しい花を数種あしらった模様と金粉のあでやかさがいまも目に残っている。食後の果物を食べた後に指を洗うフィンガーボールなど、作今、個人の家で目にすることはないが、失われた慣習は常に感傷を伴って私にある。それと共に、高価な食器を客のたびにわざわざ押入から出し入れし、大いなる手間ひまをかけた伯母の昔日が、微苦笑と共に懐かしく思い出される。

従兄の洋一郎は上野の東京音楽学校の普通科を卒業したあと、研究科に籍を置いていた。研究科なので毎日学校に行くということはない。家に居る日の午後になると、母親に手を引かれた幼い子から小学生程度の弟子が、一人、二人とピアノを習いにやってくる。暗くなる頃からは旧制中学校の男の子、女学校の女の子たちが私を睥睨《へいげい》するかのように現れ、私の遠く及ばぬ曲を平然と弾いていった。また洋一郎は、逗子《ずし》、鎌倉に住む令嬢たちの為に、出教授に行くこともある。私はこの伯母の家よりも更に大きなお屋敷の一室で、白い指を躍らせている麗人たちを想像し、憧れの上限は限りないものであることを知った。

その洋一郎もなすこともなく家にいてピアノを弾いたり、レコードを聴いたりして無聊《ぶりょう》をもて余していることもある。そんなとき友人から誘いの電話がかかると、

「いま退屈で困ってたんだ。すぐ行くよ」

と嬉しそうに返事をする。

洋一郎の眼中に私が存在していないことは承知していたが、それでも退屈で困っていたという言葉は私の娘心を傷つける。私はもう立派に男性の注意を喚起出来るほどに成長した若い女性なのだ、それに対して失礼ではないか、というくらいの気概はあった。しかし反面にこれでいいのだ、という妙な安堵《あんど》もある。洋一郎の実在していなかった大阪で洋一郎への憧憬を凝縮させていたので、彼が身辺にいるのは気詰まりなぐらいであった。洋一郎の前ではいつも怖《おび》え、顔を合わせるのも躊躇《ためら》われ、言葉さえも硬直してしまう。私は自分で作り上げた虚像と実像の狭間《はざま》で困惑していた。

洋一郎は音楽家らしく、色白で繊細に見えた。背が高く痩せているのも憧れの対象に相応しい。その上無口なのもなにがしかの得点となる。従って女性の崇拝者は多く、本人は勿論のこと伯父も伯母も当然のこととして認識していた。

伯母は私の洋一郎への硬直を知っていたわけではないが、ある日、思い立ったように、「洋ちゃん、出かけるときは、たまには節ちゃんを連れていっておやんなさいな」と要請をした。洋一郎は不本意な顔をあらわにしたが、盲点に居た娘に初めて気付いたように、そのあとダイアナ・ダービンの『オーケストラの少女』に私を連れて行ってくれた。そしてそれを皮切りに、そのころ上野の音楽学校で定期的に開かれていたピアノのリサイタルに伴ってくれるようになった。奏者は教授であったレオ・シロタ、レオニード・クロイツァー、井口基成《もとなり》の諸氏であったと記憶している。

私はこれらの音楽会に嬉々としてついて行くのだが、雰囲気を満喫するひまも音楽を鑑賞するひまもなく、演奏が始まると五分とたたぬうちに睡魔に襲われて、我慢するのが情けないほど辛かった。日中の家事労働の祟《たた》りであろうが、あれは拷問であったといまにして思う。しかし我慢の褒美のように終わったあと有楽町の喫茶店で、洋一郎の友人たちと一緒に話を聞くのは楽しかった。いっぱしの大人になったような顔をし、許される範囲で女らしさを強調して、私の青春は始まろうとしていた。

洋一郎の弟の俊雄はまだ小学生であったが、その悪童振りは私を驚嘆させた。女中のひさの尻を撫でるなどは日常茶飯事で、ときには私も標的にされる。蛇の脱皮した皮をひさの飯茶碗の上に乗せて、ひさを震え上がらせる。二十糎《センチ》もあろうかという百足《むかで》を捕らえて、アルコールで火炙《ひあぶ》りの刑に処す。登校拒否のときは、体温計を火鉢の灰の中に埋めて九度近くにする。気に入らない食べ物は「くせえ」と一言、隣の人の皿に移す。この他枚挙に暇《いとま》はないが、俊雄は常に堂々と悪童を前面に押しだした。

私が最も驚いたのは家庭教師が通って来たときであった。教師は教会関係の青年のようで、穏やかな風貌をしていた。伯母は丁重に教師を迎え入れ、北側の四畳半の居間で俊雄と二人きりの勉強が始まった。暫くして私が茶菓を捧げて部屋へ入って行くと、俊雄は教師の面前で漫画本に読み耽っている。教師は困惑の表情である。

「俊雄ちゃん、ちょっと聞いてよ」

「ん、それで」

と俊雄は本より目を離さずにいう。

教師は処置なしという顔で勉強を続けるが、質問しても、

「終わるまで待ってよ」などはいい方で、時には「おまえ、これで金もらってんじゃねぇか、黙ってろよ」くらいの悪態は平気でついた。

教師は二ヵ月ほど辛抱強く通って来たが、有耶無耶《うやむや》のうちに勉強は終了した。伯父も伯母も取り立てて俊雄を叱ったという記憶はない。晩年に生まれた子は一入《ひとしお》可愛かったのであろうか。あるいは異端児に、奔放な人生を期待したのかもしれない。私は悪戯《いたずら》には手を焼いたが、俊雄に対して不愉快な思い出はない。案外異端を楽しんでいたような気がする。

異父兄の田村一郎に引き取られた母とはときどき会っていた。伯母は私があの母と会うことをあまり快く思っていなかったようで、母に会うために出かけるときは、自分の所有物を他人に無理やりに借りられるように、不機嫌であった。

一郎の日産油脂の社宅は大井町にあり、横浜から近かったことは私にとってありがたかった。神戸の魚崎の家とほぼ同じ規模の大きな一軒家である。勤め先は丸の内のビル内にあり、一郎はそのときかなりの役職についていたらしく、私がたまたま会社に逢いに行ったときはいよいよ大風であった。生涯にめまぐるしく何度も職を変えた一郎だが、日産油脂時代は比較的落ちついていた時期だといえる。

大井町の家には犬好きの一郎が満州に出張した折に買ったドーベルマンが一匹と、スピッツが五匹、庭中を走り廻っていた。ドーベルマンは夜になると家の中に入れられて、玄関の三畳が犬小屋になる。雛壇《ひなだん》に敷く赤い毛氈《もうせん》が布団代わりになり、犬はその上で眠った。このドーベルマンと母の鼾《いびき》のどちらに軍配を挙げるかなど、一郎のとりとめもない漫談めいた話は相変わらずであった。そして神戸の魚崎の家でもそうであったように、またここでも夜になると麻雀が開かれた。その度に妻の美保江が料理を拵え、食後は麻雀の卓を囲んでビール、酒のコップの触れあう音、煙草の煙り、美保江の嬌声《きょうせい》などが入り混じることになる。私はその状況にいつも不思議な安堵と、どうしようもない嫌悪を覚えるのであった。

母の日常が幸せであったかどうかは判らない。私は新しく得た環境の中でどう自分を開化させて行くかの方にばかり気をとられていて、母の幸、不幸を省みることはなかった。しかし自分の内面にあまり踏み込む事をしなかった母は、案外暢気《のんき》に暮らしていたのではないかという気もする。私を捕まえて陰で愚痴をこぼすというようなこともなかった。

その母とは一郎宅で会う他「神田のおたねはん」の家にもよく一緒に行った。当時の神田家の屋敷は品川の高輪にある豪荘な日本家屋であった。小石川の頃と同じく、沢山の女中と下男とがいて、十畳ほどの居間にたねは小柄な背を丸めて端然と座っていた。主立った女中たちは相変わらず、お松、お竹、お梅であったが顔は替わっていた。昼になると有名料理店から取り寄せた美しい膳が出て、お松がそばで給仕をする。伯母の家とは別な文化を今は興《きょう》がるだけの余裕が私にはあった。以前私にさんざん口惜しい思いをさせた二人の姉妹もそこに居たが、私も東京弁を遣い伯母の家を意識して胸を反らせていたので、対抗心も薄らいでいた。

当時の高輪の屋敷には、やはり例の妾《めかけ》が生んだという長男と次男も同居していて、二人とも二十代の軽快な青年で慶応義塾大学を出たということであった。母と私が一泊の予定で訪問したときは、夕食は家庭的なものを大勢で囲むことになる。食後は二階の洋間で長男、次男、二人の姉妹、私の五人がそれなりに若者らしい話題に終始した。

たねはまた、母と私をときどき歌舞伎へ招待してくれた。そのころの東京の歌舞伎は六代目菊五郎、羽左衛門、幸四郎といった当時の名優たちが健在で、この目にその人たちの姿を残すことの出来たのは私の幸せである。

省みれば元芸者のたねは、母を筆頭として、元の朋輩《ほうばい》に様々な情義を尽くそうとしていたと察せられる。明治の芸妓《げいぎ》の気概というべきであろうか。母の過去が明るみに出るにつれ、たねの情義の厚さのその全貌も少しずつ見渡せるようになり、関西にきたときに使っていた家の留守番夫婦もその妻がもとはたねの朋輩であったこと、のみならず、母の妹で鎌倉で別荘番をしていたあのゆく叔母さえもそうであったことなどが、段々と私の知るところとなった。ひっそりと大人しいゆく叔母の芸者姿は私には想像できなかった。

母は「神田のおたねはん」を訪れるとき、毎度のように私を電話で呼び出して連れて行くのだが、大阪の河内町の川上家へ日参した気軽さを、この高輪の屋敷への訪問に持つことは出来なかったようである。月に一度が関の山であっただろうか。だが私としてはその他に一郎宅へも母に顔見せに出向かなくてはならなかったし、その上伯母の不機嫌とも付き合わなければならなかった。

　このころの母とどこかで落ち合って百貨店で買物をしたことがある。母にしては一応見られる程度の格好はしてきたらしく買物の際の記憶は取り立ててないが、そのあと食堂に入ってお茶を飲んだときである。ウエイトレスに「テーを下さい」とどういう風の吹き回しか不慣れな英語で紅茶を注文すると、今度は袂からくしゃくしゃになったちり紙を取り出し、ことさらに大きな音を立てて「ガアーッ」と汚らしく痰を吐き始めた。昔からの習慣で気がすむまで「ガアーッ」とやり続けるので、めかしこんでいる私は其の場にいたたまれない思いをする。そんなときは伯母の不機嫌を圧《お》してまでこんな母と共にいることの不条理に気が遠くなるようであった。

　横浜の伯母の家で私が年を越えて十八歳になったころ、伯母の出稽古《でげいこ》に来ていた生け花の師匠から、私への縁談が三つ持ち込まれた。

　伯母は相手方の写真をつくづく眺め、

「どのかたも悪くないけれど、お話を進めるとなると、厳城《いっき》さんのことも黙っている訳にはいかないし……」
と父の名前をいって、困惑顔である。伯母の困惑は私の困惑でもある。結局伯母は伯母の面目を保ちたかったようで縁談は断ったが、年頃の娘を預かっているという事実に改めて触発されたかのように急に私の身の廻りを整え始めた。

伯母は横浜の松屋のお得意さまで、月一度の割で外商の店員が反物を持ってやってきた。私の存在を知ったあとは、抜かりなく私目当ての商品を持参した。伯母は女の子を持たなかったので、私を飾るのは楽しみでもあったようである。そして、女の子には赤いものという昔からの観念を相変わらず曲げることはなかった。大柄なもの、模様のはっきりしたものを選んではくれたが、どこかに赤、深紅、牡丹《ぼたん》という紅系統の色が、伯母の信念として入っていた。ものは錦紗《きんしゃ》、綸子《りんず》のような柔らかい絹織りで、よそゆきと呼ばれる高価なものであった。他に帯、帯締め、ショール、ハンドバッグ、草履にいたるまで気配りをしてくれたが、ついには振り袖の訪問着一式ということに相成った。大阪の裏長屋に住んでいたころとは、何という違いであろう。なにしろ私は物心ついてから満足のいくほど着るものを与えられたことはなく、その上そのほとんどが母の手造りの不細工なものであった。その私があれよあれよというまに令嬢にまで変身してしまったのである。

その振り袖を着て、東京の名のある写真館で見合い写真を撮ることになり、洋一郎がどういう訳か友人まで呼んで晴れがましく付き添ってくれた記憶が残っている。

伯母はこのあともバラを主体にした絵羽織や、真っ赤な紬《つむぎ》の雨ゴート、深紅のビロードのコート等を誂《あつら》えてくれた。私は伯母に、

「私はこの家でお世話になっているのに、こんなにいろんなものを買って戴《いただ》いて……父さんはお金を送ってくれているの？」

とおそるおそる訊《たず》ねた。

伯母は持ち前の凛《りん》とした声で、

「子供はお金のことなど口にするものじゃありません」

と厳しく言い、私は慌てて口を閉じた。爾来《じらい》、答は謎のままである。

この時期に誂えた深紅のビロードのコートを着て、私は恐ろしい思いをしたことがある。渋谷に宮野という家があった。

宮野家というのは、遠い昔に遡《さかのぼ》るが、私がまだ幼女で父や母と共に渋谷の貸家に住んでいたころ、隣にいた大家の一家であった。幼い私は毎日のようにその宮野家に行き、束髪の美しい夫人と年老いた乳母に折り紙やおはじきをして遊んでもらった。その後、私はあちこちを転々としたが、宮野家は何の変遷もなく、同じ渋谷の同じ家にそのときも住んでいた。私たち一家が渋谷を離れたあと、父は宮野家と交流を続けていたらしい。私が横浜に来るに当たって挨拶に行くように言われていた。初回は伯母と一緒に行ったが、二回目のその日は私だけが夜の食事に招かれていた。まだ寒さの残る日で、私はビロードのコートにビロードのショールをしていた。

そのころ、渋谷には若い女性を短刀で刺す通り魔事件が新聞紙上に大きく報道されており、既に二人殺されていたが犯人はまだ捕まっていなかった。渋谷に着いたのは宵の七時過ぎであったと思う。娘殺しの件が頭になかった訳ではないが、犯罪には早すぎるという安心があり、私は道玄坂の賑わいに浮き立ったあと、宮野家に向かう横道に入った。その小さい道は表通りとは打って変わり、森閑として人の気配はなかった。少し歩くと、後ろからコツコツという靴の足音がする。誰かがつけていると直感した。氷のような恐怖が走る。神経を張り詰めて周囲を見回すと、五、六軒先に門灯のついた家があった。灯りは私に一筋の力を与えてくれる。私は取りあえずその家の門に辿り着いて、格子に手をかけた。門は塀とつながっている。

冷静に、と自分に言いきかせながら草履の片方を脱いで、鼻緒の具合を直す振りをしてみる。足音はぴたりと止まった。格子戸の門は真ん中に鍵《かぎ》をかける造作になっており、その中の半間ほど先の距離に、その家の玄関のガラス戸があった。あのガラス戸に達することが出来たなら、私は助かるであろう。しかしその前に格子戸の門を開けなければならない。もし門に鍵がかかっていれば、開けようとする焦りの隙に、後ろから突かれるに違いない。私は鍵に命を賭けることを断念した。

ゆったりと草履を穿き終え、素知らぬ顔で歩き出す。足音はまた付いてきた。私は頃合を見計らい、さっとショールを取って脇に抱えると、一目散に駆け出した。ビロードのコートの裾《すそ》も、着物の裾も、乱しに乱して私はひた走る。代々木の練兵場に沿った暗い道は片側に木々が鬱蒼《うっそう》としており、暗渠《あんきょ》もあったような気がする。うしろから靴音も音高く追ってくる。人影は全く無い。極限の状態になれば人は思わぬ力を出すという。練兵場を折れて人家のある一角まで走り、昔からの門をくぐり、宮野家の玄関に飛び込んだときは人々の驚愕《きょうがく》の前で崩れ落ちた。

深紅のビロードのコートに白い花の髪飾り、活き活きと歩く背の高い私は格好の獲物であったのだろうか。標的にされたらしいのも、それが勲章に思える若さであった。

そのころ洋一郎はアルト歌手として有名であった佐藤美子《よしこ》女史の伴奏をすることが多かった。女史は伯母一家が鶴見の高台に住んでいたころの隣人であったということから、そのあとも家族ぐるみで長い付き合いが続いていた。やがて女史は歌手として有名になり、十歳ほど歳下の洋一郎は新進のピアニストとなったので、親愛の度合いは更に深くなったようである。女史はオペラ『カルメン』の歌手としてことに有名で、カルメンお美《よし》と呼ばれていた。しかしオペラの通し上演は当時の日本にはまだなかったので、もっぱらソロの歌い手、あるいは合唱の指導者として活躍していた。そしてソロの歌手としての発表の場があると、洋一郎が伴奏を引き受けた。

最後の仕上げは伯母の家で行われることもあるので、彼らの息の合った練習を目のあたりにすることになる。私は眠っていた自分の歌への願望を、引き出された。小学校、女学校、を通じて、たった一つ自惚《うぬぼ》れられるのは声楽であった。歌ってみたい、それよりも正式に勉強してみたい、と昔の優等生は考える。おずおずと洋一郎に申し出ると、洋一郎は案外生真面目に受け取り、伯母の了解を得て反町に住む後輩の秋野良子を師として紹介してくれた。

大阪で母と暮らしていればいやいや和裁を習わせられ、いまごろは気の進まぬ縁談を強いられていたかもしれない。お茶も習ってはいたが、嫁入り前の娘の嗜《たしな》み事の一つとしてで、身の入ることはなかった。それが横浜では自分の選択で、自分のやりたいことが出来る。夢のような話で、大阪を出てこうして横浜にいることがしみじみと嬉しかった。

声楽のレッスンはコーリューブンゲンから始まったが、良子師は私の一応の意気込みにも拘らず、両親と共に住む反町の自室に、約束の時間に現れることは滅多になかった。やっとレッスンが始まっても、新米の教師と新米の生徒は戸惑うことが多く、四歳しか年の差のないこともあって、いつの間にか他愛のない話に興じることになる。何度目かのレッスンのあと、良子師は、

「私、いまとっても楽しいコーラスのグループに入っているの。あなたもお仲間にならない？　ご紹介するわ」

とレッスンよりもはるかに熱心に、コーラス・グループへの仲間入りをすすめた。それが後年私にさまざまな関わりを持つことになる、神奈川教会の聖歌隊であった。半世紀以上たったいまも細々とその関わり合いは続いている。

聖歌隊は一応はキリスト教徒とみなされる若者たちで形成され、各自の家庭の文化的背景も似通ったものではなかったか。大層な家柄の人もいなかったが、貧しかった当時の日本の中では、恵まれた層であった。男性の隊員は主に勤め人になったばかりのサラリーマンと大学生、女性は専門学校、あるいは女学校を卒業したあと、ひたすら嫁入りへ向けての準備をしていた人たちである。全員が結婚という人生の一つの山場を前にして、その前夜祭のように集合して楽しんだ。

隊員は週に一度、夜に教会に集まって練習をする。コーラスの指導は教会の委員で音楽の

専門家が行った。主に賛美歌であったが歌曲等も練習した。クリスマスにはヘンデルの「メサイヤ」のハレルヤを歌うという風に、かなり難しい曲にも挑戦していた。

主なメンバーは男性七人、女性は私も含めてやはり七人で、二十人ほどいたグループの芯のようにいつも纏《まと》まっていた。

いまでも懐かしく思うのは、練習の終わったあと必ず男性が女性を各自の家まで送って行ったことである。特に組み合わせが決まっていたわけではない。近そうなもの同士がカップルになるのだが、夜の道を樹々の匂いに包まれながら淡く帰るのは快かった。

どうしてこのような風習がグループにあったのかは知らない。横浜は文明開化に魁《さきが》けていたので、遠来の騎士道振りを真似してみたかったのであろうか。西洋への憧れが大正生まれの若者たちのあいだに根強くあったことは否めない。

クリスマスのイブには夜中の十二時ごろに、男性グループが自転車に乗って女性メンバーの家々を廻る。女性の方は門の上にさまざまな贈り物を置き、家中の燈《あか》りを消して男性グループの到着を待つ。そして到着の様子を察すると、玄関の燈りを点滅させる。それを合図に男性たちは人々の寝静まった闇の中で高らかにクリスマスキャロルを歌った。

この夜中の合唱も西洋のどこかの国の風習らしい。外国文明への憧憬をこういう直接法で実行していても、横浜というバタ臭い町は受け入れていたようである。

この他にハイキングにも度々行った。大船の撮影所に映画のアフレコというバックミュージックを吹き込みに行ったこともある。夜に集まって食事に行くこともあった。そういうとき、勘定はサラリーマンになった人たちが支払うことになっていた。大学生たちは恐縮していたが、女性軍はすらりと礼をいうだけで平然としていた。女性は男性に扶養されるものであり、金のことを云々《うんぬん》するのは卑しいとされていた時代であった。声楽の良子先生はいつのまにか良子さんになり、私は節ちゃんと呼ばれてレッスンは有耶無耶のうちに終わりを告げた。

聖歌隊は青春という名の許で、心おきなく若さを享受していた。時は昭和十四年、戦争の足音はすぐ後ろに迫っていたが、誰も気が付くものはなかった。思えば、まだ戒律の厳しかった時代、あれほどの自由を背景に若さを享受することの出来た私たちは、戦前の最後の輝きではなかったか。

そのころ私は恋と思いたい一つの思い出を持った。相手とはたった三回逢っただけなので、それが恋と呼べるかどうかもいまは面映《おもは》ゆい。

洋一郎の中学時代の友人で、詩も書き、俳句も作り、絵も描き、陶器も焼く、という才人がいた。生家は横浜の大きな魚問屋であるが、本人は当時京都に住んでいて、陶芸家の富本憲吉氏の門下生となり、作陶に熱中していた。修行中の身とあって貧乏とは隣合わせの生活をしていたのか、ときどき金をせびりに横浜の生家にもどり、その機《お》りは必ず洋一郎を訪れた。土産に奇妙な形の壺や、やたらに大きい皿を持参するので、伯母は芸術はさておき、置き場に当惑を見せていた。

ある日その彼から、京都よりの一通の手紙が私宛《あて》に来た。

私は若い娘らしく胸を轟《とどろ》かせて読んだが、それは彼と同居している門下生の友人に、私を紹介したいという内容であった。私がその友人に相応しいと思うので、一度会って欲しいと書いてあり、私はいよいよ大きく胸を轟かせた。

伯父と伯母はその手紙を見て、見合いの申込と受け取ったようである。事実そうであったかも知れない。そして大人の判断で反対の立場を取った。曰《いわ》く、「陶芸で食べて行くことは難しい」。しかし私は浮き浮きとしていた。伯母も洋一郎の手前、簡単に断ることは出来なかったのではないか。

三月の終わりごろ手紙を書いた本人は、その友人を連れて上京し、私はその友人である京都の陶工と伯母の家で逢った。

京都の若い陶工は越後の寺の息子で、兄が跡を継いでいるが両親はすでに亡いと聞いた。私は彼の陶芸家という名称に惹《ひ》かれていたが、彼はニッカーボッカーズという膝下で裾口をしぼったズボンに同質の上着という私の意表をついた風体で現れ、私は驚いた。しかし、思えば彼を紹介してくれた洋一郎の友人の方も、紺の上着に大きな格子縞《こうしじま》のズボン、胸には真っ赤なスカーフという出で立ちで伯母宅に現れたりする。陶芸家というものは常人と少し変わった格好をするものかと、何となく納得した。そして納得した上で見れば、彼の無口なのも、何となく寂しそうなのも、暗い瞳をしているのも、すべて好ましく見えた。

彼らを応接間で迎えた伯母は、作法通りにお茶や菓子を出し、さりげなく若い客の身元を糺《ただ》し、将来の抱負などを質問した。礼を失することはなかったが、私の身元引受人の貫禄を、崩すこともなかった。

その日は伯母の許しを得て、洋一郎の友人と、彼と、私で、横浜を散策した。先ずは伊勢崎町の百貨店で、彼が私の為に春のレースの手袋を買ってくれた。若い二人の陶工たちは選ぶのに忙しい。それぞれの主張があって、美への探求はこうしたところでも忘れないようである。選ばれた手袋をはめて、私は甘く、幸せであった。

山下公園に行った。春の海は美しい。波止場に白い外国船が停泊していて、外国への夢を誘う。私たちは公園の手すりにもたれながら、無言でそれぞれの憧れを白い船に語りかけた。誰も一言も話さない。その短い時間に夢はどれだけ大きく膨らんだことか。あのころの西洋は、なんと遥かな、遥かな、遠い国であったことか。

海からの帰途、私の袂《たもと》は風をはらんで大きく宙に舞った。男二人は私にぴったりと寄り添って風を防いでくれる。身体の芯が優しく疼《うず》いた。

伯父と伯母はやはり反対した。伯父は「京都の壺やさん」と呼び、伯母は「好《よ》さそうな方だけど」と一応はいたわってくれたが、結論は「作陶では金にならない」の一語に尽きる。「金」というものの実態を長年教えてこなかったにも拘らず、ここにきて急に、金、金、と言われても、私にはよく判らない。それよりも強情の方が先に出て、貧乏でもやっていける気がしていた。小さい頃から貧乏の不幸を散々かこったくせに、今度は貧乏を庇《かば》おうとする。伯父は「京都の壺やさん」を揶揄《やゆ》し、伯母は不機嫌な顔を見せる日が続いた。

五月に、門下生で結成された新樹社の作品展が大阪の阪急にあり、私に招待の手紙が来た。この件は、春に逢ったときから一応行くことを約束していた。伯父と伯母は勿論反対したが、現状では未《いま》だ結婚を申し込まれた訳ではない。大阪に住む父にも逢いに行くという名目を付けて、駄々を捏《こ》ねた形で大阪に行った。その父も伯母からの手紙でいきさつを承知しているので、あまり快い顔はしなかったが、私は強引に作品展を見に行った。その翌日は、父の渋い顔を横目で見て、洋一郎の友人と彼が住むという京都の長屋の下宿を訪れた。玄関を入ったところに畳を剝《は》がして造った轆轤《ろくろ》が二つ並び、いかにも陶工の家らしい。座るところは二階にしかなかったが、そこに座ると間もなく近所から新樹社の門下生たちが集まってきた。その長屋は門下生長屋と呼ぶべきものかも知れないとあとになって気が付いた。

門下生たちはお酒を持参して座はたちまち賑やかになる。どうやら彼と私は婚約者として遇されているようである。二人は並んで座らせられ、遠慮のない語りかけが飛んできた。そのうち洋一郎の友人が、お茶を入れるお湯を沸かしたいのだが、ガス代が払えないのでガスは止められていると言えば、一人が俺のところも電気代が危ないといい、別の一人がどこそこの勘定が払えなくて材料が買えないという。貧乏が自慢のような話に花が咲いた。私はそこまでの貧乏を知らず、ひょっとすると、自分が同じ境遇になるかも知れないなどと、考えることも出来なかった。

ともかく二人で京の町へ行くようにと彼と私は押し出され、清水寺に行った。寺の横の石のベンチに座っても、無口な彼は余り言葉を発さない。私が石畳を這《は》うようにして咲いたハコベを見つけて、カナリヤの餌を採りに行かされた昔を話すと、彼はやっと越後の冬の話をしてくれた。雪に閉じこめられた冬になると、子供たちは暗い、寒い、部屋で、噤《つぐ》んで暮らす。辛く寂しい日々だと言った。その雪を割って、ある日突然に青い芽が出る。それが春の訪れだ。子供たちは歓喜の声をあげて青い芽を囲む。芽はぐんぐん伸びて、ぽっかりと花が咲く。どんなに嬉しかったかと、彼は顔を輝かせて訥々《とつとつ》と語った。笑顔を見たのはあれが最初で最後のような気がする。好ましい思いは輪をかけた。

清水の舞台からだらだら坂に続く狭い京都の路に、おりから細い雨が降りだした。出がけに門下生たちから蛇の目傘を渡されていた。両側に新緑が美しく萌《も》えて、そのなかを一つ傘に寄り添って歩くのは格好の道行きか。雨に袂が濡れるのも、風情に思えた十八歳であった。

これが五月の思い出で、それからあとは二通ほど手紙が来た。

巻紙に、おかしな字が躍っている。上手というのか下手というのか、字はニッカーボッカーズのように私の常識を外れていて、陶芸家の字と呼ぶべきものかとまた納得する。

巻紙にはあちこちに花の絵が色とりどりに散っていて、これも私の感傷を誘う。文章はとりとめもなく、判りようもなく、それ故に理由もなく感動を覚える。なかに何とかの竜胆《りんどう》に君を想うとあり、私は不服であった。私は竜胆のように楚々《そそ》としているつもりはなかった。もっと華やかで、大輪の花に喩《たと》えてもらいたかった。

八月には大阪の級友の結婚式に招かれたので、その時は大威張りで大阪の父の許に帰った。結婚式の翌日は彼と逢う約束であり、彼は越後上布の着流しで現れた。そして私を嵐山に案内し、川沿いの料亭の一室で昼食を摂《と》った。昼どきにも拘らず彼は杯を重ね、私が級友の結婚式の華やぎを伝えても、さして浮いてはくれなかった。

私はお酒を呑む男性に、一人で対したことはない。彼は無口で相変わらず杯を重ねていく。話の接穂がなくなって、私も無言になる。相対した男女の無言は、言葉の要らない情感を伝え合う。結局は私が立って彼の横に座り、手をとり合ったり、頬をすり寄せたり、唇を重ねたりくらいはしたのではないか。それがあの時代の若者たちに与えられた許容の範囲であった。

遠くに雷が聞こえていたが、やがて川面が波立ち夕立の気配が間近に迫ると、彼は立ち上がって私を嵐山の駅まで送ると言った。しかし自分は夕立の気配のなか、山を歩いて帰るという。私は気楽な気持ちで電車に乗ったが、窓から覗かせた私の顔を凝視している彼の目は暗く、深い海の底に沈んで行くような悲しみを湛《たた》えていた。私はいまもあの凝視を宝物のように記憶している。

あの目の謎を解きたいと考え、私は次の日もう一度彼に逢うことを思い立った。無鉄砲と若さは紙一重の差でしかない。下宿に訪れたが人の気配はなく、隣の長屋に住む門下生の妻が留守宅の二階に私を押し上げた。この家は鍵を掛けたことはないという。そこで机の上に見たものは私あてに書かれたまま投函されずにある手紙であった。やや黄ばんで折り目の汚れた封筒は、時間の経過を物語っていた。そっと取り出してみると、おかしな字は今回は読みとれた。顔が上気して胸が躍った。若い娘ならこんな手紙を一度はもらってみたい、そう思うような文章が連なっていた。同時に、この手紙を投函せずにいた彼の躊躇にも漠然と納得がいくような気がした。

私は彼の帰りを待たず、辞して近くの三十三間堂に足を運んだ。腰を下ろした茶店の床《しょう》几《ぎ》の前に、見上げるような緑の大樹があり、その緑に纏い付くようにしてのうぜんかずらが咲いていた。澄み切った碧《あお》い空と、静寂な境内を背景にして咲く橙《だいだい》色の花は美しい。私はその花に手紙の余韻を託した。

そして、それを最後に、若い陶工と逢うことはなかった。

横浜に帰ったあと、私は彼の手紙を待ち続けた。私が留守宅を訪れたことも、手紙を読んだことも判っている筈であった。私の方からも手紙を出したに違いない。しかし何の応答もなかった。伯父と伯母は私の焦慮を知っていたかも知れない。いつしか「京都の壺やさん」の話はだんだんと遠のき、安堵だけが残ったようである。

彼が去って行った理由を、私は何年も知ることはなかった。

世俗の垢《あか》が身についたころになって、彼は私を「伯母の家の中にいる私」という額縁に嵌《は》め込んでいたのだと気が付いた。

それは私の幻影でしかない。

私はまともとは呼べない夫婦の形をした父と母とのあいだに生まれた因果な子である。因果な育ちをして、因果な未来しかなかったものを、伯母のおかげで伯母の家まで引き上げてもらった。そして私自身もまるでそのような家の娘であるかのように振る舞い、華やかで大輪の花に自分を見立てていた。実質をいうならば寺の息子という陶工の方が、はるかにまとも で富もあったに違いないのに……。

幻は幻ならではの哀愁を紬ぐ。

そして花は無心に毎年咲く。

二　逡巡

爽やかな夏の訪れである。

路を隔てた小さな林から吹く涼しげな風が家の中を駆け抜ける。団扇《うちわ》を使うこともなく、浴衣に半幅帯で働いても汗を覚えることはない。

夕方になれば庭に打ち水をし、縁側に蚊遣りを焚《た》く。

埒《らち》もなく京都を恋うる静寂であった。

時は少し遡《さかのぼ》り、私はその時はまだ陶工の決心を知らないままであった。

ある日、洋一郎から次の日曜日に友達三人と山登りに行くから一緒に来ないかと誘われた。こんな申し出を受けることは初めてなので嬉しさに踊った。

それに先立つ春過ぎから、洋一郎には晴恵《はるえ》という新しい女友達との出逢いがあり、彼は毎日を浮き浮きと上機嫌で暮らしていた。必然的に私にも寛容になる。その延長線上の誘いであるが、私は謹んでお受けした。

晴恵はそのころ上野の東京音楽学校を卒業したばかりのソプラノ歌手であったが、在学中から将来を嘱望され、事実、のちに大成した。未来の大器はいかにも大器の様相をしていて、堂々とした姿勢、いつも舞台の上にいるかのような動き、話し声も美しくよく透《とお》り、あたかも向日葵《ひまわり》のように陽《ひ》に向かって咲いていた。同行者の別な一人である優子は晴恵の親友で、音大の晴恵と同期の卒業生である。彼女はメゾ・ソプラノであった。晴恵の向日葵に対し、こちらは野バラのように小さくて愛らしい。

洋一郎はやはり自分の同期の友人で、ピアニストの軽六という名の青年を誘っていた。妙な名前が気の毒に思えたが、本人は芸術という重荷を一人で背負ったかのように神経の絡まった顔をしていた。

洋一郎、晴恵、優子、軽六、そしてお添えものの私を入れた五人は、当日、登山なるものに出発した。目的は河口湖の周囲を囲んだ小さな山々の連《つら》なりに向けてであったが、何という山々なのか、標高は何メートルあったのか、私は知らない。ただ出発のその日は夕暮れに湖畔の宿屋に着いて、一泊したのだけを覚えている。

翌朝の河口湖は澄んで美しかった。水際を邸内に取り込んだような名知らぬ宮家の御用邸があり、微かな冷気の中、鉄柵を這《は》って咲く白い花が滲《にじ》んで見えた。

私は晴恵から借りた馴れないキュロットのスカートを穿《は》いて、運動靴の紐を締めて、リュックを背負って、遅れじと山道に向かった。途中で歌を歌ったり、食べたり、かけ声を掛けたり、小休止したりして、みそっかすといえども楽しさに変わりはない。軽六は芸術の虫を解き放したように明るく笑い、洋一郎は日頃の無口を忘れたようによく話した。女共のお喋りは言わずもがな、話題のない私はただ笑い、笑いの連続であった。

ここには音楽を志すものの青春がある。私にとって聖域のような世界であったが、触れてみれば青春は同じ青春であった。私たちは楽しむ方にかまけて、時間の経つのを忘れていた。どのくらい山を登ったり下ったりしたであろう。辺りの山々は暮れ始め、あっという間に陽は沈んでいた。さっきまでの陽気は蔭《かげ》を潜め、青白き騎士たちは内心の恐怖に強《こわ》ばりながら女どもを誘導する。薄暮は次第に闇になり、終《つ》いには懐中電気を頼りに黙々と行進することになる。宿に辿り着いたときには、これから捜索隊を出そうかという騒ぎの最中であった。

そんな騒ぎを起こしたことで、この登山の思い出は私のなかにくっきりと縁取られてある。私にとって最初にして最後の登山であった。

この山登りのあたりからである。洋一郎はあの向日葵のような晴恵といずれ結婚するのではないかと、私は漠然と考えるようになっていた。

予感は当たって八月のある日、晴恵の母君が訪れられるのを知らされた。応接間に家族一同が集まり、挨拶をする。伯父は暫くはまともに応答していたが、やがて突然、

「いやあ、こういう席では大体はお嬢さんを褒めるものですが、お宅はお母様の方がお美しい。おきれいですねぇ」

と感に耐えぬように言い、たちまちにして座を掌握してしまった。

晴恵の父君は九州帝大の英文科の教授とあって、母君は福岡から上京されたようである。母君も上野の音大の初期に声楽科を卒業されたとかで、晴恵の箔《はく》が改めて認定されていく。箔は他にも沢山あり、母君の兄君たちは実業家、社長の座に居られるし、姉君たちはこれまた実業家夫人、会社社長夫人、という肩書きがある。更に知人に知名な方が多く、その交流

の広さには驚かされる。伯父と伯母にとってこれ程きらびやかな箔を持った花嫁はあるまいと私にも容易に納得できた。納得はしたけれど、どこかで我が身の薄さと比べないわけにはいかない。例の京都の陶工への想いがあるので、洋一郎が結婚すること自体はそれほど衝撃ではなかった。それに洋一郎への凝結した憧憬は現実に何がおころうと私のなかに厳然とあり、それは生身の洋一郎には繋がらない一つの偶像であった。だが憧れの対象の相手にはこのような箔が当然であったという事実を前に、私は改めて晴恵と自分を比べる。

私が唯一得意だと言えるようなものは歌である。その歌を、確固たる地位と存分な財力のある両親に奨励されて心ゆくまで勉強できる、そんな人生がこの世のどこかではありえたのであった。そして、そのように歌を勉強しながら、四囲の娘たちのあこがれの的である男性との結婚すら手に入れる、そんな人生がありえたのであった。晴恵のような才能に恵まれているとは努《ゆめ》思わなかったが、自分では選ぶことの出来ない出生というものがいかに人の明暗を分けるか、それを晴恵の出現は私の前にありありと描き出したように思う。

だが悄然《しょうぜん》とするには私は若過ぎた。そのころは京都の陶工と三度目の逢《お》う瀬《せ》を果たしたところで、それが最後になったとは夢にも知らず、私は彼からの手紙を待ち侘《わ》びていた。勿論その待ち侘びた手紙が来ない日が続くうちに陶工への想いはだんだんと思い出に似たものになっていく。それはそれとして、神奈川教会の聖歌隊のグループや、洋一郎を取り巻く若者たちと共に謳歌する、十八歳というものが私にはあった。私はこの幸せはいつまでも続くと勝手に決めていた。

ところが洋一郎の結婚は微妙な影響を私に及ぼすものであった。当時の風習として長男夫婦は親と同居する。晴恵の同居は当然のこととして決まっていた。ということは、私が伯母宅に居続けた場合、伯母は嫁と姪の扱いに様々な選択を迫られることになったであろう。一人は嫁として自分の家の家風を仕込まなければならず、一人は単なる弟からの預かりものである。その上若い娘である私の前に、新婚夫婦を見せつけるのは如何《いかが》なものか。私という預かりものをどうすべきかという伯母らしい憂慮が洋一郎の結婚を前にあったと思える。

そこへ父から一通の手紙が伯母の許に届いた。手紙を読んだ伯母の話では、驚いた事に父が東京に転勤になって、近いうちに大阪から妻の幸子を連れて引越してくるという。その引越し先の住居を伯母に探して欲しいとの申し出だそうであった。

私は驚いたが、驚きには幼いときから馴れている。長年かけて自分に不都合なことは瞬間に感情を鈍らせるように訓練していた。そして自分の都合のいいように先行きの状況を勝手に想像して納得する。父と妻の幸子が東京にくることは、私にとって嬉しいことではなかった。やっとの思いで引き離して来た過去に、また取り付かれるようで不愉快であった。かといってこの事実を拒むことは出来ない。しかし私がいま置かれている伯母の家での暮らしも一つの事実である。双方がこの事実を認め合えばそれでいいのではないかと、私は自分に都合のいいように状況を判断しただけであった。

父の転勤先は東京ということなので私は父たちは東京に住むのだと思っていた。しかし父は相変わらず兄姉に異常とも思える執着を示し、大阪で長兄の但男伯父のそばに住んでいたように、今回も姉である伯母のそばに住みたいと願っていたようである。ようであるというのは私は父が伯母宛《あて》に書いた手紙を見ることはなかったからであるが、伯母は当たり前のように一駅先の妙蓮寺《みょうれんじ》に即刻借家を探し始めた。

伯母はやがて一軒の家を知人に教えられたらしく、私を連れてその家の下検分に出かけた。私はまだその時点でもただ父の娘として参考のために連れて行かれたのだと思っていた。その家は東京風の一軒家で小綺麗《こぎれい》な庭もあった。私は大いに賛意を表したが、伯母は頷《うなず》くだけで無言であった。

暫くして、父たちは大阪から妙蓮寺のその家へ転居してきた。その後儀礼的な交歓は何度かあったと思えるが、私は覚えていない。私の伯母の家での生活は相変わらず平穏に過ぎ、週日はくるくると働き、日曜日は聖歌隊と遊び、ときにはめかして外出をする。そんな日が何日か続いた。

そのころ、洋一郎のピアノを二台置いた玄関横の洋間の先に、突きだした形で新しい部屋が新設されることになった。洋一郎と晴恵の新婚の間となるそうであった。それを聞かされても私には成る程、という程度の感慨しかない。しかしあまりにも暢気《のんき》で鈍感な私に、伯父と伯母はついに宣言を余儀なくされたようである。ある日伯父は私を呼び、

「節ちゃん、伯父さんたちは節ちゃんがいつまでもこの家に居てもいいと思っていたんだけれど、厳城《いっき》さんがこっちに来たからには厳城さんのところへ帰ったほうがいいんじゃないのかね。父娘なんだからそれが筋というものだろう。人間は筋を通さなくてはいけない。筋を通すということはとても大事なことなんだよ」

と何度も筋を強調して自分たちの意思を表明した。

私はその言葉を聞いた瞬間に、私は本来はこの家に属さない人間だったということを、改

めて思い知らされた。伯父と伯母は私が余りに幸せそうにしているので、一日延ばしにしていたのであろう。今まで無縁に暮らしていただけでなく、心の底では恨みぬいているに違いない継母《ままはは》の許に帰すことを躊躇《ためら》っていたに違いない。しかしその時代に筋を通すことは昔人間の伯父と伯母にとって大事なことであった。

私はその時点でそれらを理解する能力を持ってはいなかったが、抵抗出来ない立場に居ることは承知しており、不満と悲しみを胸に収めて大人しく伯父と伯母の意見に従った。

京都の陶工はいよいよ遠くなっていった。

父夫婦の借家は前庭を挟んでコの字型に造作されていた。各部屋は廊下でつながっていて、コの字の奥の一辺は父と幸子の寝室となる。コの字の縦の部分は茶の間になり、父夫婦の寝室と庭を隔てて向き合う形の最後の一辺は私の部屋であった。玄関に二畳間もある。それぞれが独立した形になっていて、日本家屋の借家としてはうまく設計されていたと思う。伯母はこの独立性に目を付けたのではないか。大阪で母と一緒に住んでいた長屋に比べれば二倍以上の広さだし、それに風呂場もあった。関東と関西の住居の差などその時点で考える知識はなかったが、そのときの自分の置かれた立場としては充分に妥協出来る家の構造であった。

その上、私はこの家に長く住むとは思っていなかった。そのころの慣習に従えば、いつかはどこかに嫁入りするはずであった。京都の陶工への思慕はまだ消えていなかったが、現実を見据える目もあり、できれば陶工のような好ましい青年が現れて、恋愛をして結婚、というのが一番望ましく、とりあえずは想像と期待を交錯させて不確かな小指の赤い糸を探るのも青春の特権である。それ迄はこの家に住みながらも、馴染まない父の娘としてではなく、伯母の姪であり続けよう。世間を渡るのに伯母の姪を護符にした方が生き易いと判断を下したのは、父という人間が私を世に押し出す力もなければ、気力もないのを知っての若さの知恵であった。

私は母と私を置いて幸子と一緒になった父を、子として受け入れることは出来なかった。思春期に受けた手痛い打撃である。どのように私が母を疎ましく思ってはいても、母は私の母である。ひたすらに哀れであった。従ってその傷の根である幸子に、好感を持つということはあり得ない。父に対してとはまた別な執念が幸子へもあり、この二人に対する私の執念はいまもどこかで燻《くすぶ》り続けているように思う。

もちろん歳月が経つにつれ、父の心情も少しずつ判るようになった。それでもなかなか得心が行かなかったのは、なぜ幸子のような女を選んだかということである。二十四歳も年上の母と、しかも父からすれば格段に品下れる母と生活を共にするということに、父は暗澹《あんたん》とした思いがあったであろう。それは判るとして、しかし、何もおでん屋の仲居を結婚の相手として選ぶことはなかったのではないか。私が育った時代は今よりも水商売に対しての差別意識が強い時代である。私は母が昔水商売の元締めのような立場であったことなどすっかり念頭から抜き、仲居という、水商売の中でも下級の部類に入る幸子を父が選んだのに長い間憮然《ぶぜん》とした思いを抱き続けていた。

父には幸子のような女を選ぶしかなかったのかもしれない——とそこまで考えるように

なったのは、それから更に歳月が経ってからである。父が初めて幸子と出逢ったのは昭和八年ごろと推定される。その時代、内妻である母と、小学校を出るか出ないかの私を抱えた三十歳過ぎの父が、社会的にまともな家の格好な女性と巡り逢う機会は皆無に等しい。とすれば、のれんをくぐるだけでそれぞれに屈折した過去を持つ三十代の仲居たちの侍《はべ》るおでん屋は、居心地がいい。財布の中身もその辺が妥当であろう。酒好きの父が杯を片手に鬱屈《うっくつ》した心を開いていけば、女性の親身の声が優しく慰撫《いぶ》してくれたに違いない。それが幸子であったとすれば、一途に溺れて行く父の性状は母と一緒になったときと変わらない。そして再び世間に遠慮のある女と一緒になり更に世間に対して臆病になって、自分を閉じる。私自身当時の父よりも大分年を取ったころ、そんな父の姿が浮かんだ。

気の毒な父の一生であったといまは思うが、妙蓮寺で一緒に暮らし始めたそのころの私は、父の一途さだけを受け継いで、執念深く反抗的な娘であった。

かといって、十八歳にもなっていれば、表立って争うようなことはしない。意識的に意地悪くして、相手の神経を逆撫《さかな》でするようにしていた。朝は眠りたいだけ眠って、父が出勤するのを見送った覚えはない。そもそも父の職場は赤羽のほうだったので、妙蓮寺からは片道でも二時間近くかかり、朝の六時過ぎには家を出た筈である。私がその時間に見送ることなど考えられない。目の醒めたところで卓袱台《ちゃぶだい》に残されている朝御飯を悠々と食べ、「ご馳走さま」の声と共に自室の六畳間に引き上げてしまう。茶碗や皿を流しまで出すくらいのことはしたかも知れないが、覚えてはいない。

洗濯は気の向いたときに自分の分だけ洗い、自室の軒に吊るされた竿に干す。父や幸子のものを洗った覚えはない。

　掃除も自分の部屋だけは綺麗にするが、他の部屋、風呂場、台所、玄関等に手を下すことはなかった。

　幸子が内心に憤懣《ふんまん》を貯め込んでいるのが手に取るように判るが、私のやみくもの気負いに押されて何も言うことは出来ない。憤懣の捌《は》け口は父への言い付けとなったであろうが、父も私が全身に漲《みなぎ》らせている気圧に立ち向かう勇気はなかった。

　そういえば、父宅へ移ってまもないころ、伯母宅へ遊びにいったときのことである。伯父が幸子をさして、

「厳城さんの妻君は美人だねぇ」

　と感嘆したのに憤慨した。

　幸子は確かに美人である。丸顔であるが一見してくっきりとした二重瞼が印象に残る。その下の鼻筋もよく通り、また唇の形も彫ったように美しい。しかしそこに匂うような気品が立ち登るということはない。声は嗄《しわが》れて言葉遣いも低俗である。ものごし動作の端し端しに優雅な趣は全くない。それなのに伯父は幸子を美人の妻と位置付けた。歌に、妻を娶《めと》らば才長《た》けて、見目うるわしく、情けあり、とあるではないか。男性というものは、見目うるわしければそれで結婚に価《あた》いすると思うのであろうか。内なる才や情けは必要としないのであろうか。伯父にしてこの言があるとはと、私は大いに落胆した。そしてこの思いはいまも変わらない。

私の無言の反抗に辟易《へきえき》した父と幸子はよく土曜日の夜から日曜日にかけて、熱海や伊豆に一泊旅行に出かけた。私は勿論連れて行ってもらえない。旅の前に幸子はいそいそと当てつけがましくよそいきに着替えるのだが、いろは仮名を散らした模様だったり、一見してそれと判る柄合いの縞《しま》ものだったりして、それが、いかにも水商売の女の着る着物である。当時は職業によって着物の柄にまである程度の風俗の定めがあり、十八歳の私にでも判断出来たということは、母たちの世間話で頭の中に入れてしまっていたのであろう。私は腹立ちを軽蔑で抑え、ことさら平然とした顔を見せて二人を送り出した。父には幸子のそれ者《しゃ》らしい着物の哀しさが判っていたのであろうか。案外気付いていなかったような気がする。

そんな状態のなかで、私は相変わらず神奈川教会の聖歌隊のメンバーであり続け、週日の或る夜は練習に通い、日曜日には必ずメンバーと遊んだ。更にメンバーの一人とともに近くに住む家元について、花嫁修業の一環として生け花を習ったりもした。何流であったのかも思い出せないほど、それは遠い。しかたなく家に居るときは聖歌隊のメンバーから借りた本や、小遣いで買った岩波の星一つ二十銭、星二つ四十銭という外国の文庫を買って一日中でも読んでいた。ヘッセ、シュトルム、ジョルジュ・サンドに感激する。ああ青春はうるわしい。しかしこのあたりまでが限度であった。伯父の蔵書から引き出した『吾輩は猫である』は、二、三ページも読んだだけで放り出した。どう見ても恋愛小説とは思えない。そして、大人はどうしてこのような不可解なものが面白いのであろうと不思議であった。

父は私と幸子のあいだで均衡を保つことに汲々《きゅうきゅう》としていたようだが、私は私で鬱々《うつうつ》としていた。しかしそのうちに、反抗などに全身を集中して暮らすのは愚かしいと考え、頓挫《とんざ》していた声楽を本格的に習おうと思い立ったのは我ながら上出来の案であった。父に願い出ると一瞬怖《おび》えた顔をしたが、伯母への面目もあり、比較的簡単に許してくれた。

師は洋一郎の推薦で柴田睦陸《むつむ》氏と決まった。柴田氏は後年芸大教授となり多くの功績を残されたが、そのころは音楽学校を卒業したばかりの若い青年で、私は極く初期の弟子の一人と言えるであろう。また洋一郎の婚約者である晴恵の同級生でもあった。

師は当時東中野に下宿されていて、私は東中野に毎週一度通い始めた。この師も私の最初の声楽の先生であった秋野女史と同じく、夕方のレッスン開始の時間に滅多に下宿に現れることはなく、私より先の生徒が二人ほど待っていることが多かった。従って師が現れても先着順となり、私のレッスンが終わるのはいつも九時を過ぎた。終わると、

「節ちゃん、おなか空いたね。ゲソ巻きをとろうか」

ということになり、師は自分の考案した烏賊《いか》の足の海苔巻きなるものを注文して、二人で食べる。食後の茶がすむと師は突然ピアノに向かい、ここはこんな風に、あれはも少し柔らかくなどと私の練習曲に駄目押しをしているうちに急に歌い出し、興が乗れば次から次へと何曲でも歌い続ける。かくして私が我が家のある妙蓮寺駅に降り立つのは夜中の一時となる。そして私は師にとってはあくまでも洋一郎の従妹であり、月謝を払ってくれる父の娘ではなかった。

こんな暮らしを続けるなかで、私は伯母の家にいたときよりも繁く母のところへ顔を見せ

るようになり、帰っても不快なのでしばしば泊まってくるようにもなった。

当時の一郎宅に、あまり深く覚えていることはない。血縁の居心地の良さで、日頃張り詰めている緊張を解きほぐし無心でいたのではないか。田村家が無秩序なのは相変わらずで、丁度そのころ妻の美保江の姉と称する女性と、弟と称する男性が頻繁に出入りしていた。姉という人は長年インドにいたとかで、浅黒い顔に不透明な謎を滲ませ、着物を着ているにも拘《かかわ》らず、奇術師の付けるけばけばしい衣装のほうが似合いそうな雰囲気があった。しかし見知らぬインドの話は不思議に妖《あや》しくて、お喋りの一郎までが身を乗り出す面白さであった。弟の方は不気味に落ちついていて、ときどきにやりとひそかに笑う。あの得体の知れない二人は本当に美保江の姉弟であったのだろうか。いまもって不明だが、そのころその二人は私がいつ田村宅へ行っても居た。陽気一辺倒であった一郎の家に、どことなく澱《よど》んだ陰気さが残ったが、二人がそのあといつ居なくなったのかは私の記憶にない。奇術師たちは最後まで謎めいて消えた。

母はこの摩訶不思議な家に居て、何を思って暮らしていたのであろうか。

後年、一郎は述懐して、

「ばさんはあの汚いかっこのまんま近所に買物に行ってはな、『わたしは田村の母親です』いうて触れ廻っとんねん。俺を生んだいうだけのことで母親面《づら》しよって、ほんまにけったくそ悪いババアや」

と半分本気で迷惑がっていた。母自身が何を思っていたかはともかく、一郎宅に堂々と居座れる立場ではないという現実がそのような母の言動に繋がったにちがいない。当時の私はといえば、自分の若さと反発精神に溺れていて、母の明暗に立ち入ることがなかったのは相変わらずであった。

ここに暫時《ざんじ》橋本良一《よしかず》なる人物が登場する。物語の主な部分を占める訳ではないが、母の複雑な人間関係の一環としてやはり一言触れておきたい。

この人物を説明するにはかなり昔に遡《さかのぼ》らなくてはならない。昔々母が田村一郎の父の田村金作と別れさせられ、次ぎに精神薄弱者の高橋良治と結婚させられたとき、母の夫である良治の父は、高橋峯二郎という人であった。母にとって舅《しゅうと》に当たる。この高橋峯二郎が小料理屋の女に産ませたのが橋本良一である。橋本姓は後に養子に行った先の姓で、産まれたときは高橋家に入籍していたのではないか。母はその良一の出生と時を同じくして、たまたま高橋家の長男の良忠《よしただ》を産んでいた。その上あり余る乳の出る豊かな乳房を持っていた。赤ん坊の良一は間もなく母の乳で育てられることになる。そこに至る迄に、舅の峯二郎と姑《しゅうとめ》のふさの間で諍《いさか》いもあったであろう。小料理屋の女であった生母も赤ん坊を取り上げられてどういう思いであったか。しかし当時の社会の裏側では、このようなことは泡沫《ほうまつ》のように扱われてきたのに違いない。母はこの良一を自分の子供の良忠と一緒に育てたようで、良一が何歳かで橋本家に養子にいくまで良一の母親でもあった。しかし母と良一の関係は親子関係に似ていながら、必ずしもそう単純なわけにはいかず、母には押しつけと無神経が、良一の側には、反発、僻《ひが》み、嫉妬、があったように後年の私は思う。

私が三歳のとき私たち一家が東京の渋谷に住んでいたことは前述した。そのときこの良一が養子に行った先の鳥取からふらりとやってきて、半年ほど我が家に居候していたことがある。文学青年とやらで新聞に記事を書いたり、雑誌に雑文を発表したりしていた。仕事は余りなかったようで、よく私を連れて裏の代々木の練兵場に散歩に行った。

道々、彼は、

「節ちゃんが大きくなったら、おじさんが女優にしてやる」

と口癖のように言ったので、私は、

「あたし、大きくなったらジョーヨーになるの」

と誰《だ》れかれ構わず触れ廻った。母は彼の書いた記事の中に、菠薐草《ほうれんそう》の糠《ぬか》漬《づ》けがおいしいというのを見付け、「菠薐草の糠漬けなんて聞いたことあらへん、ようあんなことが書けたもんや」と呆《あき》れていた。

良一は居候生活を半年ほどで切り上げて一旦《いったん》郷里の鳥取に帰ったが、数年を経てそこで結婚した。やがて妻を連れて上京し、東京に居を構えたということであるが、夫婦が上京した時期と、私たち一家が関西に移った時期が交錯しているので、私は彼らのその後の動静を知ることはなかった。

母は関西にいたあいだも、何らかの形で東京の良一と交流があったのであろう。母と私が上京してきたころの橋本家は中央線の荻窪《おぎくぼ》で比較的大きな下宿屋を営んでいたが、母は住所などは先刻承知という顔で、まるで昨日まで関わりがあった人の家に行くような安易さで私を連れて訪れた。私にとっては十数年振りの出会いであった。

良一は四十歳くらいになっていた。すでに隠居の観があり、大輪の菊や懸崖《けんがい》造りの美しい菊を育てて展覧会に出品するのを楽しみとしているようすであった。会社に勤めていたという痕跡《こんせき》はなく、町内会の顔役のようなことをしたり、気儘《きまま》に随筆や評論らしきものを書いていたようである。

妻の栄子は利口な人で、且《か》つ多才である。日本人形を造ったり、刺繍をしたり、小物を拵《こしら》えたり、その上、書も達者で、料理も上手である。母方の親戚の中でこの人は白眉《はくび》の存在ではなかったか。母と血や乳の関わり合いがなかったことは、幸せなことである。小学校上級の男の子が二人いたが、二人とも優等生だということで、母と私が訪れたときはいつも別間で二人で大人しく勉強していた。

この優秀な家族の中で、一人何もせずに隠居めいた良一が威張っているのが不都合に思えたが、それなりにところを得ているらしく、私の知る限り主の権力の座は揺るがなかった。

良一は権力の座を護《まも》るのに必要な程度、酒飲みであった。その方が好きなことが言える。それに酒の上と言えば咎められることはない。昼間は我慢しているが、陽が翳《かげ》るころはすでに夕食の膳と銚子《ちょうし》の出番を待ち焦がれる。ようやく陽が落ちて、妻の栄子が別棟にある下宿業の台所で拵えた料理が良一宅の食膳に並び始める。菊の葉の天ぷらなどがあってなかなか楽しい。良一は機嫌良く杯を重ねる。昔の文学青年は年過ぎても尚《なお》その内なるものは衰えずにあったとみえ、先ずは一般論というべきものに始まり、そのうちに世の中を大いに慨嘆し、政治を批判する。演説の切れ目がなくなるころになると母は手枕で居眠りを始め、妻女は台所に去り、子供たちは自室に消える。結局は私一人が格好の餌食《えじき》となって果てしない論法を聞かされる羽目となった。

良一の家に行く度にこれは毎回繰り返されることであったが、一般教書が進んで行くうちにいつの間にか私への教訓となる。世間を知らない私にとって役に立つことも多かったが、傷つくことも間々あった。いまも鮮明に覚えていることは、

「セツコ、おまえは父親である小松を恨んではいかんぞ。本来ならばだね、母さんとおまえは橋の下に捨てられて、乞食になっていても不思議じゃないんだ。おまえは乞食の子が相当なんだぞ。それを父さんは女学校まで出してやって、ここまで育てたんだから、小松は立派な人だよ。ありがたく思わなくちゃあ罰が当たるぞ」

と言われたことである。私はそんな風に思ったことは一度もなかったので、鼻白んだが、ややあって、そうかも知れないと素直に思った。しかし、良一のこの言葉はいまも私の胸に刺さったままでいる。


春が来た。そして私は十九歳になった。

そのころ洋一郎と晴恵のための部屋は完成した。

並行して結婚への準備が賑やかに進められ、いよいよ四月十五日に式が挙げられることになった。式は尾上町の指路教会で、披露宴は山下公園前のニューグランド・ホテルと決められた。当日となり、私はいそいそと例の訪問着の振り袖を着て、めかしこんで出かけた。父も幸子も一緒であったに違いないのに、何も覚えていない。私は自分の晴れ姿にうっとりと

して、我を忘れていたようである。

結婚式の行われた指路教会では、幼いころ洋一郎に連れられて通っていた鶴見教会の牧師が式を司《つかさど》られた。洋一郎はあのころからその結婚式のときに至るまで、鶴見教会でオルガンの演奏を受け持っていたようである。鶴見から大阪に行った私のその後の曲折した運命に比べれば、洋一郎の運命は羨《うらや》ましいほど順調で平穏な直線を辿っていた。

遠い昔への懐古は私を素直にする。祝福の式次第に私は己の近い日を重ね、その訪れを神に祈った。

式が終わると、参会者は三々五々とニューグランド・ホテルに向かった。車を降り立ってざわめきながら入ったホテルの大広間は美しく飾り付けられて、今日の善き日を寿《ことほ》ぐという配慮に人はいやが上にも高揚する。

来賓たちが決められた席に付くと、待ち兼ねていたようにボーイが機敏に動く。洋一郎とピンクのドレスに着替えた美しい晴恵が喝采《かっさい》のなかに登場し、披露宴は始まった。

私は恍惚《こうこつ》としながらも集まった来賓者に視線を移す。推察として大勢は音楽関係と思えたが、すでに名を成していられた音楽家たちの他に、祝辞を述べられた野上弥生子《やえこ》女史等の文化人、加えて実業家らしい人々、更に教会関係者という風に、私が育った環境ではお会いすることも許されなかったような綺羅《きら》びやかな顔ぶれであった。そして漠然とではあるが、晴恵側の来賓の方が伯父側より多いように思われ、晴恵の持つ背景に今更ながら圧倒された。

晴恵と洋一郎はのちに夫婦でドイツに留学したあと、それぞれ日本の音楽界の第一線に立つことになる。晴恵はニューヨークの旧メトロポリタンで歌ったり、二期会で活躍したり、ラジオ、テレビに出演したりして、ソプラノ歌手の大御所的存在となる。洋一郎は多くの弟子を育てる一方、二期会の創立に携わり、また横浜のフェリス女学院に音楽部を設立し、のちにフェリス女学院短期大学の学長を務める。そのような二人の門出に真に相応《ふさわ》しい披露宴であったと言うべきか。

来賓の祝辞も終り、新郎と新婦がテーブルを廻って挨拶を始めたころ、伯父の音頭で新郎と新婦の親族が控えの間に集まり双方の紹介が行われた。伯父方から始めたが伯父は係累が無いに等しく、伯母方は父夫婦と私を除いて他は関西に住んでいるので、親族の数は少なかった。当時は横浜、大阪間は特急のつばめでさえも八時間かかり、遠隔の地から甥や姪の結婚式に出席するには遠すぎたのであろう。晴恵方の親戚は東京在住者が多く、三倍近くの人数があったと思える。

一通りの紹介と挨拶の終わったあと、伯父は私を手招きして、

「先ほどご紹介致しました家内の姪でございますが、姪も年頃《としごろ》になりましたので本日の花嫁にあやかり、早く嫁入りさせてやりたいと存じております。どちらかに良いご縁がございましたなら、この吉日を折りに是非おとりもちをお願い申し上げます」

と結んだ。

私は深々と頭を下げ、思いがけず脚光を浴びたことに満足していた。

五月に入って間もなく、私はこのときの晴恵の親戚の一人から、見合いを申し込まれた。

私にそれを告げる伯母の頬は珍しく紅潮していた。それほど望外の縁談であった。

名を須崎徹といい、晴恵の母の姉の長男である。従って晴恵とは従兄妹同士になる。父親は日本橋に大きな店を持つ医療問屋の主人で、自宅は田園調布にあった。徹は当時二十四歳で、慶応義塾大学を卒業後、父親の会社に勤めているということであった。

見合いは日本橋の鳥料理屋で行われたが、洋一郎たちの結婚式で一度は顔を会わせた間柄ということで私側は晴恵だけが付き添い、徹側も本人と両親だけという略式であった。結婚式の控えの間で親戚同士の紹介があったとはいえ、私は徹の顔を覚えてはいなかった。見合いの席で初めて意識して見たが、これと言って特徴のない顔に眼鏡を掛け、中肉、中背、というところか。一瞬にして惹《ひ》かれるというところはどこにもなかった。しかし感性は動じなくとも徹への好奇心は拡がる。鳥料理ということで、鳥を調理した料理ばかりが次々と出たが、中でも「とりさし」といって、生々しい鳥肉が出て来たのには驚いた。高級料亭での見たことも聞いたこともない「とりさし」が私には須崎家の富裕度の尺度になったと見え、そちらの方へも好奇心は拡がった。

この見合いのあと、須崎家から伯母のところに結婚の申込があったようである。私の出生に関しては見合いの話のあったときにすでに内々で話はしてあり、了解も得たということであったが、それでも田園調布に居を構える御方々にはあの大阪の裏長屋は想像がつくまい。

改めて正式に結婚の申し出があったことで、伯母は私を呼んで言った。

「実は、徹さんはあのお父さんが若いときによその女の人に産ませたお子さんなの。いまのお母さんが引き取って育てなさったのだけれど、いろいろ大変だったようよ。そんなことで節ちゃんの生い立ちと似ているところがあるから却《かえ》ってうまくいくんじゃないかしら。私としては晴恵との姻戚関係が広がることでもあるし、先方はお金持ちだし、徹さんはご長男だし、こんな申し分のないご縁は滅多に無いとおもうけど」

私は頷いて、伯母の申し条はすべて尤《もっと》もだと合点した。

この話があってから、私は徹としばしば会うようになった。

金持ちの相手に対して花嫁候補として会うのであるから、こちらの方もこれ見よがしに飾り立てて出かける。すべて着物でなので丁度季節の変わり目を迎えたこの時期では、五月は袷《あわせ》、六月は単《ひとえ》、七月は薄物となる。それぞれに合わせて飾り立てる着物を持っていたことになるが、母が大阪で用意してくれてあったものの他に、伯母の見立ても多かったのではないか。その中でも白と深紅の色分けに撫子《なでしこ》の花を散らした単や、葡萄《ぶどう》と葉を一面に配した薄物は忘れられない。人が振り返りでもすれば、つんと澄ましたのも若さである。

当時女性は早く売れた方が美人で品質良好とされており、同級生で卒業と同時に結婚した人などは皆の羨望のまとであった。両親のもとにぬくぬくと日を送っていても結婚を急いだ時代である。私のように一刻も早く父宅を出たい身としては、誰よりも結婚を急ぎたい気持はある。ましてや玉の輿《こし》の縁である。それに京都の陶工のこともうすっかり諦《あきら》めている。

だが徹にはどこか逡巡《しゅんじゅん》するものがあった。

徹はお洒落で、粋《いき》で、贅沢《ぜいたく》であった。その時代の先端を行くモダン・ボーイに自分を見立てていたのではないか。約束の場所はあちこちの高級レストラン、名の通っていそうな日本料理店、洒落た喫茶店。場所は東京のときもあり、横浜のときもあり、海の見える公園や、樹の繁る散歩道であったりもした。私はその度ごとにあたりの状況はうっとりと甘受するのだが、徹への情感が追《つ》いて行かない。妙蓮寺のわが家まで送ってくれるときもあった。駅を降りてすぐに妙蓮寺池があり、湖畔は人影もなく暗く沈んでいる。柳の大樹に寄り懸かった青年は滔々《とうとう》と抱負を語る。私の知らない文学を語る。果ては大声で詩を吟じる。私は青年の気負いは好ましく思うのだが、やはり情感が追いて行くということがない。京都の陶工の沈黙を前にした陰影が思い起こされた。

私は逡巡し続けた。

母はこの縁談を当然のことに喜んでいたと思う。しかし娘が自分の手の届かないところへ行ってしまうような不安もあったに違いない。

諾否を決め兼ねている私に伯母は苛立《いらだ》ちを示し、

「節ちゃん、どうする積もりなの？　こんな結構なお話は二度とありませんよ」

と不快そうである。

天にも登る心地で飛びついている父は、

「泥鰌《どじょう》（同情）が鮎《あゆ》（愛）になり、そのうちに鯉《こい》（恋い）になるというじゃないか。人には添ってみるものだよ」

と誠に父らしからぬ下世話な比喩を口にして、私を啞然《あぜん》とさせた。

周りの人たちから言われるまでもなく、我が身の生い立ちを考えれば、受けて当然の結婚であった。しかし、受けて当然だからといって、情感が涌かないままに結婚すべきであろうか。華美は好きであったし、お金もほしかった。だが恋愛もほしかった。恋愛というものが先立たない結婚など自分の未来に描くことはできなかった。強情とも我が儘とも言われてもそこは譲れないような気がしていた。

七月に入ったある日、徹は改まった様子をして、私に向った。

「これはちゃんと君に話して置かないといけないと思っていた。実は僕はあるダンサーと長いあいだ付き合っていたのだ。しかし誓って言うが変な関係は全くなかった。信じて欲しい」

そのような内容のことを縷々《るる》と述べた。

私は、変な関係はなかった、ということを大仰に告白されたことで、却って娘らしい衝撃を受けた。それは結婚の前提として当たり前のことではなかったか、得々として私に誇るようなことであろうか。

私は男女交際など当たり前といった風に振る舞ってはいたが、男女の関わり合いには潔癖であった。ミッションスクールに学んだことも一役買っていたのかも知れない。第一、男女の関係という言葉が何を意味するのかをよく知らなかった。「主婦之友」や「婦人倶楽部《くらぶ》」等によって得た知識では、結婚というものは童貞と処女とのあいだで取り行われるものではなかったか。その当たり前が何故？

釈然としない思いを抱えていたが、伯母に言うのは憚《はばか》られた。しかし荻窪の良一宅に行ったとき、私は思いきって説教上戸に意見を訊いた。

上戸はうーんと唸《うな》って返答に窮した挙句《あげく》、

「それはまあ節ちゃんの言うことは判るけれど、まあ、もし本当にそうなら男としては誇りたいところだろうな。俺はそう思うよ」

と苦しそうに言ったが、私はそれが判る年齢ではなかった。

この釈然としないものが決定的な理由ではなかった。しかしダンサーという言葉は蟠《わだかま》って残った。華やかなダンス・ホールで美しいドレスを纏《まと》った女性とステップを踏む——その姿には異父兄の田村一郎を被《おお》っているものと同じ頽廃《たいはい》の匂いがする。そしてその頽廃の匂いは二重の意味で胸につっかえた。一つにはそれは余りに薄く、余りに軽かった。私はそういう場にいる青年よりも、ピアノを一心に弾いている青年や、轆轤《ろくろ》の前で夢中で土を捏《こ》ねている青年の方が好きであった。もう一つにはそれはどこかで暗かった。尋常な育ちをしなかった者の暗さを感じさせられた。徹に不幸な生い立ちの影があることは、私にとって居心地の良さにつながるかも知れない。しかし私はそのような類いの不幸とは今後一切縁を切りたかった。夫となる人は正常な夫婦の嫡出子として生まれ、両親の庇護《ひご》の許にぬくぬくと育った大人であって欲しかった。

もちろん私はこのように理詰めに考えたわけではない。まず恋心がわかないという厳然たる事実があった。そしてその事実を正当づける理由を探そうとして、徹の告白を利用しただけかもしれなかった。告白を聞いたあと、断ろうという方へ一挙に気持ちが傾いた。

伯母や父の願いの正当性は判り、分に過ぎた縁談であることはよくよく承知していたが、矯《た》めることができないのは私の直情径行である。決して熟慮の末ではないが、一旦断ろうという方へ気持ちが傾けば、一気に決断、決行となる。

伯母を通して断るなどという方法は取りたくなかった。私は徹とのあいだにいつのまにかそれなりの信頼関係を築いていたので、直接彼に断るのが礼儀であろうと思えた。そして次に会ったときに断りの辞を言った。どう言ったのであろう。何にも覚えてはいない。傲慢《ごうまん》な小娘であった。

伯母は私の話を聞いて、顔を強張らせた。ややあって、

「そう、節ちゃんがいやなのなら、それはそれで仕方のないことでしょう」

と硬い声で言った。

私は伯母の親愛を裏切った人間として、以後伯母から疎まれることになる。

私は子供のときから我が儘、強情と言われてきた。子供なりの直感、若さなりの信念でものを言ったり行動をしたりしたとき、人は私のことをそう審判する。しかし私はそれを言語に変えて大人に理解してもらう能力を持たなかった。その上若さは他人の深い心情を感知して、自分の中に感謝を育《はぐく》む能力も与えてはくれなかった。私の取った行動は伯母に取っては我が儘でしかない。そして感謝を知らない娘と思ったであろう。

伯母はこのあと私に一線を画し、よそよそしかった。私は伯母に対して造反した形になってしまったことを、いまになって限りなく悔いるのである。

伯母は行き所のない場所に追い込まれていた私を救い上げて、新しい運命を与えてくれた人である。大阪の薄汚い裏長屋で、金も教育も後ろ盾もない母と一緒に放り出された私は、

そこを起点として出発するしかない未来を背負わされていた。父は私が視界から消えたことで一挙に緊張を緩め、責任を果たしたという解放感に浸るだけで、私の未来に何の関心も示さなかった。大阪の市井の片隅で小さな所帯を持たされるしかない未来から、伯母は救ってくれたのであった。

伯母は父の申し出に従って私を「弟の娘」として預かり、家族の一員として遇してくれた。それは伯母にとっては長年続けて来た里方の小松一家への奉仕の一環でしかなかったかもしれない。だがそれが私の奇跡であった。私はこの転機を与えてくれた伯母の恩を忘れることはない。徹との話でこじれたとき、真情を伝えるべきであった。救い上げてもらった恩を感謝していることを、言葉を尽くして伝えるべきであった。私は伯母によそよそしくされた後、例によって不満と反発の塊となり、余り近付くことをしなかった。そしてそのままにするうちにどんな言葉も無駄になってしまった。

伯母はその後に始まった太平洋戦争の後期に脳溢血《のういっけつ》で倒れ、右半身が不随になった。物資が不足する中、自分の才覚が思うように発揮出来なくなったことを歯がゆく思い焦燥感に苛《さいな》まれたに違いない。強気の伯母は強気のまま二年ほど不自由と向き合っていたが、力尽きたのか終戦の翌年である昭和二十一年六月に、家人を外に出し、裏の井戸で入水《じゅすい》自決した。裏口から井戸までの距離は歩けば短いが、にじり這うことしかできない伯母である。そして井戸の縁《ふち》は高い。その胸にいかに壮絶な決意があったことであろうか。

自分の本分とするところを護ることが出来なくなった上は、士族の娘らしく毅然《きぜん》として死を選ぼうとしたのであろう。凜《りん》として、美しい死にざまであった。

三　夏の闇

十九歳の私は恋をしなければならなかった。

京都の陶工との恋らしい恋は、伯父と伯母の反対する中で陶工自身の決断で消えてしまった。次の徹との縁談は、伯母の真剣な薦めにも拘《かかわ》らず、私の決断で断ってしまった。もう二度と伯母からの援《たす》けを恃《たの》むことは出来ず、私は私の結婚への道を自らの手で開かねばならなかった。父や幸子との確執は執拗に続いていて、そこから逃げ出すにも結婚は必須であった。父は私を持て余し、父自身は自分で解決を見つけようという気も才覚もないまま、一日も早い私への責任の解除だけを望んでいた。父の焦慮は私を追い詰める。

その頃の聖歌隊は、緩慢ではあったが各自が青春の頂点に近づきつつあった。男女の寄るところ、自然現象として恋が蕾《つぼ》む。惹《ひ》かれ合うカップルが、微かな色合いを見せ始めた。色は全体を巻き込むようにして若い人たちの心を染めて行く。中心にいた佳代子という美しい人が、ある日見合いをして婚約し、北京に行く事になったと発表した。それは隊員に投じられた円《まろ》やかな石となって、波紋はゆったりと広がった。

隊員の一人である篠原弘二が一番大きな波紋を受けたように私には見えた。大きな瞳に淡い翳《かげ》りが射したように思えた。私はその翳りにふっと惹かれた。一瞬のことである。

弘二は善良で、陽気で、饒舌《じょうぜつ》で、周りの雰囲気を明るくする。そんな人であった。健全な家庭で健全な両親に育てられた嫡出子である。日本大学工学部を卒業すると同時に素直に父親のつてで職を得、そのまま勤め続けているという尋常な人でもある。突出した才能もない代わりに、頽廃《たいはい》の匂いもない。廻りに波風のたつ要素もなかった。グループの中では最年長の二十六歳で、最年少の私にとっては憧れの大人でもあった。年来の願望に正しく適した人物と、そのときの私には思えた。田村一郎のいう「ばさんの血」が勃然《ぼつぜん》と私の中に湧いたに違いない。どういう過程を取ったのかは今となっては霞んでしまったが、恋愛したと信じられる程度の恋愛があったことだけは確かである。私はそれで満足していた。陽《ひ》の降りそそぐ花園を手に手をとってふわふわと歩いているようであった。そして気が付いたときにはもう婚約をしていた。省みて、青春とは種の保存の本能が、美しい花を咲かせる時期を指すのではないか。人々は花の香に酔い痴《し》れて、結実の先の人生を思いやることはない。

弘二は篠原家の長男であった。下に妹が二人、弟が一人いる。父は佐賀の出身の士族で、京都大学の工学部を出たあと、大きな会社の技師長をしていると聞いていた。母も佐賀の出身の士族、そして漢学者の娘ということで、聡明な美人であった。結婚を断った須崎家のような財産家ではなかったが、或る程度の富を持った堅実な家庭であった。同時に、キリスト教徒であったためか、九州出身の両親にしては子供たちを自由な東京人に育て、巷間《こうかん》に伝えられているような九州特有の男尊女卑の封建性はこの家にないかに見えた。事実、この両親は弘二が長男であったにも拘らず、私のような素性の知れぬ娘をあの「伯母の姪」という肩書きだけで嫁として受け入れることに決め、生い立ちをあまり深く詮索したようすはなかった。

弘二とは月並みに恋愛らしいものをし、月並みに楽しい思い出を持ち、月並みな言葉を交わして、幸せであった。楽天家なところもよく似ていた。

「僕の月給は六十円ちょっとだけど、やっていけるかな」

「判んないけど、大丈夫じゃない」

お金など預かったこともなく、六十円という額の意味するところは判らなかった。ただ、長男ということで横浜にある親の家に同居し、かなり広い二階を開け渡してもらえると決まっていた。従って経済はさして深刻な問題ではない。

お料理は出来ないというと、

「妹と女中がやってくれるからいいよ。節ちゃんの料理など怖くて喰《く》えない」

という。

二人の妹のうち、上の妹はすでに結婚して他家にいる。下の妹は、妹といっても私より年上である。この年上の人が台所を責任をもって賄ってくれると弘二が言えば、では台所に顔を出す必要はあるまいと私は勝手に思い込む。母親は長年肺を患っていて、台所に入らないことは知っていた。

十九歳にもなって結婚というものに対する私の思考はこの辺で止まっていたのである。母がふつうの家の「嫁」であったことがない弊害は大きかった。その上、小説を読んだり映画を観たりしては、自分にとって都合のいいものばかりを記憶に残し、将来にあれこれ夢描く私の性癖がそこに加わった。また伯母の家での花嫁修行も修行半ばに終わり、そのような生い立ちや生来の欠点を矯正してもらえるに充分の時間がなかった。一般の「嫁」という概念が全く無く、まして舅《しゅうと》姑《しゅうとめ》と同居の嫁の弁《わきま》えなど想像することもないまま私は結婚に向かった。弘二との恋愛ごっこも楽しかったが、妻の役目も安易なものに思え、結婚生活もお嬢さん生活の延長線上にあると、バラ色の幸せを膨らませていただけであった。

父はこれで長年の重荷から解放されると、心底安堵《あんど》したようであった。解放されるとあれば、有終の美を飾ってやりたいと前々から思っていたのであろう。娘の私が驚くほど立派な支度が幸子の手で整えられ始めた。勝手なもので私もそういうときは幸子に逆らわない。折しも戦時色の濃い折り、「奢侈《しゃし》禁止令」なるものが発令されて、金、銀、漆、の入った反物は製造禁止となった上、着て歩くことも遠慮しなければならなかった。従ってそれ等の高価な反物は、高価であればあるほど値が下がり、呉服屋としては無理にでも捌《さば》いておきたい品物であった。思い起こす度に今でも胸を締め付けられるのは、日本橋の三越に父も同行して買ってもらった、白と赤のぼかしに、御所車、牡丹《ぼたん》、梅、菊、等が咲き乱れ、全体に金箔《きんぱく》をちりばめた豪華な大振り袖である。それに合わせた金糸、銀糸で鶴を刺繍した見事な丸帯もあった。帯の方の値は忘れたが、豪華な大振り袖は百円で、当時としても破格の安さであったと記憶している。余りの嬉しさに茫然《ぼうぜん》としている私の横で、「よかったね、節ちゃん」と普段はよそよそしい父が目を細め、父自身も嬉しそうに言った。その父に昔の面影を見るようで私はなおも嬉しかった。そして幸子も私の余慶にあずかるように、自分の式服や帯を新調した。

この時期、私と幸子のあいだに確執は影をひそめていた。幸子は得意とする和裁で私の着物を縫うことに専念し、嫁入りさせる娘を持った母親が味わうであろう哀感を、若干味わっていたのではなかろうか。それは女の性《さが》でもあり、片方に重荷を下ろす喜びと、反面に推移した年月に対する詫びの思いもあったのかも知れない。

道具類も着々と整っていった。父は伯母に薦められて川越の簞笥屋まで出向き、総桐の簞笥二棹《さお》、鎌倉彫りの鏡台、対《つい》になった桐の丸火鉢、衣桁《いこう》、衣紋《えもん》掛《か》け、等々と、一応のものは全部揃えてくれた。伯母は私の結婚には傍観者の立場を取っていたが、弟である父が世事に疎いことを危ぶみ、何かと進言してくれていたようである。この川越の店の簞笥は震災のとき不忍《しのばず》池に火災を避けて投げ込んだ持ち主が、後日池から引き上げたところ、水を含んだ引き出しはぴったりと密着していて中身に何の損傷もなかったということである。

それにしても、あの金はいったいどこにあったのであろうか。幼いときから倹約に倹約を重ねた記憶しかないのに、突然に地から湧いて出たような贅沢《ぜいたく》であった。

私は毎日を夢うつつに生き、日増しに結婚が現実化するのを呆然と見ていたような気がする。十九歳の花嫁に求められるものは何もなく、過去も未来も断ち切られたところで、人形として置き去りにされていた。

唯一口惜しくも悲しくもあったのは、小さい頃からあれこれ夢見ていたウェディングドレスである。弘二の母から、去年結婚した上の妹が使ったウェディングドレスを使ってはどうかと申し出られた。妹は私より大分背が低い。着てみると私は痩せているので横幅は合うが、丈は裾《すそ》が踝《くるぶし》の辺りまでしかない。裳裾《もすそ》を長く曳《ひ》くので一応の格好はついても、私は大きく気落ちした。結構な嫁入り支度が整っていけば、それはそれで当然となり、ウェディングドレスのことだけが夢うつつの毎日のなかでちくちくと心を刺した。弘二の母の提案は理に適《かな》っていたが、自分の欲望が押さえつけられることに不快が漠とあった。母親の申し出を私が喜んでいると信じているらしい弘二にそれを言うわけにはいかなかった。

私の結婚に対し、田村一郎は、

「おまえみたいなややこしいやつが、九州出の姑とうまいことといくやろか。あんまり我が儘いうたらあかんで。せいぜい亭主手なずけてうまいことやりや」

と珍しくまともな言葉を餞《はなむけ》にくれた。

説教上戸の橋本良一は、

「婿さんは大学の学部じゃなくて専門部の出だって？　そこがちょいと気に入らないが、まあいいとするか」

と橋の下の乞食の娘にしては破格の玉《たま》の輿《こし》に難癖をつけたが、祝い酒と称してその日の晩酌の量は増えた。

敬愛する声楽の師の柴田睦陸《むつむ》氏は、

「ぼくは節ちゃんを毎日コンクールに出そうと思ってたんだ。そこまで教えたかったなぁ」

と残念そうに言われた。師のその言葉は生涯私に付きまとうこととなる。

母は無論、安堵したに違いない。私の嫁入り支度一般の楽しみを、幸子に取り上げられてしまったことは不満だったたであろう。しかし諦《あきら》めに馴れた母は、それに関して一切の口出しはしなかった。母が心の奥深い処《ところ》でもっとも嘆いていたと思えるのは、夫の親と同居ということで、私の新居に自分の場がないことではなかったか。しかしそれなりに執念深い母は、いつかはという賭《かけ》を自分に賭けていたように思う。

式は十一月七日に教会で行うこととされ、そのあと神奈川会館で披露の宴を持つと決められた。

その頃になって篠原家から、篠原節子となるべき私の姓名判断をさる高名な占い師に占ってもらったところ、卦《け》は「このままでは性格が強過ぎて篠原家とは合わず、将来に不安を残す」と出たとのこと、「節子」を「接子」と変えるようにと申し出があった。名字の方はすでにもう「佃」から「小松」に変わったのを経験している。だからこそかもしれないが、「節子」という名前には愛着があった。「節子」という名前は自分が自分であることの証明のような気がしていた。はなはだ気が進まなかったが、この期に及んで荒波を立てるのは考えられず、取りあえず受け入れることにした。

「接子」に変わったら、先のウェディングドレスの件など不満に思わない妻になるということであろうか。

十一月三日の明治節に、私の嫁入り道具一式が、祝いの幔幕《まんまく》を張ったトラックに乗せられて篠原家に向かった。篠原家では当時の習慣に従って、二階の座敷に道具一式を飾り、親戚や近所の人を招《よ》んで見せた。箪笥の中には小松家の紋を付けた黒の式服、訪問着、喪服がそれぞれに合わせた立派な帯と共に納まり、色とりどりの外出着や普段着も仕付《しつけ》を付けたままで畳まれていた。下駄箱には草履から駒下駄《こまげた》、雨具の中歯、高下駄まで新品がずらりと並んでいる。道具一式の横には嵩張《かさば》る綸子《りんず》の寝具もある。嫁の家の格の披露として、父の金は父の面目を立てたように思う。塗りの剝《は》げた卓袱台《ちゃぶだい》をはさんで母と二人で鼻を付き合わせていたあのみじめな歳月を思い起こさせるものは何一つなかった。

式の当日、私は例の裾の短いウェディングドレス一式を持って、一人で美容院に出かけた。家を出る前に、玄関に送ってきた父と幸子に「長いあいだお世話になりました」と小説で覚えた言葉を気取って言うつもりでいたが、言わなかったような気がする。

式は牧師の司会で順調に進み、花婿、花嫁の写真、出席者一同との写真も撮り終えた。披露宴には父の自慢の豪華な振り袖で臨み、人生の晴舞台にこのときとばかり優雅に美しく振る舞ううちに、結婚式は無事に終了した。

あとから聞いたが、弘二側の親族の一人が「あんな華族のお姫様《ひいさま》のような方がよく嫁に来て下さった」と評したそうで、私の得意は宙を舞い、天を翔《か》け、止どまるところを知らなかった。娘の結婚式に出られなかった母の心を思い遣るどころか、あの母の姿がその場になかったことに胸を撫で下ろした。

私はここで正式な人妻である篠原接子になり、長年の桎梏《しっこく》であった庶子という身分から解放されたのである。

思えば「高台にある家」に憧れて、その青い鳥を追い求めることで己の矜持《きょうじ》を持してきた。いまここに辿《たど》り着いてみれば、矜持だけが残り、忌まわしい過去は遥か遠いものに思える。私は決別した過去を更に遠くに押しやり、生まれ付いたときからその位置を約束されていた人間のように誇らかであった。

式の後は、熱海—湯河原—川奈といった当時の新婚旅行の定番のコースを廻った。多数の新婚旅行のカップルとどこでも一緒になったが、それぞれが幸福を絵に描いたような顔をしている。あのように微笑ましく、無垢《むく》の幸福に充足した時間を、人は人生に一度しか持つことはない。あとに大人の屈折が待ち構えているなど、誰が予想出来たであろう。

行った先々で土産物を買い整え、花嫁として帰る篠原家での祝いの席を頭に描きながら、列車に揺られていた。愚かしいことに、私はそのときになってもまだバラ色の幸せを膨らませ続けていたのである。祝いの席には美しい花が飾られ、卓上にはさまざまな心の籠《こ》もった料理が並べられているであろう。シャンペンもあるかも知れない。食後のケーキには弘二と私の名前が描かれていて、歓声の中で弘二がそれを切るであろう。しかし私はつつましく恥じらっていよう、今夜は篠原家の一員となる初めての日なのだから……。

帰宅してドアを開けると、妹と弟が飛んで来て笑顔で迎えてくれた。だが歓声が挙がる筈のお茶の間の襖《ふすま》を開けると、そこには舅と姑がもの静かに座っていた。「お帰り、どうだったかね」の声には何の華やぎもなかった。私はたじろいだが、弘二は上機嫌で土産ものを出し、一通りの旅行談を始めた。しかし両親に興がっている様子はなかった。妹と弟はときどき賑やかに合いの手を入れるが、それはふだん通りの兄弟の姿勢であって、兄弟の仲良さだけが浮き彫りにされ、私という人間の存在の場はないように思えた。

舅は湯河原の話のときは、

「あの宿はお父さんの常宿だから良くしてくれただろう。昔からある有名な宿だからね」

と己を誇示することを忘れなかった。

やがて食卓の中央に、ガスコンロが女中の手で据えられた。本来ならばそこには美しい花が飾られている筈である。やがてコンロに水を張った古びた大鍋がかけられ、点火された。次に妹が山のような菠薐草《ほうれんそう》と豚肉の薄切れを盛った大皿を持ってきた。弘二は、

「常夜鍋だね、これはうちでよくやる料理なんだよ。煮立った鍋に豚と菠薐草を入れて、適当なときに自分で取り出して醤油を付けて喰うんだ。うまいよ」

と嬉しそうである。古びた大鍋を見た瞬間の私の胸中など斟酌《しんしゃく》することはないと知った。

食卓には材料の他、新婚旅行の土産の佃煮と香のものが出されているだけである。それでもそれほど大きくもない食卓に、舅、姑、妹、弟、弘二、私、が座ればそれなりの賑わいはある。話題はもっぱら私たちの留守中に連れられてきた上の妹の子である初孫の話、姑の弟の妻で聖路加病院の元看護婦長であった傑物の女史の話、加えて妹と弟が身近な出来事を報告する。弘二は長男らしく誰に対しても一廉《ひとかど》の合槌《あいづち》を打ち、座に笑声は絶えなかった。

そこにあるものは、なんの変哲もない篠原家の昨日に続く今日であって、新しい花嫁を迎えた特別の日ではなかった。五人の肉親の家族の中に、一人異質の私は名状しがたい思いに

沈んで行く。私は頭の中に打ち上げてしまったバラ色の花火が、常夜鍋の湯気の向こうに霞み去るのを硬直した恐怖と悔恨で追った。

隣の弘二の声は高く、得意の洒落を混えて座を沸かせている。

舅は事業の好調振りを説明し、これまた上機嫌でいる。

姑はもの静かに頷《うなず》きつつ、笑顔の端でそっと私を偸《ぬす》み見た。


あの夜の悔恨を、分析する力は私になかった。


結婚後の生活は、外見は何の問題もなく順調であった。しかし、「嫁」という概念がよく判らない私の一挙手一投足に、姑の怒りは胸中に渦を巻いていた筈である。姑は漢学者の娘らしく感情を表に現すのを節してはいたが、肺を病み、更に私への感情を圧《お》すのに疲れ果てていたであろう。

やがて一年が経ったころ、弘二の会社が戦争を予測して中央線の八王子に近い日野に疎開した。それにつれて私たち夫婦も日野の隣の駅の豊田という小さな町に新しく出来た社宅に移った。昭和十六年の九月であったと思う。

私と弘二の新しい出発である。

この出発をもっとも喜んだのは姑であろう。だが私にも安堵はあった。これで自由に息をつけると思った。初めて背負わされる所帯の責任の重さも嬉しく感じられた程である。

秋の名残の畠の中に、百軒ほどの社宅が身を寄せ合って建っていた。辺りは見渡す限りの畠で、駅前の一塊りの商店が命の綱である。だが、生きの悪い魚をほんの少し並べた魚屋、さびれた雑貨屋、古々しい金物屋等の小さな店が四、五軒並んでいるだけである。道を少し社宅寄りに歩いたところには比較的大きな八百屋があったが、雑穀、味噌、醤油の類いを売っていたと見える棚にはすでにほとんどの商品がなかった。私たち夫婦の新しい出発は物資の欠乏という事実との直面から始まらざるをえなかった。そしてそれは悪化する一方であった。引越してから三ヵ月ほど経った昭和十六年十二月八日、ついに太平洋戦争が勃発した。

私は当時大判で出ていた「スター」という薄手の映画雑誌を押入の奥深く隠した。そして、とにかく生きなければならないと思った。近所の老人の農夫と親しくなり、畠の一端を借りた。もんぺ姿に手拭《てぬぐ》いをかむり、慣れない畠仕事に大汗をかく毎日が続くようになった。重い鍬《くわ》を何とかこなしたのは若さであろう。別の農家からは鶏を五羽譲り受け、卵を得ることも出来るようになった。薪《まき》と交換に近所に働く大工たちを風呂に入れるようにもした。夕方になると五、六人の大工が木片を束ねてやってきて、台所の床下は、材木で埋まった。朝鮮の男の子と親しくなって貴重な砂糖をもらうようにもなった。

弘二は労力を厭《いと》わず、私の頼むことは何でもしてくれた。私は戦争の下に何とかずる賢く生き延びようとするうちに娘時代の心情を一挙に失ったが、彼の純粋な善性は損なわれずにあった。そのかわり、何かに向かって行くという覇気には欠けていた。会社にいては仕事を真面目にこなし、家にいては私の指示の通りに動き、暇なときはどこかで手に入れて来たチェロを自己流に弾いていた。

母はといえば、私と弘二が豊田に移ってきたときから、好機到来とばかり、我が家にしげしげとやって来るようになっていた。流転を重ねた母である。また新しく母の人生に登場した弘二にはそんなに遠慮した様子をみせなかったし、弘二は弘二で、母の過去に興味を示さなかったので、二人の関係は穏当に成立していた。その上私は戦争という急激な環境の変化で、少女時代と同じように時々高熱を出しては寝込むようになり、その度に電報で母を呼ぶというようなことを繰り返していた。母にとってはますますの好機である。

丁度その頃篠原家の舅が福島県の常磐炭坑に技師長として招聘《しょうへい》され、姑と弟を連れて平《たいら》市に大きな居を構える次第となった。それを境に篠原家とはほとんど行き来がなくなっていった。下の妹は、のちに東北大学理学部の教授となる人と結婚して、すでに仙台へ移っていた。横浜には上の妹一家が残ったが、戦争も中ごろになると交通が寸断され、横浜の妹夫婦といえども、滅多に来ることはなかった。

母は訪れれば次第に何日かは泊まるようになり、篠原家が遠くなった分だけ私宅に近くなって、ついにはずるずると居座ってしまった。人手がない時代、私たち夫婦の女中となったようなものだが、母が最も望んだ形である。

そもそも当時の田村一郎宅が母にとって居心地が良かったとは思えなかった。一郎はそのころ仕事でシンガポールやマレーシアにあたかも軍属のように大きな顔をして出かけていくようになっていた。蕩児《とうじ》にとっては楽園である。

マレーシアからの帰途の船上で、一時代前にソプラノ歌手として人気のあった三浦環《たまき》と一緒になったという話を聞いたのもそのころである。

「あのけったいな女がな、亭主が日本におるいうのに俺を追っかけて、そらもうえらい目におうたわ」

昔から「俺はハンターとちごて、ハンタラレターやねん」と言っていただけあって、いつまで経っても浮いた話は絶えなかった。

そして海の向こうでも相変わらず人を喰った話題で将校たちを煙に巻いていたらしい。

得意な一郎はいい。だが、始終一郎宅に残されることとなった妻の美保江と母とが二人きりで鼻を付き合わせてうまくいく筈はなかった。具体的に何があったのかは知らないが、小さな争いは繰り返されていたのではないか。

母の居座りに対し、私はただ成り行きに任せていた。幸い弘二も取り立てて何も言わなかった。


弘二がもともと人間に余り興味の無い人だということを、その頃から知るようになった気がする。そもそも本を読まない。断片的にはよく喋るが、ものごとを深く追求するということもない。私が意見らしいものを述べようとすると、「おい、おい、難しいことは言ってくれるなよな」という。代わりに冗談はすぐ口を突いた。損なわれることのなかった善性は有り難く、夫として不満はなかったが、何か漠然と前方に不安が見えるのは、弘二に対する不安である以前に、多くを望み過ぎる自分に対する不安であったかもしれない。

母が私たちの家に居座るようになってから、「神田のおたねはん」からのコークスが潤沢《じゅんたく》に届くようになり、煮炊きの燃料に不自由することだけはなくなった。母の話では神田家は軍に飛行機を一機献納したということである。軍需産業の一環として、ますます富を得たのではないか。

そのうちに戦争も後半にかかる。事態は更に切迫し、圧倒的に穀類が不足する。米も麦もメリケン粉も生半可なことでは手に入らなくなった。私は未知の農家を訪れて、米の工面を頼むようになった。足繁く通えばそのうちの二、三軒は呼応してくれそうな気配を見せる。こちらは嫁入りのときに持っていった、仕付けも取れていない着物や帯を抱えて、平身低頭する。演技などというものではない。こちらも真情を吐露しなければ、相手も決して心を開かないものだ。戦時下の巣立ちは、平時の巣立ちよりはるかに苛酷《かこく》であった。

弘二は、いまもって不思議だが、ついに召集されることはなかった。軍関係の会社に勤めていたのが理由かも知れないし、そうでないかも知れない。

そして昭和二十年八月十五日、戦争は終わった。

そのころは上陸した米兵を竹槍《たけやり》で突く訓練が女どもに行われていた。惰性のように河原に集まるが、開戦のときは人並みに燃えた愛国心は火種を残すのみとなり、白々しく竹槍を振り回していた。

戦争が終わったと急にいわれても、虚脱した心身に喜びも希望も即座に寄り添うものではない。取り敢えず電気の笠にかけていた黒い布を外した。今夜から寝巻きを着て寝てもいいという思いの中だけに終戦が確実にあった。

弘二は終戦と同時に馘首《かくしゅ》され、その時点では目を見張るほどの大金であった二千円余が退職金として支払われた。だがそのうちにインフレという言葉が日常語になり、今度は物資の高騰に目を見張ることになる。配給の米は殆《ほとん》どなくなり、米軍の放出したパイナップルの缶詰めや粟《あわ》や稗《ひえ》の粉が米に代わる。戦争中よりも更に苛酷な一時期で、全ての日本人と同じく、食べるために右往左往するだけの毎日であった。あの時期をどう夢中に過ごしたのであろうか、いまは遠い。

唯一鮮明なのは姑の死の床に敷かれた綸子の蒲団である。また、盗まれてしまった大振り袖である。

姑が重体だという知らせが突然入り、取るものも取りあえず混んだ列車に乗り込んで平市の家に着けば、すでに死の床にある姑が横たわるのは、私が嫁入りのときに持っていった綸子の寝具であった。私たち豊田の社宅は狭くまた仮り住まいだからと、金目で嵩張るものは横浜の篠原家に置いてきていた。その置いてきていた蒲団である。人の死を前に申し訳ないことではあったが、梅が美しく散らされたその蒲団を、一言の断りも無く、選《よ》りに選って姑の死の床に使い初めにされるのは情けなく、目を塞《ふさ》ぎたい思いであった。

重ねて次の日に田舎に疎開させてあった荷物が疎開先から届いたが、その中の一つ、私の大振り袖の入った行李《こうり》だけが見当たらない。どこかで抜き盗《と》られたに違いなかった。あの例の白と赤のぼかしに、御所車、牡丹、梅、菊、等が咲き乱れた豪華な大振り袖で、それを買ってくれた父の目を細めた笑顔も思い出され、私はその場で泣き崩れたい思いであった。抜き盗られた行李の中には黒い式服も帯も入っていたが、あの大振り袖の喪失には特別の哀惜の情があった。

　そのとき八畳間では他の荷物も開けられていて、皆は一つの行李の紛失に声を潜めていた。騒ぎを聞きつけた舅が顔を出し、

「荷物が足らんという話だが、俺のモーニングや紋付きはどうなった」

　と慌てた声を掛けた。「お父さんのはあります」という返事をきくと、

「俺のさえあればそれでいい。あとは盗られようが失《な》くなろうが俺の知ったことじゃあないからな」

　と言って行ってしまった。

　足元が揺らぐような不安であった。

　失ってしまったものへの未練は深く悲しい。私は夜になっても思い出したように泣き、弘二に嘆きを訴えた。心ゆくばかり慰めてもらいたいと思う。夫ではないか、とまだ新婚気分の抜けない私は思う。しかし夫である弘二はいう。

「もういい加減にしろよ。いくら言ったって失くなったものは失くなったんだ。同じことをぐずぐず言う奴《やつ》は僕は嫌いだよ。もの欲しそうでみっともないじゃないか」

　骨がきしきしと鳴るような淋しさであった。

　多くの人が余りにも多くのものを失ったあの時代に、私の喪失は限りなく小さな喪失でしかない。あのときもし弘二が慰めてくれさえしたら、大振り袖のことも綸子の蒲団のことも心のしこりにならなかったと思う。

まもなく姑は亡くなった。

いろいろな反発はあったが、いざ亡くなってみると、私は姑が上質の人間であることをどこかで認めていて、畏敬《いけい》の念すらを持っていたことを思い知らされた。口数は少なかったがいつでもどこでも姑の目があるように思え、私の野放図は律せられていたと思う。その律してくれていた人の目がなくなったのである。野放図が肥大していくのも、時間の問題であった。

町にときどき出てみるようになった。もう着るのを諦めていたよそ行きの着物で身を装って新宿や銀座に行ってみる。焼け跡、崩壊の跡の目だつ町にも確実に新しい息吹はあり、それを吸い込むのは感動であった。二十歳から二十四歳の若さと美しさを戦争の中に閉じ込められてしまったという口惜しさがある。その思いを復興しつつある焦土の上に投げかけると、口惜しさよりも、この復興の活力をそのままやみくもに自分の踏み台にしたいと身体が浮き立った。

それにしても戦争はなんと大きく私たちを変えてしまったことか。人は家を焼かれた。財産を失った。親や息子や夫を失った。手足すら失った。私が長年付き合わされた庶子という身分は新しい法律の下に消えてしまったと聞いたが、そんなこと以前に、あまりに大きな現実の変化を前に、庶子であろうとなかろうと事実上どうでもよくなったような社会が現れた。

中央線は立川駅止まりが多かったのか、立川駅に降りることが度々ある。そのつど米軍基地の活気が空気を通じて肌にじかに伝わってくる。そこで働く娘たちが羨ましかった。アメリカ兵の腕にしなだれて歩くパンパンと呼ばれる娼婦ですら、軽蔑しながら、あの自由と活動が羨ましかった。

弘二は母の昔の縁が幸いして、説教上戸の橋本良一の斡旋で役所に勤めるようになった。母への礼の言葉もなかった代わりに、役所勤めに不満を見せることもなかった。そもそも戦後の新しい世の中に何を求めるということもなかった。一日のことは、一日にて足れり、という風であった。弘二の無気力は私の中に漲《みなぎ》る活力が見えないように思えた。

朝、淡々と勤めに出る弘二を送り出しながら、あれは恋愛だったのか、と人ごとのような目で過去を振り返る日がある。果たして弘二にとって、私が「私」である必要があったことなどあるのだろうか。今に至っては尚更《なおさら》、「私」という存在よりも、「妻」という存在を必要としているだけではないのか。

まだ人生をやり直せるのではないかという思いが身体の奥の方からふつふつと涌《わ》き、日々の忙しさとは別に、自分の未来を持て余す日がいつしか続くようになった。


終戦の混乱から少し落ち着いた二年目の夏である。

そのころも母は相変わらず私たちの家に居座っていたが、一郎宅とは有耶無耶《うやむや》のままである。一郎宅ではこのまま私に引き取ってもらいたいというのが本音であろう。母の性情の捻《ねじ》れ、僻《ひが》み、品の悪い挙措言動、どれを取ってみても実の娘の私が長年辟易《へきえき》してきたことである。たとえ実の息子は我慢できても、妻は如何《いかが》であろうか。大阪を発つときの、いずれは母を引き取るという一郎との約束だけはきちんと果たしたかった。

だが、それでいて、この家が母の終《つ》いの栖《すみか》に成りうるであろうかと問われればどうか。成りうる、とは言い切れないという気持が私にはある。このままずっと母と弘二とのあいだの平衡が保てるかは疑問であった。弘二には母を追い出すような非情はなかったが、母を疎ましく思いながらも、母に安住の場を与えてやりたいと思っている屈折した私の心に敏感に呼応してくれるというようなところもなかった。また、私の方から折り入って母のことを頼むというような殊勝な気持には何故《なぜ》かならなかった。

私が母を疎ましく思うことは大人になっても変わらなかった。誰もがボロを纏《まと》っている時代で、母の常日頃の身だしなみの悪さはさほどは目立たないが、寄る年波のせいで、ますます老醜である。いよいよ小さく縮んだ身体をかがめて、くるくると働く様は、感謝の念を引き起こすどころか、苛立《いらだ》ちの対象となった。その上年老いてさらに涙っぽく、僻みっぽく、愚痴っぽくなっていた。そしてその愚痴は無教養をことさらに晒《さら》け出す。

母娘のあいだで口論は絶えなかった。

その夜も私は母と口論していた。口論といっても私が居丈高に母に荒い言葉を投げ掛け、それに対して母がくだくだと途切れることなく愚痴をくり返す。社宅の狭さとうだるような暑さの中で、母のくだくだしい言葉がことさら耳障りで、私は常にも増して苛立っていた。少し離れたところにいた弘二は何をしていたのだろう。夏の夜である。団扇《うちわ》を片手に新聞でも読んでいたのかもしれない。突然彼の声がした。

「うるさいなあ。だからババアはいやなんだよ」

母はぎょっとした顔を見せた。皺《しわ》の奥にある目が怯《おび》えていた。母はその目をしょぼしょぼさせて立ち上がるとよろよろと小さな身体を台所の方に消した。

その晩私は眠れなかった。

弘二に素直に自分の気持ちを訴えるには、すでに私の心は離れすぎていた。弘二はどういう訳か折々耳を覆いたくなるような言葉を投げ掛けることがあった。人の心の細かい動きというものに敏感な人ではなかったからである。だが悪気のない人である。いつも私の言うことを言葉通り受け取り、もし私が誰かへの不満を喞《かこ》てば、当然のように私の側に立ってものごとを見てくれる。今夜のあの母への言葉も、あのとき私自身が母に投げ掛けていた荒い言葉を耳にし、深くを考えずに私の側に立ってくれてのことに違いなかった。

それでいて私は私自身が拒絶されたように傷ついた。

あのように私が疎まざるをえない母、悪し様に言わねばならない母だからこそ、私の夫たる人はああいった類の言葉は金輪際投げ掛けずにいてほしい。あのように私が優しくなれない母だからこそ、私の夫たる人は優しくしてやってほしい。因果な子として育った私の入り組んだ心の道筋は、弘二のような人に辿《たど》れるようなものではなかった。

弘二の寝息を隣にいつのまにか涙が頬を伝っていた。

善良な人だと思う。ただ単純な人だとつくづく思う。私というものを理解してくれることはないだろうという思いは、何もその晩に始まったことではなかった。もう長い間、来る晩も来る晩もその思いに蓋をするようにして眠りに付いていた。しかしその晩その思いは私の心から溢れ出て、闇もろともその思いに呑まれてしまったような感覚があった。

不意に母のいつもの鼾《いびき》が聞こえてこないのに気がついた。あたりは夏の夜の蒸し返った静けさがあるだけであった。母も眠っていない。母もあのしょぼしょぼとした目を闇に向かって見開いて泣いている。そう思った瞬間、蒸し返す暑さなのに、背中からすっと血が引いた。

私は蒲団を出た。

大阪をあとにしたあの晩、夜行列車の寝台の上下で母娘で泣いていたのが昨日のことのように思い出される。あれからの目まぐるしい歳月のうちに嘘のように全てが変わってしまった。

もう高台にある家は私の心の中にしかなかった。

それでいて私たち母娘の心細さというものだけは同じであった。

廊下を隔てた三畳間の茶の間が母の寝場所である。私たちの寝ている六畳間の隣にもやはり六畳の座敷があるのだが、そこを母にあてがわず、三畳の茶の間をあてがったのは、母の鼾から遠ざかりたいのと、私も弘二も母のことは女中扱いでいいと知らず知らずに考えているのとの両方であった。母もその方が安気らしかった。

私は茶の間の襖を静かに開いた。

廊下から漏れる電球に照らされて母の蒲団が眼に入る。あのだらしのない母にしてどんなときでも寝乱れるということがないのが、酷《むご》い生い立ちの修練を語っていた。蒲団の上にまっすぐ伸びた寝姿は子供のように小さい。二、三歩踏み入ると、足元には呆《ほう》けた寝顔があった。

予想がはずれて、哀しい中におかしさがあった。

と、自分でも驚くほど猛々《たけだけ》しいものが四肢に漲るのが感じられた。こんなに小さな母ぐらい抱えて生きて行くことができないはずはない。そう思うとその場で母を背負って道に飛び出してしまいたいような衝動が身体を巡る。道に飛び出して、どこまでもどこまでも、日本の果てまでも駆け足で行けると思えるほどの猛々しい衝動であった。

母は何かを感じたのか一瞬まぶたを動かしたが、そのあとはもとの呆けた寝顔を見せた。

夏の闇が母の眠りを守っているようであった。

祖母と母と私

水村美苗

『高台にある家』に登場する「母」は私の祖母である。

この本の最後の章が暗示しているように、母の結婚生活は当然のこととして破局を迎えた。家を飛び出した母はやがて再婚し、姉と私を生んだ。あわただしいその数年間、祖母はふたたび「田村」に預けられたらしいが、私が生まれるときに女中代わりに呼び戻され、以来死ぬまで母と一緒であった。

すなわち『高台にある家』に登場する「母」は、私が物心ついたときは「おばあちゃん」として我家にいたのである。

祖母は私をたいそう可愛《かわい》がった。

父も母も姉を可愛がっていたので、そんな祖母が家族のなかにいたのは私にとっては幸いであった。

明方に一人目覚めると祖母の寝ている部屋へと忍んで行き、祖母の蒲団《ふとん》にもぐりこむ。板敷きの廊下を数歩あるいただけで冷えてしまった足先を祖母の骨張った身体《からだ》に押しつける。起こしても叱られないのがわかっている。いや、起こしても、ふところに入って来たふにゃふにゃしたものが私なのを知って、老いた顔が笑みこぼれるのが暗闇《くらやみ》でもわかっているのである。家族に一人そのような人間がいるというのは幼い子にとっていかに幸福なことであろうか。私は祖母のぬくもりのなかで、胸に手を入れ乳房をまさぐり、とりとめのないおしゃべりをするうちにまた寝入ってしまう。祖母が死んだ夢を見て大声で泣き、その泣き声で目覚めたこともあった。

幼稚園の入園式の写真に付き添いとして写っているのも、母ではなくて、黒い羽織をまとった着物姿の祖母である。

母はロマンティストな反面、はなはだ現実的な人間である。祖母が丈夫で役に立たなかったら、祖母を引き取るという約束がどこまで果たされたかはわからない。だが幸い祖母は丈夫で充分に役に立った。そして東京の郊外で暮らす私たち一家のなかでところを得た。たすきを掛け、前垂れをしめ、一方で孫を甘やかしながら、一方でくるくると働いていた。

死んだのは私が七歳になった二日あとである。

八十一歳と九ヵ月であった。

現実の祖母の死を前に泣いた記憶はない。だが祖母が死んでから私の子供時代は、以前と同じものではなかった。

私の知っている祖母の乳房は無惨に萎《しお》れて垂れていた。

だがその残骸《ざんがい》とでもいうべき形は、豊かだった乳房固有のものである。十代で芸者として披露目をしてから、三人の夫をもち、夜伽《よとぎ》に出されていたことさえある祖母である。また自分の子供に加えて、血のつながらない子にまで乳を含ませて育てた祖母でもある。何人の男と子供とがその豊かな乳房で遊んだことか。乳も出なくなり、張りがなくなってからは孫がその乳房に連なった。そしてその列の最後に来たのが、私であった。祖母にとっては、自分の乳房に連なったたくさんの人たちのおしまいにいたのが、私だったということになる。

だが、私にとっての祖母は、それからの人生を不安に怯《おび》えず生きていける一生分の安心感を、人生の初めに与えてくれた人であった。

私は小さいころから母の「小さいころの話」を聞いて育った。

それは祖母の話を聞いて育ったということでもある。

いつしか私は祖母の話を書きたいと思うようになっていた。小説を書きたい、小説家になりたいと思ったのも、いつかはこの祖母の話を書きたいという思いがあったからである。

母の語る祖母の人生には、明治文学、大正文学、昭和初期文学——異国に育った私があこがれやまなかった日本近代文学の命が、音を立てて脈打っているような気がした。

母が老いて文章教室に通うようになったときに、祖母の話を書いてほしいと言ったのも、母が書いたものを将来自分が使えるだろうと思ったからにほかならない。

ところがその私が書きたかった小説を、母が書き、出版することになってしまったのである。

母は文章教室で十年近くは習作と称するもの——恋愛もの、旅行記、祖父の死、などについて書いていた。転機が訪れたのは、八木義徳《やぎよしのり》先生という、人格者としても、小説家としても、世にも稀《まれ》なかたに師事するようになったあとである。

それが「八木教室」という文章教室であった。

八木先生に親しむにつれ、あの先生なら十二分に理解して下さる、そういう安心感があったのであろう。母は自分の生い立ちの話、祖父の話、そして祖母の話を書き始めた。それは母自身が一生自分のうちにためこんでいた話であり、今まで母が書いたものとはどこか質がちがっていた。八木先生は当然瞬時におわかりになり、一回目からたいへん誉《ほ》めて下さった。

一九九二年のことである。

母は運の強い人間である。その八木教室には、根本昌夫氏（現在、角川春樹事務所取締役書籍編集局長）が八木先生を補助する形で一緒に教えにいらしていた。名だたる編集者でいらっしゃる方だという。根本氏は誉めて下さっただけではない。最初の数回読んだところで、出版の可能性ということを口に出された。

それから母は八木教室に提出するという形で、八木先生と根本氏に力づけられながら少しづつ書いて行った。八木先生が体調を崩され、八木教室も間遠になったが、母の方も体調を崩し、その間遠になった八木教室に文章を提出し続けた。出版して下さるという話が具体的になったのは、一九九九年の九月、八木先生が入退院をくり返されるようになったあとである。本が出来上がったのは、二〇〇〇年の二月。八木先生は母の本の出版を楽しみにして下さりながら、暮れに亡くなっていた。

全部で七年かかった本である。もちろん八木義徳という作家と根本昌夫という編集者がいらっしゃらなかったら、陽《ひ》の目を見なかった本でもある。お二人にはいくら感謝してもしたりない。

『高台にある家』には私の手が入っているが、それは自ら進んでそうしたわけではない。『高台にある家』を書き始めたとき母は七十歳を越していた。私が一応は小説を出したあとである。老いた母は最初から「先輩」としての娘の協力をあてにしていた。そこにあったのは、老いの弱さであり、ずるさでもある。だが、そこには老いの謙虚さもあり、その謙虚さの背後には、昔はその存在を気にもとめていなかった娘に対する、赤子のような信頼もあった。

八木教室に提出する前に必ず私に見せる。まずそこから始まった。

パソコンの使い方も教えた。

事態が複雑になったのは、根本氏が出版の可能性ということを口に出されたあたりからである。母は単純に眼を輝かせたが、私は喜べなかった。自分が書きたかった小説である。それを母が書いて、出版してしまうかもしれない。私が書きたかった小説を母が書くのに、なぜ私が協力せねばならないのか？

それだけではない。

当時私は母に対して優しくなれない状況にあった。母は母で言い分があろうが、あの数年間というもの、私は母のためにつらい思いをさせられ、働き盛りだというのに、時間も精力もとられて疲労しきっていた。その辺の事情はここで書くようなことでもないので省略するが、当時私はこれ以上母のために持ち出しを強制されるのをやりきれないと思っていたのである。

当然のこととして、母の方は逆に動く。

出版の可能性という言葉を境いに、母は自分の小説に私を引きこむのに、いっそう執拗《しつよう》になった。最後の一年、手直しの段階に入ったときには、いよいよ執拗になった。母は最初から上手に書ける人間ではあったが、自分の一度書いたものを客観的に読み、そして手を入れるという作業は不得手であったのである。どうしたらいいのよォ、と原稿を持って私のあとを追っかけてくるという感じである。アノヒト、すっごいわねえ、アナタもお気の毒、I don't want to be in your shoes と姉も電話で言ってくる。母は執拗なだけでなく精力的である。私が適当に赤を入れるとパッと直し、また、どうしたらいいのよォ、と原稿を背負い、杖《つえ》をついて、ひょこひょこと家までやってくる。

近所に住むようになっていたのである。

決心したのは、出版が決まってからである。

私が手を入れようと入れまいと、本は出てしまう。

その事実を前に、なすべきことは一つしかなかった。

娘の私が言うのも妙だが、『高台にある家』は、あまりに良い小説であった。まず、事実そのもののおもしろさがある。時代そのもののおもしろさがある。それに加えて母の驚嘆すべき記憶力がある。母の文体独特の、真似《まね》できない艶《つや》と妙とがある。読み始めたらやめられない小説である。要するに、そのまま出すには、あまりに惜しい小説であった。

出版の話が決まってから三ヵ月間、私は『高台にある家』にほとんどかかりきりになった。最終的には自分のパソコンに原稿を移し、朝から晩まで手を入れ、徹夜もした。短編小説がいくつも集まったものを長編小説に直すため、登場人物や逸話を整理し、最終章をちゃんと終えるというのが、主な作業である。時間的にはそれが一番時間をとった。だが人が小説に手を入れるとき、もっとも精神の緊張を強いられるのは、そのような作業ではない。それは、そこにあるべきではない言葉や文章を切り捨てることである。そのような言葉や文章が残っていれば残っているほど、小説の格が下がり、やがては命取りになるという言葉や文章である。角川春樹事務所の方は、母の小説をあのまま出版するのに何の問題も見出《みいだ》さなかったようであるが、私自身はそのような作業によって、『高台にある家』が、『高台にある家』という作品に、よりふさわしいものになったと思っている。母が私の判断を全面的に信頼してくれたのもありがたいことであった。さらには、母が老いた母であり、私の娘ではないのもありがたいことであった。人は自分の娘の小説に手を入れるわけにはいかないであろう。

言うまでもないことだが、この小説の一番良いところはすべて母の力によるものである。この小説の最高の部分はすべて母一人の文章だからである。一言も変える気の起こらない部分であった。そして、親の欲目ならぬ、娘の欲目だと聞き流していただきたいが、この小説にはそのような部分が目白押しにある。手を入れながら、そのような部分に行き当るたびに、奇跡のように思えた。そして自分に母の血が流れていることが嬉しく、誇らしかった。

私が書きたかった小説ではあるが、私が書いたよりもよほど良いものが出来上がったのだけは確かである。

母は今年八十歳になった。もう祖母が死んだ年に近い。続編を書いており、死ぬ前にどこまで書けるかわからないと言う。大丈夫よ、などとは応《こた》えず、死ぬまで書き続ければいいだけじゃない、と娘の私は冷たく応えるのである。

※「祖母と母と私」は、ハルキ文庫（二〇〇一年三月刊）に収録されたものを、再録しました。

解説

川本三郎
（評論家）

母親の死とその看取りを描き大きな話題になった水村美苗『母の遺産　新聞小説』（中央公論新社）のモデルである母親、水村節子が七十歳を過ぎてからはじめて書いた自伝小説である。作家、八木義徳の文章教室に通いその指導を受けたとはいえ、普通の女性がこれだけの内容がある長篇小説を書き上げたとは凄い。どうしてもこれだけは書いておきたいという強い思いがあったからこそだろう。

出生の秘密、母の秘められた過去という主題の面白さに加え、昭和戦前期の庶民の暮しと、さまざまな人間模様が驚くほどの記憶力によって再現されてゆく。その細部の豊かさと輝きが読者を魅了する。

書名の「高台にある家」とは少女時代の「私」がいっとき預けられた横浜、鶴見の高台にある伯母（父親の姉）の家をさしている。伯父は横浜港で輸送船の船長をしていた関係で、その家の生活様式は洋風、ハイカラ。「私」はそれに憧れた。ピアノ、芝生の庭、本箱に並べられたグリムやアンデルセンなどの童話。「美しいものに対する憧れ、富への果てしない羨望」が、まだ幼ない「私」の心を浸してゆく。自分もこんな家で生まれ育ったらどんなにいいだろうと「私」は強く思ったに違いない。

しかし、現実は「私」の夢とはほど遠い。「私」の家は高台の上ではなく低地にある。ハイカラでもない。「私」は夢と現実の格差に悩まされながら少女時代を送ることになる。

昭和三年（一九二八）、七歳になろうとする「私」は父親の仕事の関係で母親に連れられ神戸に行く。関西での少女時代が始まる。

父親はオリエンタル・カメラという会社に勤めている。当時の言葉でいえば「月給取り」。中産階級といっていい。大阪の小学校に入学した時、「私」はまだ半数足らずだった洋服を着た子供の一人だったというから、暮し向きは悪くなかった筈である。

実際、小学校を卒業すると私立のミッションスクールに進学している。この学校の女学生時代には宝塚に夢中になったし、当時、新しく登場した喫茶店に出入りするようになる。映画にも夢中になりマレーネ・デートリヒとグレタ・ガルボの美しさに息を潜め、ゲイリー・クーパーのはにかみに心を蕩《とろ》かせる。中原淳一の絵を表紙にした雑誌「女学生の友」を愛読する。

「月給取り」の家庭の恵れた子供といっていいだろう。にもかかわらず「私」の心にはいつもこんな筈ではないという不満の思いがある。西洋の映画の夢のような世界にいっとき夢中になっても「いったん映画館を出れば現実は侘びしかった」。

何よりも無教養な母親に対する不満がある。美しく上品な横浜の伯母に比べると、自分の母親は身なりに構わないし、品が悪い。しょっちゅう放屁やおくびをする。土瓶に口をつけて冷めた茶を飲む。夏には当時、庶民のあいだで流行していたアッパッパという簡易ワンピースを着る。そして何かというと娘の「私」に「あてはあんたの女中やさかい」と卑下したい方をする。

「私」はこういう母が嫌でたまらない。授業参観に来た時の母の姿を見てがっかりする。自我に目覚めた「私」は次第に母のことを恥しいと思うようになる。

しかし、そうであればあるほど母の存在は大きくなる。のちに父親は他の女性と一緒になり、母と「私」を捨てることになるが、そういう父に比べ「私」にとって母の存在はより大きい。この小説は、母と娘の物語になってゆく。ちょうど『母の遺産　新聞小説』がそうだったように。

「私」は「月給取り」の娘として恵れた少女時代を送りながら、いつも心に屈託を抱えている。単に母のことを恥しいと思っているだけではない。徐々に、母には、娘に語りたくない過去があることが感じられてくる。母には何か秘密がある。それは何か。母の秘密は「私」の出生とも関わってくる。日本の近代文学に特有の主題である出生の秘密が徐々に語られてゆく。

印象的な二人の人間が登場する。

子供の「私」は、はじめ、二人とも母の親類か何からしいと漠然と思っている。ちなみにこの小説には両親の親類たちが何人も登場する。現代に比べると、昭和のあの時代、親類との付き合いがずっと濃かったからだろう。まだ日本全体に村社会の人間関係が強く残っていた。「私」が子供の頃と、女学校を卒業してからと二度、横浜の伯母の家に預けられるのもそんな時代をあらわしている。

印象的な二人のうちの一人は田村一郎という大きな屋敷に住む金持。「私」は母と一緒にその家を訪ねる。一郎は母に向かって改まった挨拶をするでもない。「私」を連れて神戸の元町に買い物に行き、しゃれた店に入ると「私」に外国製の子供用手袋を買ってくれる。この時、店の人間に「私」のことを「この子、俺の妹や。どや、似とるやろ」と冗談のようにいう。

印象的なもう一人は名和たかという大阪に住む女性。夫は大阪湾の海水浴場にある娯楽センターで働いている。「私」はやはり母に連れられて何度かこの家に行く。たかは瓜実顔のほっそりとした日本風の美女だが、「私」は子供心にもいい印象は持たない。そして「たかは、どういう訳か、他の母の縁者とは違うという印象を最初から与えた」。たかは夫を亡くしたあと、家の近くに引越してきてよく遊びに来るようになる。母のことをなぜか「かあさん」という。また「私」に手袋を買ってくれた田村一郎のことを「田村の兄ちゃん」と呼ぶ。一郎もたかも「私」から見れば、おじさんおばさんと呼ぶ年齢の大人だが、二人と接するうちに「私」は、二人は母の子供、つまり自分の異父兄姉ではないかと思うようになる。思いがけない話である。これが母の秘密へとつながってゆく。

小さい時、「私」は父の姓は小松なのに自分は佃になっていることを不思議に思う。さらに女学校を受験することになった時、小学校の先生に戸籍を提出する際、自分が「庶子」とあるのを知る。父が実子と認めた私生児ということになる。母は入籍していない

のちに、前述したように父は他の女性と一緒になり、「私」と母とは別に暮すようになるが、その下地は出来ていたことになる。さらに読者は母が父より二十四歳も年上という驚く

べき事実を知ることになる。

一郎とたかの他に、母には、さらに良忠と幸一という「私」よりずっと年上の子供がいることが分かってくる。一郎とたかとは父親が違う。このあたり林芙美子の『稲妻』のそれぞれ父親の違う四人の子供を産んだ母親を思い出させる。昔はこういうことが決して稀ではなかったのだろう。

このあと徐々に明らかになってゆく、芸者だった母の過去は悲しいものがある。この小説が最終的には母を恋うる記になっているのも「私」が母の過去を知ったからであるのは間違いない。

後半になってこの小説には「哀れ」という言葉がよく出てくるようになる。横浜の伯母は家を出ることになった弟（「私」の父）を叱る時、「あなたってほんとに仕様のない人ね。私はあなたがおたまと一緒になるときから反対だったんですよ！」と「私」の母の名を呼び捨てにする。その伯母に泣いて謝る母の姿を見て女学生の「私」は思う。「私は母が哀れで、哀れで、ならなかった」。

母の母、つまり「私」の祖母もまた芸者だった。その祖母が亡くなり、遺体が樽に入れられ焼かれた。「樽の周りを囲んでいた薪がちろちろと燃え上がり、赤い炎が祖母を包む。哀れであった」。

この祖母と鳥取の市長とのあいだに私生児として生れた母は、神戸の芸者置屋に養女に出され芸者になった。そして幼時に脳膜炎を患い、その結果、知的障害者になった芸者置屋の息子と結婚させられた。「私」は書く。「母が哀れではないか」。

父が母と「私」を置いて家を出た時も「私」は「哀れ」と思う。「どのように私が母を疎ましく思ってはいても、母は私の母である。ひたすらに哀れであった」。

いうまでもなく母が生きた時代は男性中心の時代だった。女性には選挙権さえなかった。男たちは家の外に妻とは違う女性を作って平気だった。父親が違う子供たちが多く生まれたのも男性の勝手からだった。

この小説を読んで驚くことがひとつある。しばしば梅毒が出てくること。「私」の異父姉のたかは夫に死なれたあと夫の弟と再婚するが、たかはなんと新しい夫に梅毒を伝染《うつ》され、盲目に近い目になってしまう。夫は仕事先の朝鮮で女を買い、梅毒を伝染されていた。「私」の母もまた知的障害者の夫が、台北の接客婦から伝染された梅毒に感染する。（母は治療に専念しこれを克服する）。

たかの場合も母の場合も男の身勝手から病気を伝染された。女性たちが弱い立場にあった時代を象徴するむごい事実である。

「私」は女学校を卒業したあと、日大の工学部を出た健全な家庭の会社員と結婚するが、戦後の混乱期に次第に夫から心が離れてゆく。

その一因となったのは、一緒に暮すようになった、すでに「老醜」を見せるようになった母と「私」が口喧嘩した時、夫が「うるさいなあ。だからババアはいやなんだよ」といったこと。私は夫のその言葉に傷ついた。どんなに疎ましくても「私」の母なのだから。そしてこの母と生きてゆくことを決意する。

「夏の闇が母の眠りを守っているようであった」の最後の一行が深い感動を与える。林芙美子が好んで色紙に書いた有名な言葉「花の命はみじかくて苦しきことのみ多かりき」がよみがえる。

『高台にある家』二〇〇一年三月　ハルキ文庫

本文中に現在の人権意識に照らして不適切な表現がありますが、作品の歴史的背景、作者がすでに他界していることを鑑み、原文のままとしました。

中公文庫

高台《たかだい》にある家《いえ》

2012年9月25日　初版発行
2015年7月25日　再版発行

著　者　水村《みずむら》 節子《せつこ》

発行者　大橋 善光

発行所　中央公論新社
〒100-8152　東京都千代田区大手町1-7-1
電話　販売 03-5299-1730　編集 03-5299-1890
URL http://www.chuko.co.jp/

DTP　平面惑星
印　刷　三晃印刷
製　本　小泉製本

©2012 Setsuko MIZUMURA
Published by CHUOKORON-SHINSHA, INC.
Printed in Japan　ISBN978-4-12-205691-6 C1193

定価はカバーに表示してあります。落丁本・乱丁本はお手数ですが小社販売部宛お送り下さい。送料小社負担にてお取り替えいたします。

●本書の無断複製（コピー）は著作権法上での例外を除き禁じられています。また、代行業者等に依頼してスキャンやデジタル化を行うことは、たとえ個人や家庭内の利用を目的とする場合でも著作権法違反です。

各書目の下段の数字はISBNコードです。978－4－12が省略してあります。

中公文庫既刊より

う-3-7 **生きて行く私** 宇野千代

〝私は自分でも意識せずに、自分の生きたいと思うように生きて来た〟ひたむきに恋をし、ひたすらに前を見つめて歩んだ歳月を率直に綴った鮮烈な自伝。

201867-9

う-3-15 **或る男の断面** 宇野千代

自身と東郷青児との波瀾にとんだ愛の日々の思い出を綴った表題作と、三浦環を語る『三浦環の片鱗』を収録した珠玉のエッセイ集。〈解説〉森まゆみ

205554-4

う-3-16 **私の文学的回想記** 宇野千代

波乱の人生を送った宇野千代。ときに穏やかな友情を結び、またあるときは激しい情念を燃やした文壇人との交流のあり方が生き生きと綴られた一冊。〈解説〉斎藤美奈子

205972-6

う-9-4 **御馳走帖** 内田百閒

朝はミルク、昼はもり蕎麦、夜は山海の珍味に舌鼓をうつ百閒先生の、窮乏時代から知友との会食まで食味の楽しみを綴った名随筆。〈解説〉平山三郎

202693-3

う-9-5 **ノラや** 内田百閒

ある日行方知れずになった野良猫の子ノラと居つきながらも病死したクルツ。二匹の愛猫にまつわる愛情と機知とに満ちた連作14篇。〈解説〉平山三郎

202784-8

う-9-6 **一病息災** 内田百閒

持病の発作に恐々としつつも医者の目を盗み麦酒をがぶがぶ……。ご存知百閒先生が、己の病、身体、健康について飄々と綴った随筆を集成したアンソロジー。

204220-9

う-9-7 **東京焼盡《しょうじん》** 内田百閒

空襲に明け暮れる太平洋戦争末期の日々を、文学の目と現実の目をないまぜつつ綴る日録。詩精神あふれる稀有の東京空襲体験記。

204340-4

う-9-8
恋日記
内田百閒
後に妻となる、親友の妹・清子への恋慕を吐露した恋日記。十六歳の年に書き始められた幻の「恋日記」第一帖ほか、鮮烈で野心的な青年百閒の文学的出発点。
204890-4

う-9-9
恋文
内田百閒
恋の結果は詩になることもありませう――百閒青年が後に妻となる清子に宛てた書簡集。家の反対にも屈せず結婚に至るまでの情熱溢れる恋文五十通。〈解説〉東　直子
204941-3

す-24-1
本に読まれて
須賀敦子
バロウズ、タブッキ、ブローデル、ヴェイユ、池澤夏樹……。こよなく本を愛した著者の、読む歓びが波のようにおしよせる情感豊かな読書日記。
203926-1

た-15-4
犬が星見た　ロシア旅行
武田百合子
生涯最後の旅を予感した夫武田泰淳とその友竹内好に同行し、旅中の出来事や風物を生き生きと捉え克明に描く。読売文学賞受賞作。〈解説〉色川武大
200894-6

た-15-5
日日雑記
武田百合子
天性の無垢な芸術者が、身辺の出来事や日日の想いを、時には繊細な感性で、時には大胆な発想で、心の赴くままに綴ったエッセイ集。〈解説〉巖谷國士
202796-1

た-15-6
富士日記（上）
武田百合子
夫泰淳と過ごした富士山麓での十三年間の日々を、澄明な目と天性の無垢な心で克明にとらえ天衣無縫な文体でうつし出した日記文学の傑作。田村俊子賞受賞作。
202841-8

た-15-7
富士日記（中）
武田百合子
天性の芸術者である著者が、一瞬一瞬の生を特異な感性でとらえ、また昭和期を代表する質実な生活をあますところなく克明に記録した日記文学の傑作。
202854-8

た-15-8
富士日記（下）
武田百合子
夫武田泰淳の取材旅行に同行したり口述筆記をする傍ら、特異の発想と表現の絶妙なハーモニーで暮らしの中の生を鮮明に浮き彫りにする。〈解説〉水上　勉
202873-9

各書目の下段の数字はISBNコードです。978－4－12が省略してあります。

た-28-8
隼別王子《はやぶさわけおうじ》の叛乱
田辺聖子
ヤマトの大王の想われびと女鳥姫との恋におちた隼別王子は大王の宮殿を襲う。「古事記」を舞台の恋と陰謀と幻想の物語文学。〈解説〉永田萠
202131-0

た-28-12
道頓堀の雨に別れて以来なり 川柳作家・岸本水府とその時代(上)
田辺聖子
大阪の川柳結社「番傘」を率いた岸本水府と川柳に生涯を賭けた盟友たち……上巻は、若き水府と、柳友たちとの出会い、「番傘」創刊、大正柳壇の展望まで。
203709-0

た-28-13
道頓堀の雨に別れて以来なり 川柳作家・岸本水府とその時代(中)
田辺聖子
川柳への深い造詣と敬愛で、その豊醇・肥沃な文学的魅力を描き尽す伝記巨篇。中巻は、革新川柳の台頭、水府の広告マンとしての活躍、「番傘」作家銘々伝。
203727-4

た-28-14
道頓堀の雨に別れて以来なり 川柳作家・岸本水府とその時代(下)
田辺聖子
川柳を通して描く、明治・大正・昭和のひとびとの足跡。川柳への深い造詣と敬愛でその豊醇、肥沃な文学的魅力を描く、著者渾身のライフワーク完結。
203741-0

た-28-15
ひよこのひとりごと 残るたのしみ
田辺聖子
他人はエライが自分もエライ。人生はその日その日の出来心――七十を迎えた「人生の達人」おせいさんが、年を重ねる愉しさ、味わい深さを綴るエッセイ集。
205174-4

は-45-1
白蓮れんれん
林真理子
天皇の従妹にして炭鉱王に再嫁した歌人柳原白蓮。彼女の運命を変えた帝大生宮崎龍介との往復書簡七百余通から甦る、大正の恋物語。〈解説〉瀬戸内寂聴
203255-2

は-45-2
強運な女になる
林真理子
大人になってモテる強い女になる。そんな人生ってカッコいいではないか。強くなることの犠牲を払ってきた女だけがオーラを持てる。応援エッセイ。
203609-3

は-45-3
花
林真理子
芸者だった祖母と母、二人に心を閉ざしキャリアウーマンとして多忙な日々を送る知華子。大正から現代へ、哀しい運命を背負った美貌の女三代の血脈の物語。
204530-9

は-45-4
ファニーフェイスの死
林 真理子
ファッションという虚飾の世界で短い青春を燃やし尽くすように生きた女たち――去りゆく六〇年代の神話的熱狂とその果ての悲劇を鮮烈に描く傑作長篇。
204610-8

は-45-5
もっと塩味を！
林 真理子
美佐子は裕福だが平凡な主婦の座を捨てて、天性の味覚だけを頼りにめくるめくフランス料理の世界に身を投じるが……。ミシュランに賭けた女の人生を描く。
205530-8

た-30-6
鍵 棟方志功全板画収載
谷崎潤一郎
妻の肉体に死をすら打ち込む男と、死に至るまで誘惑することを貞節と考える妻。性の悦楽と恐怖を限界点まで追求した問題の長篇。〈解説〉綱淵謙錠
200053-7

た-30-7
台所太平記
谷崎潤一郎
若さ溢れる女性たちが惹き起す騒動で、千倉家のお台所はてんやわんや。愛情とユーモアに満ちた筆で描く抱腹絶倒の女中さん列伝。〈解説〉阿部 昭
200088-9

た-30-11
人魚の嘆き・魔術師
谷崎潤一郎
愛親覚羅氏の王朝が六月の牡丹のように栄え耀いていた時分――南京の貴公子の人魚への讃嘆、また魔術師と半羊神の妖しい世界に遊ぶ。〈解説〉中井英夫
200519-8

た-30-13
細 雪（全）
谷崎潤一郎
大阪船場の旧家蒔岡家の美しい四姉妹を優雅な風俗・行事とともに描く。女性への永遠の願いを〝雪子〟に託す谷崎文学の代表作。〈解説〉田辺聖子
200991-2

た-30-24
盲目物語
谷崎潤一郎
長政・勝家二人の武将に嫁し、戦国の残酷な世を生きた小谷方と淀君ら三人の姫君の境涯を、盲いの法師が絶妙な語り口で物語る名作。〈解説〉佐伯彰一
202003-0

た-30-25
お艶殺し
谷崎潤一郎
駿河屋の一人娘お艶と奉公人新助は雪の夜駆落ちした。幸せを求めた道行きだった筈が……。芸術とは何かを探求した「金色の死」併載。〈解説〉佐伯彰一
202006-1

各書目の下段の数字はISBNコードです。978－4－12が省略してあります。

た-30-26
乱菊物語
谷崎潤一郎
戦乱の室町、播州の太守赤松家と執権浦上家の確執を史的背景に、谷崎が〝自由なる空想〟を繰り広げた伝奇ロマン（前篇のみで中断）。〈解説〉佐伯彰一
202335-2

た-30-27
陰翳礼讃
谷崎潤一郎
日本の伝統美の本質を、かげや隈の内に見出す「陰翳礼讃」「厠のいろいろ」を始め、「恋愛及び色情」「客ぎらい」など随想六篇を収む。〈解説〉吉行淳之介
202413-7

た-30-28
文章読本
谷崎潤一郎
正しく文学作品を鑑賞し、美しい文章を書こうと願うすべての人の必読書。文章入門としてだけでなく文豪の豊かな経験談でもある。〈解説〉吉行淳之介
202535-6

た-30-10
瘋癲《ふうてん》老人日記
谷崎潤一郎
七十七歳の卯木は美しく驕慢な嫁颯子に魅かれ、変形的間接的な方法で性的快楽を得ようとする。老いの身の性と死の対決を芸術の世界に昇華させた名作。
203818-9

た-30-48
月と狂言師
谷崎潤一郎
昭和二十年代に発表された随筆に、「疎開日記」を加えた全七篇。空爆をさけ疎開していた日々のなかできれぎれに思いかえされる風雅なよろこび。〈解説〉千葉俊二
204615-3

た-30-46
武州公秘話
谷崎潤一郎
敵の首級を洗い清める美女の様子にみせられた少年――戦国時代に題材をとり、奔放な着想をもりこんで描かれた伝奇ロマン。木村荘八挿画収載。〈解説〉佐伯彰一
204518-7

た-30-47
聞《きき》書《がき》抄《しょう》
谷崎潤一郎
落魄した石田三成の娘の前にあらわれた盲目の法師。彼が語りはじめたこの世の地獄絵巻とは。菅楯彦による連載時の挿画七十三葉を完全収載。〈解説〉千葉俊二
204577-4

た-30-50
少将滋幹《しげもと》の母
谷崎潤一郎
母を恋い慕う幼い滋幹は、宮中奥深く権力者に囲われた母の元に通う。平安文学に材をとった谷崎文学の傑作。小倉遊亀による挿画完全収載。〈解説〉千葉俊二
204664-1

た-30-52
痴人の愛
谷崎潤一郎
美少女ナオミの若々しい肢体にひかれ、やがて成熟したその奔放な魅力のとりことなった譲治。女の魔性に跪く男の惑乱と陶酔を描く。〈解説〉河野多恵子
204767-9

た-30-53
卍（まんじ）
谷崎潤一郎
光子という美の奴隷となった柿内夫妻は、卍のように絡みあいながら破滅に向かう。官能的な愛のなかに心理的マゾヒズムを描いた傑作。〈解説〉千葉俊二
204766-2

た-30-54
夢の浮橋
谷崎潤一郎
夭折した母によく似た継母。主人公は継母への憧れと生母への思慕から二人を意識の中で混同させてゆく。谷崎文学における母恋物語の白眉。〈解説〉千葉俊二
204913-0

た-30-19
潤一郎訳 源氏物語 巻一
谷崎潤一郎
文豪谷崎の流麗完璧な現代語訳による日本の誇る古典。日本画壇の巨匠14人による挿画入り絵巻。本巻は「桐壺」より「花散里」までを収録。〈解説〉池田彌三郎
201825-9

た-30-20
潤一郎訳 源氏物語 巻二
谷崎潤一郎
文豪谷崎の流麗完璧な現代語訳による日本の誇る古典。日本画壇の巨匠14人による挿画入り。本巻は「須磨」より「胡蝶」までを収録。〈解説〉池田彌三郎
201826-6

た-30-21
潤一郎訳 源氏物語 巻三
谷崎潤一郎
文豪谷崎の流麗完璧な現代語訳による日本の誇る古典。日本画壇の巨匠14人による挿画入り絵巻。本巻は「螢」より「若菜」までを収録。〈解説〉池田彌三郎
201834-1

た-30-22
潤一郎訳 源氏物語 巻四
谷崎潤一郎
文豪谷崎の流麗完璧な現代語訳による日本の誇る古典。日本画壇の巨匠14人による挿画入り絵巻。本巻は「柏木」より「総角」までを収録。〈解説〉池田彌三郎
201841-9

た-30-23
潤一郎訳 源氏物語 巻五
谷崎潤一郎
文豪谷崎の流麗完璧な現代語訳による日本の誇る古典。日本画壇の巨匠14人による挿画入り絵巻。本巻は「早蕨」から「夢浮橋」までを収録。〈解説〉池田彌三郎
201848-8

各書目の下段の数字はISBNコードです。978-4-12が省略してあります。

た-30-29
潤一郎ラビリンスⅠ 初期短編集
谷崎潤一郎
千葉俊二編
官能的耽美的な美の飽くなき追求を鮮烈に描く「刺青」など八篇、反自然主義の旗手として登場した若き谷崎の初期短篇名作集。〈解説〉千葉俊二
203148-7

た-30-30
潤一郎ラビリンスⅡ マゾヒズム小説集
谷崎潤一郎
千葉俊二編
「饒太郎」「蘿洞先生」「続蘿洞先生」「赤い屋根」など五篇。自らマゾヒストを表明した饒太郎、そのきわめて秘密の快楽の果ては……。〈解説〉千葉俊二
203173-9

た-30-31
潤一郎ラビリンスⅢ 自画像
谷崎潤一郎
千葉俊二編
神童と謳われた少年時代、青春の彷徨、精神主義からの堕落、天才を発揮し独自の芸術を拓く自伝的作品「異端者の悲しみ」など四篇。〈解説〉千葉俊二
203198-2

た-30-32
潤一郎ラビリンスⅣ 近代情痴集
谷崎潤一郎
千葉俊二編
上州屋の跡取り巳之介はお才に迷い、騙されても欺れてもこりずに追い求める。谷崎描く究極の情痴の世界「お才と巳之介」ほか五篇。〈解説〉千葉俊二
203223-1

た-30-33
潤一郎ラビリンスⅤ 少年の王国
谷崎潤一郎
千葉俊二編
子供から大人の世界へ、現実から夢へと越境する少年を描いた秀作。「小僧の夢」「二人の稚児」「小さな王国」「母を恋ふる記」など五篇。〈解説〉千葉俊二
203247-7

た-30-34
潤一郎ラビリンスⅥ 異国綺談
谷崎潤一郎
千葉俊二編
谷崎の前半生を貫く西洋崇拝を表す「独探」、白楽天や蘇東坡の漢詩文以来の物語空間を有する西湖を舞台に描く「西湖の月」等六篇。〈解説〉千葉俊二
203270-5

た-30-35
潤一郎ラビリンスⅦ 怪奇幻想倶楽部
谷崎潤一郎
千葉俊二編
凄艶な美女による凄惨な殺人劇「白昼鬼語」ほか、日本探偵小説の先駆的作品ともいえる、怪奇・幻想の世界を描く五篇を収める。〈解説〉千葉俊二
203294-1

た-30-36
潤一郎ラビリンスⅧ 犯罪小説集
谷崎潤一郎
千葉俊二編
日常の中に隠された恐しい犯罪を緻密な推理で探る「途上」、犯罪者の心理を執拗にえぐり出す「或る罪の動機」など、犯罪小説七篇。〈解説〉千葉俊二
203316-0